BENEDICTUS

ROMAIN GIREC

Copyright © 2021 Romain Girec
Tous droits réservés.
Code ISBN : 978-2-3224-5661-1

Édition : BoD – Books on Demand, info@bod.fr
Impression : BoD – Books on Demand,
In de Tarpen 42, Norderstedt (Allemagne)
Impression à la demande
Dépôt légal : Septembre 2022

à Laure D.

*et pour celle à côté de qui l'Etna
est un feu follet.*

1

Je suis née le 23 juillet 2004 à Middlesbrough, dans le comté du Yorkshire, en Angleterre. Je n'aurais jamais dû survivre, alors les gens de l'hôpital m'ont donné le prénom de Bénédicte, du latin *benedictus* qui veut dire «protégé par Dieu», un genre de pirouette marketing qui s'explique par la difficulté de rendre adoptable une petite fille sous la marque *suppôt de Satan*. Selon la règle officielle, l'origine des enfants abandonnés à la naissance ne doit jamais être divulguée, mais il existe peut-être des exceptions avec les cas suspects, dans le genre chat noir, porteur de maléfices, un peu comme à la SPA avec les chiens qui mordent. Après avoir découvert que j'avais été baladée de famille d'accueil en famille d'accueil parce que personne n'avait voulu de moi, j'en ai conclu que ma référente au service social de Middlesbrough, typiquement opposée à toute forme de marchandage avec le diable, avait dû passer son temps à demander si ça bottait quelqu'un d'adopter l'antéchrist. C'est la seule explication que j'ai trouvée.

Techniquement, pour ceux qui m'ont élevée, j'ai été une source de revenus même s'ils étaient plutôt gentils avec moi. Avec une partie du fric qu'on leur donnait, ils m'ont permis de faire de la gym, de la danse, de la musique, du poney. Ils m'ont lu des histoires pour m'endormir et ils ont essayé de me faire travailler à l'école, mais je ressentais une distance, alors leur affection avait l'odeur et le goût de ce qu'on trouve dans les cantines. Vite fait, fade et servi avec des gants. Je ne sais pas si c'était à cause de ça, mais un truc ne s'enclenchait pas dans ma tête. J'avais de gros problèmes relationnels, j'étais nulle en classe, nulle en musique, nulle en équitation. Seules la gym et la danse me procuraient du plaisir, mais la compétition et la discipline m'étouffaient, alors je faisais n'importe quoi et on ne me prenait pas au sérieux. Je me suis retrouvée à quatorze ans en ayant échoué partout, sans amis, et ça me rendait agressive parce que je savais, au fond de moi, que je n'étais pas débile.

Quand je demandais pourquoi je n'avais pas de vrais parents, on me répondait en mode télégramme, *père inconnu, mère morte*, sans aucune explication. Je ne comprenais rien à ma vie, alors je la détestais. Et comme je le faisais savoir, les familles d'accueil ont jeté l'éponge les unes après les autres, sauf la dernière, mais seulement par principe. Je l'ai découvert, un soir, en me planquant dans l'escalier pour écouter l'éducateur et sa femme se demander ce qu'ils allaient faire de moi. J'étais assise sur une marche, le visage dissimulé dans la pénombre derrière la rambarde, quand je les ai entendus se lamenter d'être moralement contraints de me garder parce qu'ils se seraient sentis indignes de rejeter une adolescente que personne n'avait jamais aimée. Ça m'a fait un trou dans le crâne et j'ai cru qu'on ne pouvait pas avoir plus mal, mais lorsqu'ils ont commencé à sous-entendre que j'étais maudite, parce que ma mère avait accouché de moi à la suite d'un viol et qu'elle m'avait foutue à la poubelle avant de se suicider, j'ai eu l'impression que mon cerveau explosait en m'arrachant la figure. J'ai couru dans ma chambre et j'ai mis mon oreiller sur ma tête avec l'envie de mourir, mais je n'ai étouffé que mes pleurs. Le lendemain, je me suis réveillée avec l'obsession de voir ma mère. Je voulais qu'elle me dise, à travers son sourire sur une photo, qu'elle ne m'aurait jamais jetée à la poubelle si elle avait su qui j'étais. Il n'y avait plus que ça d'important pour moi. J'en éprouvais l'urgence comme si c'était un champ magnétique. Alors j'ai eu l'idée de retrouver ses parents, qui étaient donc mes grands-parents, mais ça me faisait trop bizarre de les appeler de cette manière. Je n'avais confiance en personne et surtout pas en ma référente, au service social de Middlesbrough, qui me trimballait de famille d'accueil en famille d'accueil avec son petit air plein de pitié et ses remarques culpabilisantes sur mon manque de reconnaissance envers les gens qui s'occupaient de moi. Alors j'ai décidé de me débrouiller toute seule. Je me suis longuement entraînée à parler avec du papier entre les gencives et les lèvres, et aussi dans le creux des joues, parce que j'avais lu dans un magazine que ça changeait les intonations et un peu le timbre de la voix. Quand je me suis sentie prête, je suis allée dans une vieille cabine téléphonique qui restait en service, près de la gare, et j'ai appelé ma référente. Je lui ai raconté que j'étais de la police et que j'avais besoin de l'adresse des parents de ma mère parce que j'avais des renseignements à leur demander à propos du viol de leur fille. Ça me semblait vraiment difficile de croire à un truc aussi énorme, alors j'avais préparé plein d'arguments pour la convaincre, mais elle n'a posé aucune question. Elle m'a juste dit de patienter le temps de chercher dans ses fichiers, elle m'a donné une adresse et elle a raccroché. Quand je suis sortie de la cabine, j'avais un poids dans le ventre et j'ai cru, au début, que j'angoissais parce que l'adresse était à Sheffield et non à Middlesbrough, mais j'ai fini par comprendre que c'était l'indifférence de ma référente qui me pourrissait, alors je l'ai encore plus détestée et je suis montée dans le premier train qui partait pour Sheffield. Il y avait deux heures et demie de trajet et on était déjà au début de l'après-midi, mais ça ne m'a pas inquiétée une seule seconde. Je me sentais dans mon droit et je n'imaginais pas qu'on puisse me reprocher de rentrer tard ou même d'avoir séché les cours. À la moitié du chemin, un contrôleur fatigué, qui avait l'air d'en avoir marre de tout, m'a verbalisée sans que ça lui pose de problème que je n'aie pas de papiers d'identité. Il s'est contenté de me laisser le duplicata de l'amende, où il avait griffonné le faux nom et la fausse adresse que je lui avais donnés, et il est parti. Ça ne pouvait être qu'un signe si le contrôleur me foutait la paix, alors je me suis dit que quelque chose de bien allait enfin se passer dans ma vie. Peut-être même que les parents de ma mère allaient vouloir m'adopter et que j'allais avoir une vraie famille avec de vrais cousins, de vrais oncles et de vraies tantes. Finis les Noëls sinistres et les anniversaires déprimants. Plus je regardais ce bout de papier griffonné, plus j'imaginais que c'était un genre de sésame vers ma vie et plus j'étais fière d'être dans ce train.

  Après être sortie de la gare de Sheffield, j'ai marché pendant une heure jusqu'à une jolie maison de ville, dans un quartier familial. Quand j'ai sonné, la porte s'est ouverte et j'ai découvert une femme d'à peu près soixante ans, très maigre, avec des yeux maladifs.

Dès qu'elle m'a vue, elle a mis une main devant sa bouche et elle a commencé à pleurer. J'ai trouvé ça bizarre comme réaction, mais j'avais la tête trop pleine d'espoir à cause des signes du destin que je m'étais inventés, alors j'ai zappé et je lui ai dit qui j'étais, persuadée qu'elle allait me prendre dans ses bras, m'inviter à entrer, me donner du chocolat et appeler plein de gens de la famille pour qu'ils viennent m'embrasser. À la place, elle a poussé une espèce de cri rauque et elle s'est réfugiée à l'intérieur de la maison. Je suis restée sur le seuil en refusant de comprendre jusqu'à ce qu'un homme vienne me voir. Il était à peu près du même âge, avec le corps voûté et le visage austère. Quand il s'est figé en m'apercevant, j'ai cru qu'il allait s'évanouir tellement il est devenu livide, mais il a repris du poil de la bête et il s'est approché de moi sans me quitter des yeux, le visage tordu par la colère, en me disant que j'étais une créature diabolique. Il m'a claqué la porte au nez, après m'avoir menacée d'appeler la police si je revenais les importuner, et je suis restée immobile sans penser à rien. Au bout d'un moment, je me suis éloignée en tremblant de partout, mais cet état n'a pas duré longtemps. Je suis retournée sur mes pas et j'ai jeté, de toutes mes forces, une grosse pierre dans une fenêtre en hurlant les pires insultes que je connaissais. Alors le type a rouvert la porte avec un bâton à la main et je me suis enfuie en courant.

    Je suis rentrée tard le soir à Middlesbrough. Dès que les gens de la famille d'accueil m'ont vue franchir le seuil du salon, où ils étaient en train de regarder la télé, ils ont appelé la référente pour lui signaler mon retour. Ensuite, ils m'ont demandé ce que j'avais fait toute la journée et pourquoi je rentrais si tard, mais ça se voyait que c'était juste pour la forme et que, au fond, ils n'en avaient rien à foutre. Ils n'ont pas cherché plus loin que mon silence et ils m'ont culpabilisée à mort avec de longues phrases moralisatrices dont ils articulaient chaque syllabe comme si j'étais débile. C'était toujours ça que la vie m'offrait quand j'avais besoin que quelqu'un me serre dans ses bras, alors j'ai fait comme d'habitude, j'ai fixé le bout de mes pieds en hochant la tête de temps en temps pour leur faire croire que j'écoutais. Après avoir fini de m'expliquer en long, en large et en travers que j'étais une gamine ingrate et que j'allais devenir clocharde, ils m'ont annoncé que j'étais punie de dîner et ils m'ont ordonné d'aller me coucher. Je leur ai répondu que je m'en foutais de ne pas manger parce que c'était toujours dégueulasse et je suis montée dans ma chambre. J'ai claqué la porte le plus violemment possible pour faire aboyer ce con de chien dans le seul but de réveiller leur môme de deux ans qui s'est aussitôt mis à hurler. Je les ai entendus s'engueuler et je me suis allongée sur mon lit en fixant le plafond. Tout ce que mon cerveau retenait de cette journée de merde, c'était la confirmation de ce que j'avais appris en me planquant dans l'escalier quelques jours auparavant. J'étais une adolescente que personne n'avait jamais aimée et si je regardais dans toutes les directions pour essayer une dernière fois de me convaincre du contraire, je me retrouvais au milieu d'un désert de rues mornes et de cours de récréation vides. Je n'avais aucune meilleure copine ni copine tout court parce que je me sentais rejetée pour un rien, alors je devenais agressive et on me tournait le dos. Pour ce qui était des garçons, leur voix en train de muer, le foot, le rugby, les jeux vidéo et leurs blagues obscènes me saoulaient, alors ceux qui tentaient de m'approcher, je les repoussais méchamment. À force, des rumeurs m'avaient prétendue lesbienne et j'avais fini par me poser la question parce que j'étais bien obligée d'admettre que j'étais uniquement attirée par les filles. Mais je n'avais jamais eu de désir sexuel, ni pour une fille ni pour un garçon, alors je ne savais pas du tout ce que j'étais. Je passais les récréations toute seule, je mangeais toute seule à la cantine. J'étais toujours toute seule et c'était devenu un état normal. Mais là, pendant que je regardais le plafond de ma chambre, je me rendais compte que ma vie était glauque et que, en fait, on me gérait. J'ai pris conscience, vraiment à ce moment-là, que c'était ça, le truc avec moi depuis qu'on m'avait récupérée dans cette poubelle. On me gérait. Je n'ai pas ressenti de tristesse ou de colère. J'ai juste pensé que ma vie était pourrie et que j'allais me barrer. C'était assez froid comme constatation. J'ai attendu le milieu de la nuit et je suis descendue sans faire de bruit pour piquer du fric dans les sacs, les tiroirs, les poches des manteaux.

Le lendemain matin, j'ai fait semblant de partir vers le collège. Mais dès que j'ai été suffisamment loin de la maison, j'ai balancé mon cartable derrière un abribus et je suis allée à la gare. Je voulais fuir le Yorshire tout entier, alors j'ai acheté un billet de train pour Londres. Je n'avais aucun plan particulier à part celui de ne plus jamais revenir dans cette région de l'Angleterre. Je me disais que je prendrais les problèmes les uns après les autres. Trouver du fric, manger, dormir, je ne voyais pas plus loin que ça. En fait, je savais pertinemment que c'était du flan parce que j'étais terrifiée à l'idée de survivre toute seule dans la rue, même si je voulais m'en croire capable. L'énergie de mon mal-être allait m'en persuader jusqu'à ce que l'effroi de la nuit, avec ses ombres, ses regards torves et le sentiment de perdition, vienne me faire regretter ma chambre désespérante et le petit-déjeuner sinistre du matin. Je n'avais aucune chance de ne pas me sentir happée par Middlesbrough dès le lendemain, sauf qu'il s'est passé un truc auquel je n'aurais jamais rêvé, même si j'avais eu l'idée de rêver à quoi que ce soit. J'ai pris cette rencontre pour argent comptant et elle m'a semblé tellement providentielle qu'elle a résolu l'équation de mon identité sexuelle. En fait, peu m'importait que ce soit un corps de garçon ou de fille. C'était juste la personne qui m'intéressait. Gary aurait pu être une femme, je serais aussi tombée amoureuse. Peut-être plus vite encore, à cause de mes aprioris négatifs sur les garçons et les hommes en général, même si j'avais du mal à croire qu'on puisse tomber plus radicalement amoureux de quelqu'un. Gary avait dix ans de plus que moi, alors ce n'était plus un garçon, mais un homme. Et comme il avait un look branché et une insolence d'ado, ce n'était pas un adulte non plus. En fait, avec ses tatouages, ses bagues, son style de mec cool, son corps de boxeur et surtout sa gueule d'ange, ses lèvres charnelles et ses longs cils hyper sensuels, il avait un côté à la fois rassurant et diabolique qui m'attirait. Sa voix, chaude et grave, ressemblait à du velours qui m'enrobait de douceur. Dès ses premiers mots, sa fantaisie et sa légèreté m'ont touchée et comme tous ses compliments se sont enchaînés crescendo dans cette veine, avec plein d'humour et de poésie, je me suis sentie en confiance.

Quand on est sortis de la gare de King's Cross, il m'a dit qu'il voulait vraiment me connaître parce qu'il avait ressenti un truc hyper fort en me voyant. Il m'a emmenée dans un restaurant cosy et il s'est intéressé à moi comme si j'étais une personne importante. Il m'a posé plein de questions, qui rebondissaient toujours sur ce que je racontais, et il était à chaque fois d'accord avec mes révoltes. De temps en temps, il m'interrompait juste pour me dire que j'étais belle et il m'invitait aussitôt à poursuivre, d'un air conquis, en m'avouant que ma maturité et mon intelligence l'impressionnaient. À la fin du repas, il m'a promis qu'il n'allait pas me laisser tomber parce que je lui plaisais vraiment beaucoup et que la vie avait été trop dégueulasse avec moi. Il m'a dit que ça le révoltait de voir débarquer une fille comme moi à Londres, sans personne pour l'aider, sans même quelques fringues de rechange. Ensuite, il a payé l'addition en filant un énorme pourboire au serveur et on a quitté le restaurant. Au bout de quelques pas dans la rue, lorsqu'il m'a demandé si ça me disait d'aller faire du shopping, j'ai ri de bonheur pour la première fois de ma vie. Et le piège s'est refermé.

2

Avant de rencontrer Gary, je n'avais jamais embrassé personne, alors je n'étais pas du tout prête à faire l'amour. Gary a respecté mon tempo en me disant qu'on avait toute la vie devant nous et on s'est juste roulés d'interminables pelles en se caressant pendant des heures, on a dormi nus l'un contre l'autre, mais il ne s'est rien passé de réellement sexuel pendant presque trois semaines. Il habitait au dernier étage d'un vieil immeuble transformé en squat, dans le quartier de Hackney. J'ai compris rapidement que c'était un bad boy et ça m'a plu parce qu'il me rassurait et me protégeait comme personne ne l'avait jamais fait. Tous ceux qu'on croisait dans l'immeuble travaillaient pour lui, d'une manière ou d'une autre. Il y avait des punks, des skinheads, des filles gothiques, des mecs avec des dreadlocks, d'autres qui se la jouaient dandy. Beaucoup étaient blancs, typiquement anglais, mais il y avait aussi des Africains, des métisses et quelques Gypsies qui venaient du Rajasthan. Au début, j'étais impressionnée de voir tous ces gens bizarres qui erraient dans cet immeuble pourri où de la techno crevait en permanence les murs et les plafonds. Mais Gary restait tout le temps avec moi et je me sentais bien dans son appartement parce qu'il était à l'écart, un peu comme le château d'un Prince dominant les taudis du peuple. C'était un endroit complètement psyché, à la fois grunge et techno, avec des installations hi-fi de star, des fourrures d'animaux sauvages, des meubles futuristes de designer et plein d'autres trucs hyper classes qui donnaient à cette ambiance crade et humide de squat un parfum décadent de campement mondain. Il occupait toute la surface du dernier étage et il y avait un mec, d'à peu près l'âge de Gary, qui traînait jour et nuit sur le palier parce que personne n'avait le droit d'y accéder. C'était un vrai chien de garde, maigre avec des têtes de mort et des femmes à poil tatouées partout, le crâne rasé, un regard défoncé d'abruti et une voix de crécelle qui m'horripilait. Soit il fumait des joints à la fenêtre du palier, soit il restait scotché à un jeu sur son téléphone portable, toujours le même, avec des jingles de dessins animés pour gamins tarés. Tout le monde l'appelait Andro à cause du système d'exploitation Android qui lui grillait les neurones. Il avait un flingue, mais je ne l'avais jamais remarqué avant qu'il s'en serve parce qu'il le planquait sous ses débardeurs XL crasseux qui lui descendaient presque jusqu'aux genoux. En même temps, je me suis rendu compte que Gary en avait un, lui aussi, et tout s'est brusquement embrouillé dans ma tête.

C'était un soir, quinze jours après notre rencontre à la gare de King's Cross. On était dans le salon de son appartement quand une énorme détonation a fait trembler les murs. Ça venait du palier et j'ai aussitôt entendu des hommes hurler. Gary s'est précipité vers une commode et je l'ai vu sortir un pistolet, claquer la culasse comme dans les films et mettre en joue la porte d'entrée. Il a crié après Andro pour savoir ce qui se passait et l'autre a braillé que c'était le putain de serpent des Indiens qui s'était échappé. Gary a baissé son arme et il est allé ouvrir la porte. Je l'ai suivi dans l'entrée sans qu'il s'en aperçoive et j'ai vu un cobra, la tête explosée sur le parquet du palier, pendant que deux Gypsies hurlaient sur Andro qui leur répondait des trucs racistes avec son flingue à la main. Apparemment, le cobra était inoffensif parce que les Gypsies lui avaient arraché les crocs et ça les rendait fous qu'Andro l'ait buté pour rien. Après les avoir tous regardés pendant quelques secondes, Gary a brisé le nez d'un des deux mecs avec la crosse de son arme, sans dire un seul mot. En voyant le type s'écrouler, le visage en sang, une sensation lugubre m'a traversée tellement sa violence semblait surgir de nulle part. Il y a eu immédiatement le silence et il a ordonné à voix basse au deuxième Indien de ramasser le cobra. Pendant que le Gipsy se baissait pour l'empoigner, l'autre s'est relevé en se tenant le nez et Gary les a prévenus, toujours à voix basse, que ce serait dans leur tête qu'Andro tirerait si un serpent s'échappait encore. Il a aussitôt précisé que ce n'était pas une menace de tarlouze et il a regardé Andro en lui disant carrément de les buter la prochaine fois. L'autre demeuré a mimé un salut militaire avant de fixer les deux Gypsies avec son air d'abruti qui ne m'a plus fait rire parce que j'ai compris que c'était un tueur, en fait. Gary a alors ordonné aux deux Indiens de dégager en les traitant *d'Intouchables de merde*, il a claqué la porte en faisant volte-face et là, d'un seul coup, quand il a découvert que j'étais juste derrière lui, ses yeux effarés ont roulé sur moi et il a glissé vite fait son flingue dans son dos pour me serrer contre lui en me disant plein de mots d'amour. Ensuite, il m'a emmenée à travers le salon, où il s'est débarrassé discrètement de son arme pendant qu'on passait près de la commode, et il m'a forcée à m'asseoir avec lui sur le canapé. Il a aussitôt capté mon regard en me prenant doucement la tête entre ses mains et il m'a demandé d'oublier ce que j'avais entendu parce que c'était juste du management et que ça n'avait rien à voir avec nous. Il m'a dit qu'un chef devait se montrer fort sinon d'autres voudraient prendre sa place, alors il était obligé de fonctionner comme ça, pour nous protéger, mais ce n'était pas du tout sa vraie personnalité. Je savais, au fond de moi, qu'il me considérait comme une débile, mais j'ai refusé de m'écouter parce que la vie sans Gary me terrifiait encore plus que sa violence. Tout avait été tellement magique depuis que je le connaissais. Il m'avait fait découvrir Londres en me baladant dans sa Jaguar coupée. Il m'avait emmenée dans des clubs select où il m'avait permis d'entrer sans problème malgré mon âge. On était allés au restaurant, au cinéma, dans des magasins de luxe où il avait dépensé plein d'argent pour m'acheter des fringues et des chaussures. Et il y avait aussi la drogue, à laquelle Gary m'avait initiée dès le début après m'avoir dit, l'air de rien, que les filles les plus sexy du monde étaient celles qui prenaient des acides et que les plus cools étaient celles qui fumaient du shit et de l'opium. Je n'avais jamais eu le moindre avis là-dessus alors, dans ma tête, c'était devenu normal et inoffensif d'en consommer. C'était lié à la fête, au plaisir et ça m'attirait d'autant plus que j'avais l'impression de faire un grand doigt d'honneur à ma référente du service social de Middlesbrough. De mon point de vue, Gary n'avait exercé aucune pression pour m'influencer et il avait même été bienveillant avec moi, un peu comme un gentil pharmacien qui m'aurait expliqué la posologie à ne pas dépasser, pour éviter les effets indésirables, et un coach de parapente avec qui j'aurais fait du tandem en toute sécurité. Il avait rendu silencieuse la dépendance physique et mentale liée à la drogue, les altérations de la lucidité, les *bad trip*s suicidaires et la décompensation psychotique. Pour moi, la drogue, c'était intégralement cool. J'adorais fumer des joints de shit et d'opium avant de m'endormir contre lui et j'adorais tout autant sniffer de la coke en prenant des ecstasys dans des boîtes techno. J'avais l'impression d'être mille fois plus vivante qu'à Middlesbrough. Tout ça a fait que je ne suis pas tombée complètement des nues en découvrant que Gary et Andro avaient des flingues. Je voyais bien que le squat était une plaque tournante du trafic de drogue, peut-être même celle qui régulait toute la consommation sur Hackney, alors ce n'était pas comme si j'avais pensé que Gary était un instituteur. En fait, il n'y a pas eu de Big Bang mental, dans ma tête, comme ça arrive dès qu'une réalité se déchire pour laisser une autre s'installer sans qu'on puisse plus s'arranger avec soi-même. Je savais, au fond de moi, qu'il me prenait pour la dernière des connes quand il voulait me faire croire qu'il n'avait rien à voir avec ce chef de gang violent, raciste et homophobe, probablement capable de tuer si ce n'était pas déjà fait, que j'avais soudainement démasqué parce qu'un coup de stress l'avait rendu imprudent. J'ai préféré me voiler la face et me trahir plutôt que d'assumer un énième échec dans ma vie.

Quelques jours plus tard, je me suis ouverte au sexe, exactement comme une fleur éclot sous des lampes UV qui lui font croire au soleil. Gary était un professionnel de la mise en route sexuelle des adolescentes, un vrai compagnon du devoir spécialisé dans le clitoris et la perforation de l'hymen. Je suis devenue accro au dernier degré de son corps, de son odeur, de son goût et tout ça, enflammé par la drogue et la vie de star, m'a propulsée dans une passion sans limites. Le shopping était un hobby presque quotidien et on allait dans les meilleurs restaurants un jour sur deux. À partir du jeudi, c'était les soirées VIP dans des clubs branchés. On roulait au ralenti en Jaguar le long de la file d'attente monstrueuse qui embouteillait le trottoir. Gary filait les clefs à un voiturier, il claquait un check aux videurs et on entrait en passant devant tout le monde. J'adorais cette sensation de me sentir supérieure à ces pétasses de vingt-cinq ans, toutes plus belles les unes que les autres, qui poireautaient comme des connes sous la pluie. Gary, c'était le roi de l'Univers. Et moi, je me prenais pour sa femme alors que je venais juste d'avoir quinze ans. L'année d'avant, à la même époque, on m'avait servi du jus d'orange industriel et un gâteau trop cuit en guise de dessert, j'avais soufflé sur des bougies pourries en fin de vie et on m'avait filé un billet de 10 livres dans une enveloppe kraft sans même une carte d'anniversaire. Ensuite, j'étais allée me coucher pendant que mon éducatrice faisait la vaisselle d'un air vide et que son mari promenait le chien. Ça faisait seulement trois mois que j'avais jeté mon cartable de collégienne derrière un abribus de Middlesbrough, mais j'avais l'impression que tout ça était dans une autre vie, à des années-lumière de moi.

    Pour mes quinze ans, Gary m'avait fait la surprise de louer un bateau restaurant, juste pour nous deux, et on a dîné en solo sur la Tamise comme deux amoureux milliardaires. Le matin, il m'avait conduite chez un coiffeur de stars, en plein centre de Londres, qui s'était occupé de moi comme si j'étais une actrice de cinéma. Ensuite, Gary m'avait emmenée faire du shopping tout l'après-midi et j'avais choisi une robe transparente avec des milliers de cristaux, des escarpins français, des sous-vêtements de haute couture et un collier avec un diamant. Au milieu du repas, alors que tout ça me comblait déjà au-delà de ce que ma pensée pouvait contenir, il m'a offert une Rolex en or. Il n'existait pas de mots pour exprimer le bonheur qui m'enveloppait. C'était tellement puissant que je n'imaginais pas une seule seconde que ça puisse s'arrêter ou même se transformer. Pour moi, l'avenir c'était le présent. Gary n'était plus uniquement le roi de l'Univers à mes yeux. C'était devenu un dieu qui m'offrait l'éternité. À la fin du repas, il a exigé qu'on nous laisse tranquilles. On s'est défoncés avec de l'opium et de la coke et on a baisé sur la table. Pendant qu'il me faisait jouir, avec les rives illuminées de Londres qui nous enveloppaient, il m'a dit pour la première fois que je lui appartenais, que j'étais à lui et il a voulu que je le répète. Il a voulu que ces mots sortent de ma bouche en même temps que ma jouissance.

À partir de cette soirée, c'est devenu un leitmotiv à chaque fois qu'on baisait. Et on baisait tout le temps. Avec l'opium et le shit qui ensorcelaient mon plaisir, je prenais ça au premier degré et j'acceptais tacitement, sans m'en rendre compte, tout ce qu'appartenir à quelqu'un impliquait comme renoncement à soi-même. Dans ma tête, c'était une déclaration d'amour qui me faisait vibrer sexuellement, mais dans celle de Gary, c'était un acte de guerre psychologique. Il m'avait déjà coupée du monde en m'expliquant que j'étais recherchée, à cause de ma fugue, et que je ne devais faire confiance à personne si je ne voulais pas que la police nous sépare. Je n'avais pas de téléphone en dehors d'un combiné sans connexion Internet qu'il me laissait pour qu'on puisse se joindre quand il partait toute une journée, ou la nuit, pour ses affaires. Je n'avais pas de compte Facebook, pas d'adresse mail, aucun moyen d'aller sur les réseaux sociaux. Il n'y avait que lui dans ma vie. Lui à 360 degrés comme une muraille qui m'hypnotisait pour me faire oublier à quel point j'étais isolée. Et depuis cette soirée d'anniversaire, où il avait ouvert une grosse brèche dans mon crâne, il me prélevait un bout de mon esprit chaque fois qu'il me demandait de répéter que j'étais à lui pendant que mon cerveau m'inondait d'ocytocine. C'était hyper insidieux et progressif, comme une boîte automatique qui rend tellement fluide la montée en puissance du moteur qu'on ne sent pas le changement de rapport. J'ai perdu le contact sans rien remarquer parce qu'il n'y a eu aucun heurt, aucune crise. Je ne me souviens pas d'un moment qui pourrait être la première fois où Gary s'est montré désagréable avec moi. Ça s'est passé comme si la réalité s'était modifiée par petite touche insaisissable et que je m'étais réveillée, un matin, en découvrant que j'étais quelqu'un d'autre dans quelque chose de différent. D'un seul coup, quand il sifflait, j'accourais en éprouvant un soulagement immense. Et quand il m'ordonnait de dégager, je partais empoisonnée par une détresse morbide. Il soufflait le chaud et le froid et il m'envoyait des signaux paradoxaux qui me plongeaient dans une insécurité dont il me faisait croire que j'étais responsable. Il me disait que j'étais belle avec une grimace de dégoût ou alors il m'expliquait qu'il y avait beaucoup mieux que moi, mais qu'il m'aimait. Un soir, il s'est mis à m'embrasser et à me caresser en m'avouant qu'il commençait à se lasser de moi. Ça m'a glacé le sang et, en même temps, je ne comprenais plus rien parce qu'il avait l'air amoureux. Après m'avoir laissée mariner dans cette sensation glauque où je me trouvais nulle et illégitime, il m'a dit que ça me ferait du bien de prendre de l'héroïne parce que je serais plus cool, plus excitante et qu'il retrouverait toutes ses émotions du début. Il m'a alors regardée dans les yeux avec un sourire amoureux et il m'a dit qu'il serait sûrement obligé de me quitter s'il continuait à se faire chier comme ça avec moi.

Dès le premier shoot, j'ai été accroc. Apaisement total, euphorie, pure sensation d'extase. Mais ce n'était pas ça le meilleur de l'héroïne. Le meilleur, c'était la lune de miel avec Gary. Du jour au lendemain, tout est redevenu merveilleux comme il me l'avait promis. C'était même mieux qu'au début parce qu'on avait du vécu, à présent, et l'osmose m'apparaissait plus profonde et puissante. Un soir, en traversant le squat avec lui pour remonter à l'appartement, un des dealers m'a matée comme si j'étais une pute. Je l'ai fixé en lui décochant un coup de menton, dans le genre de ceux que les mecs violents balancent quand ils se sentent défiés du regard, et j'ai vu ce gros sac, qui portait sur lui les pires saloperies qu'on pouvait commettre dans une vie, baisser les yeux comme il l'aurait fait devant son Boss. Ça m'a convaincue d'un truc que personne n'aurait pu contredire. L'héroïne ne me rendait pas seulement cool et excitante. Elle faisait aussi de moi une reine. Parfois on n'avait presque plus de clopes, alors je sortais sur le palier pour ordonner à Andro d'aller nous acheter une cartouche. Je m'adressais à lui comme à un chien et il m'obéissait avec un empressement d'esclave. Une nuit très tard, en rentrant d'un club avec Gary, j'ai vu concrètement de quoi Andro était capable et ça m'a fait flamber de comprendre que moi, à quinze ans, j'avais cette espèce de psychopathe à ma botte. On était dans l'escalier et on arrivait au niveau du quatrième étage, face au couloir délabré qui distribuait les apparts, quand on l'a vu défoncer un mec avec des dreadlocks qui était deux fois plus gros que lui. J'ai à peine eu le temps de me demander comment un type aussi maigre pouvait frapper aussi fort qu'il était déjà en train de lui massacrer la tête à coups de Rangers. Mais ça ne l'a pas calmé, alors il a sorti son flingue et le mec l'a supplié en se protégeant le visage avec le bras. C'est à ce moment-là que Gary a crié son nom avant d'aller lui coller une énorme baffe en lui interdisant de buter un mec dans le squat. Andro a aussitôt rangé son flingue en baragouinant des excuses et Gary lui a ordonné de régler ses problèmes autrement. Pendant qu'il revenait vers moi, j'ai vu Andro balancer un coup de rangers dans la tête du type avant de l'empoigner par ses dreadlocks pour le traîner derrière lui jusqu'à un appart dont la porte était défoncée. En remontant au dernier étage, j'ai demandé à Gary s'il croyait vraiment qu'Andro aurait tiré et il m'a répondu, en mettant la clef dans la serrure, qu'il en était sûr. Alors il a ouvert la porte et il m'a souri en me rappelant ce qu'il m'avait déjà dit sur ses obligations de chef après l'histoire du serpent. Je l'ai trouvé super beau et excitant dans la lumière de la lune qui passait par la fenêtre du palier. C'était le mâle alpha et moi je m'imaginais être sa louve. Je croyais avoir l'amour, l'argent, le temps, je drapais mes illusions d'extase et de jouissance, j'étais convaincue d'avoir le pouvoir. Gary m'avait placée en orbite autour de la plénitude. Encore quelques tours de manège, histoire de m'arracher de la tête l'ultime boussole qui pourrait influencer ma trajectoire, et il couperait le champ gravitationnel.

3

Un mois plus tard, comme tous les soirs à peu près à la même heure depuis que Gary m'avait donné mon premier shoot, j'étais assise en tailleur sur le lit avec juste une petite culotte et un débardeur. J'attendais au milieu des fourrures d'animaux sauvages, dans la lumière cuivrée des abat-jours industriels qui laissait venir l'ombre des murs tagués. La fenêtre était grande ouverte et j'étais bercée par l'Électro que les grosses enceintes en bois diffusaient suffisamment fort pour couvrir les bruits du squat et de la ville. Il faisait doux, c'était l'été indien. Gary m'avait fait l'amour tout l'après-midi, on était allés manger dans un restaurant sur les bords de la Tamise et je n'avais plus qu'une dernière envie : qu'il serre doucement un garrot autour de mon bras, enfonce l'aiguille au creux de ma veine et injecte l'héroïne dans mon corps en me regardant partir d'un air amoureux. Après avoir attendu une heure sans me poser de questions, j'ai commencé à m'impatienter parce que c'était devenu un rituel, ce moment où Gary me faisait un shoot. Je me suis levée et je l'ai cherché dans toutes les pièces, mais l'appartement était vide. Quand je me suis rendu compte qu'il n'était pas là, une sensation bizarre et flippante m'a traversée, comme une ombre qui passerait dans une chambre avant de disparaître à l'intérieur des murs. J'ai éteint la musique et je suis allée à la fenêtre pour voir si je l'apercevais ou si je l'entendais parmi les mecs qui traînaient devant l'immeuble. Il n'y avait que des junkies et des dealers du squat, alors j'ai enfilé un jean, j'ai chaussé des nu-pieds et je suis sortie sur le palier. Andro a fondu sur moi, comme un rapace, en m'ordonnant de rentrer. Je lui ai demandé où était Gary et il m'a fixée, avec son air con, avant de me répondre que je devais l'attendre dans l'appartement parce qu'il gérait un problème. Je lui ai dit que je n'en avais rien à foutre de ses ordres de merde et j'ai voulu le contourner, pour aller dans l'escalier, mais il a posé sa main sous ma gorge. Ça m'a rendue folle de sentir ses doigts osseux au bord de mes seins, alors je les ai chassés avec mon avant-bras et j'ai voulu lui donner un coup de pied dans les couilles, mais il m'a attrapé la cheville et il m'a fait reculer à cloche-pied à l'intérieur de l'appartement. Il s'est arrêté au milieu du vestibule en levant ma jambe tellement haut que je ne pouvais rien faire d'autre que sautiller pour garder l'équilibre. Au bout de quelques secondes, pendant lesquelles il s'est amusé à m'entendre le maudire, lui, sa mère et tout ce que j'imaginais profanable dans son existence, un air vicieux est venu tordre son regard d'abruti juste avant qu'il me fasse tomber à la renverse. Il a soufflé vers moi la fumée de son joint et il est sorti en claquant la porte. Au début, je suis restée allongée par terre, le buste relevé sur les coudes, complètement déconnectée face à la porte fermée dont le coup de boutoir résonnait encore à mes oreilles. Et puis la serrure a tourné deux fois de suite, j'ai compris qu'Andro venait de m'enfermer et j'ai eu envie de le tuer. J'ai couru dans le salon et je suis allée directement à la commode où j'avais vu Gary ranger son pistolet.

J'ai fouillé partout en criant que j'allais buter ce fils de pute, mais plus je balançais par terre le contenu de la commode, plus je me demandais ce qui m'arrivait et je me suis arrêtée, les bras ballants, complètement abasourdie en regardant les tiroirs retournés qui gisaient autour de moi. J'ai juste constaté que Gary avait emporté son pistolet, mais je n'y ai pas fait attention parce qu'Andro n'était plus du tout mon problème. Je ressentais une pression, dans ma tête, qui ne ressemblait à rien de ce que je connaissais. Et il y avait, dans mon ventre et dans ma poitrine, des tensions bizarres qui m'indisposaient. Je ne savais pas que tout ça était à mon corps ce que les murs, en train de se fissurer, pouvaient être aux désastres géologiques imminents. D'un seul coup, j'ai imprimé que j'allais devoir attendre le retour de Gary pour avoir de l'héroïne, mais que j'ignorais tout de l'heure à laquelle il rentrerait. J'ai ressenti une sensation désagréable, pas encore de l'anxiété, mais c'était bien plus qu'une simple perspective chiante. Et là encore, comme pour les fissures dans les murs, je n'ai pas eu la moindre idée de ce qui était en train d'approcher. J'ai commencé à fouiller partout dans l'appartement pour me faire un joint d'opium et de shit. J'ai retourné les tiroirs et viré les fringues des armoires, j'ai vérifié tout ce qui traînait sur les tables et les commodes. J'ai regardé sous le lit, sous le matelas, sous les coussins des canapés et des fauteuils. Gary n'avait rien laissé. Même pas des clopes. Le téléphone portable, qu'il me prêtait pour qu'on puisse se joindre quand il partait régler des affaires, avait disparu lui aussi. Je suis retournée à la porte d'entrée et j'ai demandé à Andro de me donner ce dont j'avais besoin pour me rouler quelques joints. Je n'ai eu aucune réponse. J'ai collé mon oreille au blindage et j'ai entendu les jingles pourris de son jeu. Je lui ai hurlé dessus en balançant toutes les insultes qu'une fille pouvait dire à un mec, mais j'ai vite arrêté. Je m'étais abîmé les mains et les pieds en tabassant la porte et j'avais mal à la gorge à force de crier. Alors je me suis allongée sur le lit et j'ai attendu le retour de Gary. J'avais les yeux grands ouverts collés au plafond, comme ceux d'une morte, parce que mon cerveau était en plein serrage, ce qui m'empêchait de dormir et de réfléchir. Il y avait ma vie de rêve. Il y avait maintenant. Et le seul lien que je faisais entre les deux, c'était l'absence d'héroïne, alors j'ai buggé là-dessus toute la nuit.

Quand le jour s'est levé, j'ai commencé à avoir froid et à me sentir vraiment mal. J'ai mis un gros pull, je me suis enfouie sous la couette, mais j'ai aussitôt crevé de chaud et je suis allée vomir. En sortant des toilettes, après avoir cherché Gary dans tout l'appartement, j'ai collé mon oreille au blindage de la porte et j'ai entendu Andro qui jouait toujours avec son téléphone portable. Je lui ai demandé de me filer du shit. Et comme il ne répondait pas, je l'ai supplié de me donner au moins des clopes, mais il a continué à faire le mort. Alors je l'ai insulté, j'ai balancé quelques coups fatigués contre la porte et je suis retournée aux toilettes parce que j'avais mal au ventre. Après en être sortie, je suis allée à la fenêtre, d'où j'espérais voir arriver Gary, pour y repartir presque aussitôt en me tordant de douleur, et ainsi de suite, comme si j'étais sur des rails. En plus des coliques, j'avais la nausée, des courbatures, des alternances de fièvre et de grelottement, et ça commençait à m'affoler parce que ces symptômes n'avaient rien à voir avec les trucs viraux que je connaissais. L'après-midi a filé au rythme de ces allers-retours sinistres, comme un interminable cri silencieux, le soir est tombé et je me suis retrouvée inerte, sur le lit, à pleurer dans l'obscurité. Je n'avais pas dormi, ni mangé, ni bu. J'avais mal partout. J'étais en hypoglycémie, en phase de déshydratation et en état de choc. C'est à ce moment-là, à peu près à l'heure où j'avais l'habitude de prendre mon shoot d'héroïne, que j'ai entendu la porte de l'appartement s'ouvrir. J'ai ressenti un déclic électrique dans ma tête, comme si c'était une chaudière dont le brûleur à gaz venait de s'enflammer, et je me suis levée en mode zombie. Gary était dans le salon. Quand je suis arrivée, ses clefs de voiture atterrissaient sur une table et il constatait, l'air énervé, le désordre que j'avais laissé partout. Il ne m'a même pas regardée et il est passé à côté de moi, sans un mot, pour aller se vautrer devant la télé. Je suis restée hébétée quelques secondes en essayant d'analyser la situation, mais mon cerveau tournait dans le vide, alors je me suis foutue contre l'écran et je l'ai supplié de me donner de l'héroïne. Il m'a répondu que je commençais à le faire chier et il a balancé un paquet de cigarettes sur la table basse en m'expliquant qu'il n'y avait rien d'autre. Je me suis mise à pleurer en l'implorant de me donner au moins du shit et de l'opium, mais je n'ai pas pu finir ma phrase parce qu'il s'est levé dans un mouvement brutal. Le temps de ramasser les cigarettes, il s'est approché de moi pour les mettre de force dans ma main et il m'a brusquement écartée de l'écran en m'empoignant le bras. Au bout de quelques pas, il m'a regardée dans les yeux en m'ordonnant d'arrêter de lui casser les couilles et il m'a tourné le dos pour aller se rasseoir devant la télé. J'étais complètement perdue, alors je suis partie me recroqueviller sur un fauteuil, à l'autre bout du salon, et j'ai fumé clope sur clope. J'avais les mains qui tremblaient, la peau pleine de sueur qui devenait froide avant d'avoir séché. J'avais mal partout comme si j'avais couru un marathon, l'envie de gerber, des crampes d'estomac. J'ai terminé le paquet en moins de deux heures et j'ai eu la gorge brûlée par une toux rauque avec une sensation de goudron qui m'obstruait les bronches. Je suis allée voir Gary et je me suis assise à côté de lui en pleurant. Au bout d'une dizaine de minutes, il s'est tourné vers moi et il a passé une main dans mes cheveux en me prévenant que ça allait être de pire en pire parce que les flics avaient bloqué ses comptes, à cause d'une enquête, et qu'il n'avait plus d'argent. Il a gardé le silence pendant deux ou trois minutes, le temps que j'imprime la nouvelle et que le stress s'enflamme partout en moi. C'est à ce moment-là qu'il m'a parlé d'un moyen de contourner ce problème. Tout mon être s'est aussitôt pendu à sa bouche et il m'a expliqué que la solution pour moi, et pour lui aussi, pour nous en fait, c'était que je couche avec des hommes contre du fric. Au début, je pensais qu'il plaisantait, mais il m'a répondu que c'était la seule option. Je lui ai dit d'aller se faire foutre et il a réagi comme s'il n'avait rien entendu en me promettant que ce serait juste quelques fois, le temps que l'enquête s'achève. Il m'a regardée en me caressant la joue et il m'a dit que je pouvais bien faire ça pour nous. Je l'ai fixé en cherchant dans ses yeux, sur son visage, quelque chose à quoi me rattraper, mais il était atrocement sérieux. J'ai commencé par rire comme une folle. Ensuite je me suis jetée sur lui, j'ai déchiré son t-shirt et j'ai voulu lui péter la gueule, mais il pesait quarante kilos de plus que moi, alors j'ai fini par terre, rouée de coups jusqu'à ce qu'il m'attrape par les cheveux en me disant que j'étais une salope de le laisser tomber après tout ce qu'il avait fait pour moi. Il m'a collé une dernière gifle et il est parti en fermant la porte à double tour. Je ne savais pas ce qui était le pire. Avoir été frappée par Gary, l'entendre me demander de coucher avec d'autres mecs contre du fric, le manque d'héro, le manque de lui, toute ma vie qui s'écroulait sous mes yeux ? Au début, je l'ai appelé en hurlant, j'ai essayé de défoncer la porte, je me suis acharnée sur tout ce qu'il y avait dans l'appartement. J'ai détruit des lampes, massacré des meubles, j'ai explosé sa chaîne hi-fi et ses enceintes, mais lorsque l'adrénaline a chuté d'un seul coup, l'épuisement m'a fait tomber à la renverse et j'ai perdu à moitié la vue pendant que la douleur démolissait mon corps et mon cerveau. En quelques heures, le manque d'héroïne est devenu encore plus agressif et il a déglingué toutes mes fonctions vitales. Je suis descendue si bas, dans la souffrance, que l'idée de me prostituer ne m'a plus semblé irréelle, un peu comme on se décide à avaler un médicament dégueulasse parce que c'est l'unique remède. Mais plus ça s'installait dans ma tête, plus j'avais la sensation de vivre une mue qui m'arrachait à moi-même. Alors je luttais jusqu'à ce que l'épuisement m'en empêche, je me débattais dans des sursauts de rage, je m'écroulais à nouveau et ainsi de suite pendant des heures, clouée au parquet par la douleur qui m'éventrait.

Quand Gary est revenu, le lendemain en fin d'après-midi, je me suis traînée à ses pieds en lui demandant pardon, mais il m'a rejetée brutalement parce que j'avais saccagé tout son appartement. J'avais froid partout à l'intérieur de mon corps, mal jusqu'au cœur de mon squelette, j'étais au bord du coma à cause de l'hypoglycémie et de la déshydratation. Je lui ai promis que je ferais tout ce qu'il me dirait, mais qu'il devait me jurer de ne plus jamais me laisser comme ça. Après avoir empoigné une chaise par le dossier, il l'a remise sur ses quatre pieds et il s'est assis devant moi en me disant qu'il ne me croyait pas. J'étais par terre, avec juste la force de me soulever sur les avant-bras et je lui ai crié que c'était la vérité. Il m'a fixée en silence pendant quelques secondes, qui m'ont paru des heures, et il m'a demandé de lui jurer que je ne changerais pas d'avis. Je me suis mise à pleurer et j'ai voulu savoir combien de temps ça durerait. Il m'a promis que ce serait l'histoire de quelques semaines, jusqu'à ce que les flics lâchent son compte, et qu'après plus rien ne nous séparerait. Alors je me suis affaissée et je lui ai dit que j'acceptais. Mais ça ne lui a pas suffi. Il voulait que ce soit un serment. Au début, en comprenant que je n'arrivais pas à relever la tête parce que ma nuque était bloquée, j'ai pensé que j'avais un torticolis foudroyant, mais c'était juste mon corps qui refusait d'abdiquer. J'ai forcé la douleur, au-delà de ce que je pouvais endurer, et j'ai regardé Gary dans les yeux, comme il l'avait exigé, pour lui répéter mot pour mot ce qu'il voulait m'entendre dire. J'ai d'abord aperçu la douceur de son sourire. Ensuite, je l'ai vu se lever, s'accroupir près de moi et j'ai senti ses mains sur mon corps qui me protégeaient de nouveau. Après m'avoir portée dans la chambre pour me déposer sur le lit, il m'a dit qu'il allait trouver de quoi me faire un shoot et il est parti en me promettant de revenir très vite. Je ne sais pas combien de temps je suis restée allongée, les bras croisés contre mon ventre pour essayer de contenir mes tripes, mais il ne faisait pas encore nuit lorsqu'il est revenu s'asseoir sur le lit, à côté de moi. Il a serré un garrot autour de mon bras en me disant qu'il s'était arrangé et que je n'avais plus à m'inquiéter. J'ai regardé l'aiguille s'enfoncer dans ma veine sans avoir l'énergie de chercher à comprendre quoi que ce soit. L'héroïne m'a emportée dans une vague d'apaisement et je me suis endormie en sentant mon corps devenir léger et transparent. Quand je me suis réveillée, au milieu de la nuit, j'étais dans ses bras. J'avais très soif et je ressentais l'urgence de manger quelque chose de sucré et de gras. Gary s'est levé et il est revenu, quelques instants plus tard, avec un plateau où il y avait de l'eau, du riz cantonais, du poulet au gingembre et de la sauce aigre-douce. J'ai bu la moitié de la bouteille en deux gorgées et j'ai commencé à manger, assise sur le lit avec le plateau entre les cuisses, dans un état vaporeux qui m'anesthésiait. Au bout d'un moment, j'ai entendu la baignoire se remplir dans la salle de bain, de l'autre côté du mur. L'eau s'est arrêtée de couler juste après la fin de mon repas et Gary est revenu dans la chambre. Il a mis le plateau par terre, il m'a enlevé tous mes vêtements et il m'a prise dans ses bras pour me porter jusqu'à la baignoire. Après m'avoir déposée tout doucement dans l'eau chaude pleine de mousse, il s'est déshabillé à son tour et il est entré dans le bain, derrière moi, en m'enveloppant de ses bras musclés et de ses jambes puissantes. J'ai éprouvé tellement de bien-être contre lui, dans cette eau brûlante où mon corps achevait de se régénérer, que ressentir ce bonheur est devenu plus important que moi-même. Je n'ai pas lutté contre cette sensation de disparaître dans la vapeur de la salle de bain. C'était comme si j'acceptais de mourir ensevelie dans mon corps en vie. Le lendemain, je suis restée avec Gary devant la télé à fumer du shit. J'avais une activité cérébrale proche du néant, ma main le plus souvent dans la sienne et je me laissais hypnotiser par les plans hyper rapides des reality shows qui me défonçaient le cerveau comme des bulldozers. J'ai dormi longtemps, la nuit suivante, dans la foulée du shoot d'héroïne que Gary m'a injecté. Il était parti quand je me suis réveillée, mais il m'avait prévenue alors je ne me suis pas inquiétée. J'ai fumé un joint à la fenêtre et j'ai bu du thé devant la télé en zappant toutes les dix secondes parce que ça me déconnectait à chaque fois des idées noires qui menaçaient de s'installer dans ma tête. Je suis restée à faire ça jusqu'au retour de Gary, en fin d'après-midi. Quand il est venu me rejoindre dans le canapé, après avoir posé des sacs de courses sur un fauteuil, j'étais complètement défoncée à force de fumer du shit en me rebootant le cerveau avec la télécommande. Il m'a caressé le visage d'un air rêveur, comme s'il le dessinait, et j'ai fermé les yeux pour me concentrer sur la douceur de ses doigts, le long de ma peau. J'ai senti sa bouche qui s'approchait de mon oreille et j'ai pris une grande inspiration parce que tout mon corps se félicitait déjà des mots d'amour qu'il allait me murmurer. Il m'a annoncé que j'avais rendez-vous à vingt-deux heures avec un homme qui avait payé très cher pour être le premier. J'ai rouvert les yeux et je suis restée inerte jusqu'à ce qu'il prenne doucement mon visage entre ses mains pour me forcer à le regarder. Il m'a rappelé mon serment et il m'a dit que je devais offrir à ce mec une expérience *girl friend*. Comme je ne comprenais pas ce qu'il voulait dire, il m'a expliqué que je devais être aussi chaude avec ce type que je l'étais avec lui. Il m'a demandé si j'avais bien capté et j'ai acquiescé en fermant les yeux, alors il m'a embrassé le front et il a passé son bras autour de mon épaule en me disant qu'il m'avait acheté des fringues pour que je sois parfaite. Il a pris la télécommande et il a arrêté de zapper après être tombé sur un film de guerre. Il a allumé un joint et je suis restée blottie contre lui en fixant l'écran où un mec, seul contre une armée, butait tout le monde à coups de flingues automatiques, de poignards, de grenades, de défenestrations. Parfois il gueulait dans un talkie-walkie, alors un hélicoptère sortait de nulle part pour envoyer des missiles sur tout ce qui bougeait, et le mec repartait à travers des explosions et des tirs de mitrailleuses. Au bout d'un moment, j'ai cessé de regarder l'écran et j'ai observé la nuit qui tombait par la fenêtre. Je n'avais fait l'amour qu'avec Gary, dans ma vie, alors le sexe avec ce type de l'hôtel, c'était comme un deuxième dépucelage, l'effroi du viol en plus. À la fin du film, Gary m'a demandé si j'avais faim et je n'ai pas su quoi répondre parce que je n'avais envie de rien. Il est sorti pour aller chercher à manger, dans le restaurant indien au coin de la rue, et il est revenu avec de l'agneau au curry et du riz à la crème. On a dîné en silence devant la télé. À vingt et une heures, il m'a dit d'aller prendre une douche et de mettre les fringues qu'il m'avait achetées. Je me suis levée du canapé en sentant mon corps craquer de partout, j'ai empoigné les sacs et je suis partie vers la salle de bain. Juste avant que je sorte du salon, Gary m'a appelée. Je me suis retournée sur le seuil et il m'a ordonné de me laver les cheveux, parce qu'ils puaient, et aussi de me maquiller avec les trucs que je trouverais dans l'un des sacs. Je n'ai rien répondu et je me suis traînée jusqu'à la salle de bain. Après m'être agenouillée dans la baignoire, j'ai baladé doucement le pommeau de la douche sur mon corps en essayant de ne penser qu'à la sensation de l'eau chaude le long de ma peau. J'ai sursauté en entendant tambouriner à la porte et j'ai compris que j'avais oublié le temps parce que Gary m'a crié qu'on partait dans un quart d'heure. Après m'être séché les cheveux, j'ai ouvert les sacs pour m'habiller et ça m'a fait un choc de me voir dans la glace. J'avais une robe rouge moulante qui m'arrivait au ras des fesses, les seins quasiment à l'air et des bottes noires avec des talons aiguilles de douze centimètres qui s'achevaient en cuissardes. Gary est revenu taper à la porte, cette fois-ci en s'énervant vraiment contre moi parce qu'on allait être en retard. Je lui ai répondu que j'arrivais, mais j'ai commencé à pleurer et à trembler, alors je me suis assise sur le rebord de la baignoire et j'ai pris de grandes respirations pour me calmer. J'ai essayé de me réconforter en me disant que j'allais me tartiner le visage avec le maquillage pourri qu'il m'avait acheté parce que ça le ferait sûrement souffrir de me voir défigurée. J'ai senti que le temps passait et que je ne pouvais plus rester assise, alors j'y suis allée à la truelle jusqu'à ce que le rose puant, le rouge hémoglobine à paillettes et le mauve huile de vidange achèvent de me donner l'air d'une pure salope. Quand je me suis pointée comme ça devant Gary, il a d'abord sursauté et ça m'a emplie de soulagement, mais il n'a rien dit à part qu'on devait y aller. Il m'a prise par la main, en s'énervant parce qu'on était en retard, et j'ai été obligée de courir derrière lui tellement il marchait vite. Mais comme il avait sursauté en me voyant, ça m'était égal qu'il ait l'air pressé de me conduire dans cet hôtel. On est sortis de l'appartement en coup de vent et on est passés devant Andro qui m'a appelée «princesse» avant de se planter en haut de l'escalier pour nous regarder descendre. Quand je lui ai fait un doigt d'honneur, juste avant de disparaître vers l'étage d'en dessous, il m'a répondu en mimant une pipe avec sa main et sa langue. Je me suis arrêtée entre deux marches avec l'envie de remonter lui arracher les yeux, mais j'ai senti mon bras se tendre sous l'impulsion de Gary qui s'est énervé en me demandant ce que je foutais. J'ai pris le temps de bien regarder Andro, je me suis juré que je le buterais un de ces jours et je me suis laissée entraîner dans la pente avec cette idée qui s'enfonçait un peu plus dans ma tête à chaque fois que le choc de mes talons percutait le bois pourri des marches.

    Gary m'a briefée dès qu'on est entrés dans sa Jaguar parce que la City n'était qu'à vingt minutes de Hackney et il voulait que tout soit très clair dans ma tête. Il m'a ordonné d'aller directement dans la chambre 718, au septième étage de l'hôtel, et il a enchaîné en m'expliquant que si quelqu'un me posait des questions, je devais juste répondre qu'on m'attendait et rien d'autre. Il m'a dit ces deux trucs plusieurs fois en s'énervant tout seul. *Petit a*, je ne devais parler sous aucun prétexte du numéro de la chambre ni de l'étage. *Petit b*, si quelqu'un faisait barrage, je devais immédiatement quitter l'hôtel et venir le lui dire pour qu'il aille gérer lui-même le problème. Il a fini son laïus en m'informant qu'il m'attendrait dans la rue, pas loin de l'entrée, et il a voulu que je lui répète les consignes, mais je l'ai envoyé chier en lui disant que je n'étais pas débile. Il m'a aussitôt serré le menton entre son pouce et son index, pour me forcer à le regarder, et il m'a ordonné de lui répéter le *petit a*. Je lui ai répondu d'aller se faire foutre et j'ai vu, dans ses yeux, qu'il avait envie de me frapper, mais il s'est contenté de me dire que j'avais intérêt à ne pas merder et il m'a lâchée. On a passé le reste du trajet à fumer un joint chacun de notre côté. Lui, en s'énervant contre tout le monde parce qu'il y avait beaucoup de circulation et moi, le front collé à la vitre pendant que mon cerveau m'inondait de certitudes pour que je continue de croire que tout ça avait un sens.

Gary s'est arrêté à deux cents mètres de l'hôtel en me disant de ne pas me soucier du fric, parce que le mec avait déjà payé, et il a éteint le moteur en me demandant ce que j'attendais pour y aller. J'aurais voulu qu'il m'embrasse ou au moins qu'il m'adresse un sourire, mais il était tellement fermé et énervé que je n'ai pas osé faire un geste vers lui, alors je suis sortie de la voiture. Après avoir claqué la portière, j'ai marché vers l'hôtel avec la puissance mélancolique d'une martyre qui s'en fout de se faire dévorer par des lions tellement elle ressent, à l'intérieur de sa tête et de son ventre, la présence de son Dieu. Les portes se sont ouvertes devant moi et je suis entrée.

4

J'ai baissé la tête et j'ai traversé le hall en maudissant mes talons qui claquaient sur le marbre parce que ça attirait l'attention de tout le monde. J'ai tout de suite senti l'énergie des regards, partout sur mon corps, alors j'ai accéléré le pas en rêvant de disparaître. Le temps d'appeler l'ascenseur, j'ai entendu quelqu'un arriver derrière moi, les portes ont coulissé et je suis entrée dans la cabine en appuyant sur le numéro sept. Pendant que je me calais dans un coin, en essayant de prendre le moins de place possible, j'ai entendu un homme dire que le cynisme de la vie n'avait pas de limite. C'est seulement à ce moment-là que j'ai fait le rapport entre le numéro de l'étage et la symbolique pourrie des plaisirs amoureux censés conduire au septième ciel, alors j'ai levé discrètement la tête pour savoir à quoi il ressemblait. J'ai découvert un type baraqué, chauve et barbu d'environ cinquante ans, dans un pantalon sombre de costard et une chemise blanche aux manches retroussées qui laissaient voir ses avant-bras musclés et tatoués. Son regard très clair m'a fait flipper parce que j'avais l'impression qu'il savait tout de moi. J'ai aussitôt baissé les yeux en espérant qu'il me foute la paix, mais il m'a dit qu'il pouvait me venir en aide. Je n'ai pas répondu. Il m'a ensuite demandé où j'allais et j'ai commencé à me sentir vraiment mal. Il m'a expliqué qu'il ne pouvait pas croiser une fille de mon âge, habillée comme je l'étais, dans un hôtel comme celui-ci, et faire semblant de n'avoir rien vu ou de ne rien comprendre. Alors il m'a demandé de le laisser s'occuper de celui qui m'avait envoyée ici et aussi de celui qui avait payé pour me violer. Je n'ai pas pu m'empêcher de le regarder et il m'a vraiment fait flipper parce que son visage était tellement déterminé qu'il m'a semblé capable de défoncer Gary. Au même moment la cabine s'est arrêtée au troisième étage et deux hommes, fringués comme des traders, sont entrés en discutant. Quand la porte a commencé à se refermer, j'ai bousculé tout le monde pour me glisser entre eux. Le mec est resté bloqué à l'intérieur de la cabine et je me suis adossée au mur, face à l'ascenseur qui partait vers les étages supérieurs, en me demandant si je devais quitter l'hôtel comme Gary l'avait exigé en cas de problème. Je n'ai pas réfléchi beaucoup parce que ma décision était déjà prise avant même que je me pose la question. Je me suis redressée et j'ai longé le couloir pour chercher un escalier. J'avais peur pour Gary s'il se retrouvait en face de ce type, alors j'ai trouvé l'issue de secours, à l'autre bout de l'étage, et j'ai gravi les marches bétonnées en me disant que j'allais gérer ça toute seule. Quand je suis arrivée sur le palier du septième, j'ai entrouvert lentement la porte coupe-feu, mais je l'ai refermée aussitôt parce que j'ai vu la silhouette du type chauve qui arpentait le couloir. Je suis vite montée vers le huitième et je me suis cachée dans le tournant de l'escalier. La porte s'est ouverte quelques secondes plus tard et le mec chauve s'est arrêté au milieu du palier en béton. Au début, je percevais sa respiration, mais soudainement plus rien, alors j'ai compris qu'il était en train d'écouter et j'ai cessé de respirer, moi aussi, jusqu'à ce que je l'entende dévaler l'escalier vers les étages inférieurs. J'ai aussitôt descendu les marches à reculons, pour laisser dans le vide mes talons de douze centimètres qui m'empêchaient de me mettre sur la pointe des pieds, et j'ai traversé le palier bétonné en essayant de faire le moins de bruit possible. Je me suis très vite retrouvée dans le couloir désert, au style design et froid qui m'écrasait, et j'ai commencé à me repérer avec les numéros. Quand je suis arrivée devant la chambre 718, j'ai frappé à la porte sans penser à autre chose qu'à ma peur de voir débouler ce mec. J'ai entendu le loquet claquer deux fois de suite au niveau de la poignée, la porte s'est entrouverte et j'ai découvert un vieux type obèse tout flasque avec une tête de porc et une serviette autour des reins. J'ai tout de suite remarqué qu'il bandait comme un taureau et j'ai compris qu'il avait pris du viagra. L'espace d'un instant, tout mon être a appelé l'homme qui cherchait à me sauver, mais c'était trop tard pour que mon cri d'effroi puisse résonner en dehors de mon corps. Alors je suis entrée.

 Il puait l'alcool et la viande rouge mal digérée, il me bavait dessus et il prenait son pied en me tordant les seins comme s'il voulait les dévisser. Au bout d'un moment, il me faisait tellement souffrir que je me suis déconnectée de mon corps. J'étais ailleurs, avec Gary, je ne savais pas trop où, comme dans un rêve un peu bizarre où on n'arrive pas à se situer. Il a joui derrière moi en couinant avec une voix d'enfant hyper flippante et il s'est affalé sur mon dos comme s'il allait crever. Sa salive glissait le long de ma nuque pendant que j'entendais son souffle rauque dans le creux de mon oreille et les battements violents de son cœur qui me percutaient et m'envahissaient. C'était encore plus insupportable que d'être écrasée par son poids. J'ai voulu me dégager, mais il m'en a empêché en me disant que c'était le service après-vente. Quand je l'ai entendu ronfler, presque immédiatement, je me suis débattue et j'ai réussi à m'extirper de son amas de chair en sueur qui puait les toxines. Ça l'a réveillé, alors il a jeté vers moi sa capote pleine de foutre moisi en grognant que j'étais une sale petite pute et il m'a dit de dégager. Je me suis rhabillée le plus vite que j'ai pu et je suis sortie de la chambre comme une fugitive qui s'arrache avec un bout d'elle-même en moins. Au bout de quelques mètres dans le couloir, j'ai ressenti un vide aspirer toutes mes forces et je me suis adossée au mur juste à côté d'un défibrillateur. J'ai regardé la caisse vitrée qui contenait la batterie cardiaque automatisée. Le septième étage pour consentir à son viol tarifé et maintenant un truc pour remettre les cœurs en marche. J'ai entendu, dans ma tête, la remarque du type chauve sur le cynisme de la vie et j'ai eu peur qu'il soit toujours en train de me chercher. Ça m'a mis la pression et j'ai oublié ce vieillard ignoble qui m'avait violée et humiliée. J'ai enlevé mes bottes, pour marcher sans faire de bruit, et je suis vite allée dans l'escalier de secours dont j'ai descendu tous les étages pieds nus. Le palier du rez-de-chaussée était distribué par deux portes dont l'une donnait directement sur l'extérieur de l'immeuble, à côté des poubelles et de la lingerie. J'ai vérifié qu'il n'y avait personne et je suis sortie. Ensuite, j'ai contourné le bâtiment en courant pour rejoindre la rue où Gary m'attendait, j'ai remis mes bottes et j'ai marché le plus vite possible vers sa Jaguar.

Dès que j'ai ouvert la portière, il a allumé le moteur en me disant de me dépêcher et il est parti en accélérant à fond jusqu'à ce qu'il ait tourné dans une autre rue. Il m'a alors demandé si tout s'était bien passé parce qu'il avait vu des flics en civil entrer dans l'hôtel. J'ai pensé que c'était le mec de l'ascenseur qui les avait appelés et j'ai eu peur que Gary me reproche d'avoir enfreint ses consignes, alors j'ai haussé les épaules, d'un air complètement indifférent, en lui répondant qu'il n'y avait eu aucun problème. Il a cru que ça ne m'avait fait ni chaud ni froid d'avoir été violée par ce vieux porc alcoolique, et il m'a caressé la cuisse, l'air presque enjoué, en me disant qu'il était content. Je l'ai dévisagé, au début sans percuter parce que c'était ingérable, pour moi, l'idée qu'il puisse se réjouir de ce qui venait de se passer. Mais quand il m'a encore souri en me répétant qu'il trouvait ça cool, il n'y avait plus de doute possible et je me suis effondrée. Il est resté muet pendant un moment et comme je ne me calmais pas, il m'a demandé pourquoi je faisais une crise maintenant alors que tout allait bien quand j'étais montée dans la voiture. J'ai hurlé, le visage plein de larmes et de morve, que je ne comprenais pas comment il pouvait être content qu'un autre mec m'ait baisée, et un vieux immonde en plus, qui m'avait fait mal et m'avait humiliée. Il a eu l'air décontenancé et il s'est immédiatement garé en double file. Il a fait sauter nos ceintures de sécurité d'un geste précipité et il m'a prise dans ses bras en m'expliquant que j'avais interprété sa réaction de travers, qu'il était désolé de m'avoir blessée et que je ne devais jamais douter de son amour. Ensuite il m'a dit qu'on serait de retour au squat dans quelques minutes, qu'il me ferait couler un bain, me donnerait mon shoot d'héroïne et qu'il veillerait sur moi. J'étais en larmes et je voulais savoir combien de temps j'allais devoir faire ça. Il m'a répondu d'être patiente, de lui faire confiance et il m'a serrée fort dans ses bras en me promettant qu'on irait bientôt vivre dans un endroit où il y aurait toujours du soleil, avec la mer turquoise autour de nous, des palmiers, de grandes plages de sable blanc et du temps à perte de vue rien que pour s'aimer. C'était exactement pareil que le soir où Andro avait tiré sur le serpent des Gypsies. Gary avait merdé et il essayait de m'embrouiller en me racontant des trucs que même une débile décérébrée aurait trouvé insultants. Sauf que là, six mois s'étaient écoulés et Gary avait réussi à me déposséder de moi-même exactement comme les sorciers malsains et cruels subtilisent les âmes dans les contes vaudous. Le choix que j'avais à faire n'était plus du tout celui de vivre avec ou sans lui. C'était bien plus basique, en fait. C'était croire désespérément que me faire violer avait un sens ou mourir.

Le lendemain, en début d'après-midi, il m'a amenée dans un hôtel bas de gamme en bordure d'une aire commerciale dans la périphérie de Londres. Ça a été un choc quand le premier mec est entré dans la chambre en me donnant du fric, avant même de me dire un mot, parce que c'est en touchant ces billets poisseux que j'ai pris conscience d'être une pute. Je les ai cachés dans l'armoire et je suis allée vomir. Quand je suis sortie de la salle de bain en m'essuyant la bouche, il était allongé sur le lit, à poil, les jambes écartées et les mains croisées derrière la tête avec sa bite qui pendouillait entre ses cuisses maigres. J'ai fermé les yeux en pensant très fort à Gary et tout son rayonnement vénéneux s'est projeté dans mon cerveau comme dans un tambour de machine à laver. Quand je me suis approchée du lit, le type m'a empoigné les fesses en me disant qu'elles étaient rondes et fermes comme il aimait. J'ai eu envie de lui péter le bras, mais j'ai souri à la place et j'ai commencé à le tripoter en essayant de ne penser à rien. Le deuxième mec s'est pointé vingt minutes après son départ. Il avait au moins soixante-dix ans et me faisait de grands sourires dégueulasses en me draguant comme s'il avait en tête de me séduire. Il y en a eu deux autres encore et Gary est venu me calmer en fin d'après-midi parce que j'étais en train de devenir folle. Il est resté à l'hôtel pendant les deux jours qui ont suivi pour être là à chaque fois que je m'effondrais ou que je me mettais à hurler de rage en tapant contre les murs. Il me prenait dans ses bras en me disant qu'il était fier de moi, qu'il m'aimait plus que tout, qu'il serait toujours là pour moi et plein d'autres trucs encore qui ont fini par enclencher la résignation dans ma tête. C'était comme un switch qu'il avait fait basculer du côté *on* et je suis devenue un cheval de manège. J'ai eu six relations sexuelles par jour avec des hommes dont beaucoup avaient plus de soixante ans. Ils étaient presque tous mariés, issus des beaux quartiers. Parfois un prolo arrivait entre un trader et un avocat, mais c'était rare, car du sexe avec une fille de quinze ans, dont l'héroïne n'avait pas encore brûlé la fraîcheur, était un produit de luxe que Gary ne bradait pas. En plus de la patronne de l'hôtel qui prenait sa commission, il y avait toujours un type, dans la chambre d'à côté, qui veillait à ce que les clients paient cash et ne m'abîment pas. Je fumais du shit avant et après chaque passage pour anesthésier mon corps et dissoudre mon dégoût dans une torpeur qui imperméabilisait mes sens. Gary venait tous les soirs récupérer l'argent de la journée, me donner ma dose d'héroïne et de quoi me nourrir. Il me couvrait de mots tendres, de promesses d'amour éternel et il me répétait inlassablement qu'on partirait bientôt tous les deux dans un endroit au soleil dont il me décrivait les paysages merveilleux à la manière d'un dépliant touristique. Je ne vivais plus que pour cette petite heure où il était avec moi, tous les soirs. C'était comme s'il venait remettre une bûche dans un poêle et je m'endormais, en tripant sous héro, dans le sillage de cette promesse qui s'installait dans mon cerveau en prenant l'importance d'un organe vital. Le reste du temps, j'étais dans un stand-by émotionnel que l'enfermement, la drogue et tous ces inconnus, qui avaient la texture d'apparitions sordides, rendaient marécageux. Et puis, au bout de soixante-trois jours pendant lesquels je ne suis pas sortie une seule fois dehors, Gary m'a annoncé que c'était fini, mais que je devais rester encore une nuit ici parce qu'il avait des trucs à régler. Il m'a longuement serrée dans ses bras en me jurant qu'il m'aimait plus que tout, il m'a demandé de me faire belle pour dix-huit heures le lendemain et il est parti en laissant l'héroïne circuler dans mes veines.

J'ai passé la journée à l'attendre, avachie devant la télé en regardant l'heure toutes les cinq minutes. À la fin de l'après-midi, je me suis enfouie sous une douche très chaude en recouvrant mon corps de savon et de shampoing plusieurs fois d'affilée. Ensuite, j'ai mis mes plus beaux sous-vêtements et j'ai pris tout mon temps pour me sécher les cheveux, me maquiller et me coiffer. Je sentais que Gary était là, partout en moi comme un baume. Vers dix-sept heures trente, j'ai mis la robe qui m'allait le mieux, j'ai chaussé des escarpins presque neufs, je me suis coiffée et je me suis assise au bord du lit en l'attendant. J'avais une boule dans le ventre, mais c'était du trac amoureux, de l'excitation, ce genre de stress positif qui allait devenir des ondes de plaisir dès qu'on allait se jeter dans les bras l'un de l'autre. Il a tapé à la porte, juste après dix-huit heures, et je me suis précipitée pour aller ouvrir. Il m'a embrassée vite fait et il m'a regardée des pieds à la tête en me demandant de tourner sur moi-même. J'étais heureuse qu'il me trouve belle, alors j'en ai fait des tonnes. Mais quand je me suis retrouvée face à lui, en souriant de tout mon être, il m'a juste ordonné de laisser mes affaires dans la chambre en m'expliquant que la patronne de l'hôtel s'en occuperait, et il est parti dans le couloir. Je suis restée sur le seuil, complètement sonnée, jusqu'à ce qu'il se tourne vers moi en s'énervant parce que je ne l'avais pas suivi. Je l'ai rejoint en lui demandant si j'avais fait quelque chose de mal et il m'a dit de me taire. Ensuite, on est montés dans sa Jaguar et on a roulé en silence. Au bout de quelques minutes, quand j'ai essayé de poser ma main sur sa cuisse, il l'a rejetée brutalement en me disant que ce n'était pas le moment, alors j'ai senti que ça montait en moi et je lui ai collé mon poing en pleine gueule, de toutes mes forces. Il a pilé et la voiture qui nous suivait a failli nous rentrer dedans. Il m'a attrapée par la gorge et il a tapé comme un fou sur l'appui-tête de mon siège en hurlant qu'il allait me tuer. C'était tellement violent et disproportionné que tous mes reproches sont restés à l'intérieur de moi. Au même moment, le type, derrière nous, s'est mis à klaxonner en gueulant. Gary lui a jeté un regard par la lunette arrière en m'ordonnant d'arrêter de chialer et il s'est retourné vers moi en se déhanchant pour chercher quelque chose dans une poche de son jean. Pendant qu'il sortait un poing américain, il m'a dit de me remaquiller, parce que j'allais lui faire honte devant ses patrons, et il a passé ses doigts à l'intérieur de ce truc qui lui faisait des phalanges en acier. J'ai cru qu'il allait me fracasser le visage, alors j'ai obéi. Je tremblais de partout en cherchant du mascara dans mon sac à main, lorsqu'il est sorti de la voiture, et j'ai dû m'y prendre à deux fois avant de réussir à abaisser le pare-soleil. J'essayais de me contrôler pour maîtriser mes tremblements et arrêter de pleurer quand j'ai aperçu Gary, dans le miroir, ouvrir la portière du mec qui avait failli nous percuter. Je me suis aussitôt retournée entre les deux appuis-tête et je l'ai vu, par la lunette arrière, entrer la moitié du buste à l'intérieur de la voiture pour cogner le mec plusieurs fois de suite. Dès qu'il est revenu vers la Jaguar, en rangeant dans sa poche le poing américain ensanglanté, je me suis vite tournée vers le pare-soleil et j'ai commencé à me remaquiller. Il s'est assis au volant en claquant sa portière et j'ai senti la violence de son regard. J'ai essayé de me concentrer sur ce que je faisais, mais il y avait un genre de buzz dans ma tête et il a dû voir que j'étais en train de partir en vrille parce qu'il a posé sa main sur ma cuisse en me disant que tout allait bien et que je ne devais pas m'inquiéter. Il m'a ensuite expliqué que ses patrons lui mettaient beaucoup de pression et qu'il avait parfois du mal à gérer. Je l'écoutais, le visage toujours levé vers le miroir du pare-soleil pour refaire mon maquillage qui avait coulé. Sa main, sur ma cuisse, me faisait du bien et sa voix, redevenue calme, me rassurait. J'arrivais presque à respirer normalement. Quand tout m'a semblé impeccable, je me suis tournée vers lui pour savoir si ça allait. Il a pris le temps de vérifier et il a glissé un baiser sur mes lèvres en guise de réponse avant de repartir en allumant un joint. Pendant que je regardais les trottoirs, qui s'illuminaient par la vitre de la Jaguar, mon cerveau générait du mensonge en urgence comme on balance massivement de la chimiothérapie. Gary allait me présenter à ses patrons donc il me considérait comme sa femme. Il allait sûrement leur annoncer notre départ alors il était stressé, c'était normal.

On est arrivés dans les beaux quartiers de Londres, à Saint John's Wood, et on est entrés dans un immense hôtel particulier. À l'intérieur, des hommes armés traînaient un peu partout et ça puait le goût de chiotte tape-à-l'œil des prolos devenus riches. On a été conduits dans un salon où il m'a présentée à des jumeaux d'une cinquantaine d'années, vêtus du même costume Prince de Galle et chaussés des mêmes Richelieu en crocodile, avec la même gueule de plouc, le front bas, l'air vicieux et les yeux rapprochés ronds comme des billes. Gary était nerveux, excessivement poli et j'ai refusé d'imprimer ce que je voyais de lui. Ses épaules courbées, sa tête toujours un peu baissée, sa voix mielleuse. Il est parti sans m'adresser le moindre regard pendant que ses patrons m'emmenaient dans une pièce avec des lumières rouges, des accessoires sexuels, des miroirs et un grand lit en forme de cœur recouvert d'une fourrure blanche. J'étais dans un état de sidération. Ils ont mis de la techno à fond et ils ont pointé des armes sur moi en me demandant de leur faire un strip-tease. J'ai obéi et ils m'ont matée méchamment en sniffant de la coke et en prenant des acides avec du whisky. J'avais peur comme je n'avais jamais eu peur auparavant. Une peur sans interface, directement branchée à mon cerveau, dont les ondes détruisaient toutes les fonctions vitales et auraient rabaissé n'importe qui à manger sa merde ou à boire sa pisse. Ils tournaient autour de moi en passant leur flingue dans mes cheveux, le long de ma gorge, entre mes seins et sur mon ventre et ils me prévenaient que si jamais ils voyaient une seule larme dans mes yeux, ils me les arracheraient. Quand je n'arrivais plus à danser, ils me soulevaient le menton avec leur flingue en me disant que je leur manquais de respect. Dès que je me suis retrouvée nue, ils m'ont ordonné de me mettre à quatre pattes. Alors l'un d'entre eux m'a obligée à sucer le canon de son pistolet. Pendant qu'il s'amusait à me faire croire qu'une balle pouvait partir par accident si je suçais mal son flingue, son frère m'a enfoncé un revolver dans le vagin et il a commencé à me traiter de salope en me disant qu'il allait jouer à la roulette russe et que j'allais devenir une fontaine de sang. Il était complètement défoncé et il hurlait que si la balle partait, j'allais me vider de mon sang par les yeux, que j'allais vomir mes tripes, que c'était le meilleur truc qu'il avait jamais vu dans sa vie. Chaque seconde qui passait me laissait croire qu'ils allaient me tuer à la suivante et ils m'ont maintenue dans cet état de terreur en me torturant pendant deux heures. Je ne me suis pas demandé ce que je leur avais fait pour qu'ils me fassent autant souffrir. Je n'ai pas du tout évalué moralement leur comportement. Je n'ai pas pensé à Gary. Je ne me suis pas non plus déconnectée de mon corps. Je ne pouvais rien faire d'autre que d'être atrocement présente.

Quand ils se sont arrêtés, ils ont quitté la chambre en fumant des cigares pour rejoindre leur hammam. Je les ai entendus dire quelque chose, dans le couloir, et un mec balafré est arrivé. Il m'a jeté mes affaires au visage en m'ordonnant de me rhabiller et il m'a enfermée dans une camionnette où il y avait trois filles, un peu plus âgées que moi, et un autre type assis au volant. Ils nous ont interdit de parler et ils ont commencé à rouler. Je suis restée en état de choc pendant presque une heure, jusqu'à ce que j'entende le moteur de la camionnette et que je ressente les vibrations de la route. À l'avant, dans la pénombre, j'ai aperçu les épaules massives des deux hommes, ensuite leur nuque grasse et j'ai senti l'odeur de shit mêlée à celle de la bière. Après j'ai vu les phares des voitures et j'ai compris qu'on était sur l'autoroute. Au bout d'un moment, j'ai lu Immingham sur un panneau et comme je l'ai relu ensuite, alors que les autres noms de ville disparaissaient, j'en ai déduit que c'était notre destination. En même temps, je n'arrêtais pas de penser à Gary. Mes souvenirs étaient flous, parfois absents et je comblais les trous sans me rendre compte que c'était mon imagination qui prenait le relais. Ce qui sortait de tout ça, c'était que Gary avait été piégé par ses patrons, mais qu'il allait agir pour me sauver.

5

La camionnette s'est arrêtée en pleine nuit au bout d'un immense quai, dans le port de commerce d'Immingham. On nous a aussitôt embarquées sur un cargo porte-conteneurs et on nous a enfermées dans une soute froide et humide qui puait le gazole, le vomi, la pisse et les excréments. Une vingtaine de filles de dix-sept ou dix-huit ans étaient assises ou allongées sur des matelas posés à même la ferraille rouillée, à côté de trois bassines qui servaient de toilettes. Le cargo est parti dans la nuit. Je ne sais pas combien de temps a duré la traversée parce qu'il n'y avait pas de hublot. Les seuls repères que j'ai eus, ça a été les repas qu'on nous a apportés dix fois et les shoots d'héroïne qu'on nous a permis de faire à quatre reprises, quand on commençait à se sentir vraiment mal.

On a été débarquées une nuit dans un port de commerce où il faisait chaud. Juste avant qu'on nous entasse sous la bâche d'un camion, j'ai aperçu d'immenses buildings qui illuminaient le ciel. Je ne sais pas combien de temps on a roulé. Au début, on entendait la circulation d'une grande ville, ensuite le bruit s'est éloigné, la route est devenue cahoteuse et le camion s'est arrêté. Les hommes nous ont fait descendre au milieu d'un quartier en construction avec des tours inachevées qui s'élevaient entre des grues gigantesques.

Ils nous ont conduites dans des sous-sols et ils nous ont enfermées à cinq dans des pièces aux murs en béton avec des canalisations apparentes et des ampoules branchées à même les fils électriques. On est restées à se regarder en silence jusqu'à ce qu'on vienne nous chercher pour nous emmener dans un parking souterrain où il y avait des cabines en plastique collées les unes aux autres. C'était des douches avec un très mince filet d'eau tiède. Ensuite, on est retournées dans les dortoirs et on nous a donné des vêtements de rechange, du riz, des haricots et un shoot d'héroïne.

Le lendemain, d'autres hommes sont venus nous chercher pour nous obliger à monter dans le même camion. On a roulé quelques kilomètres et ils nous ont dit de descendre pour nous faire entrer dans une tour en construction dont on a gravi plusieurs étages en empruntant un escalier en béton. On est arrivées dans un couloir desservi par une vingtaine de portes, comme dans un hôtel sauf que tout était inachevé, les murs nus, les fils électriques, les canalisations qui couraient au plafond. Ils nous ont enfermées chacune dans une pièce où il y avait juste un matelas. Quand je me suis approchée de la fenêtre, pour essayer de comprendre où j'étais, je suis restée immobile de longues minutes avant que mon cerveau enregistre vraiment ce que je voyais. Ce n'était pas les buildings gigantesques au bord de la mer qui m'empêchaient d'imprimer. C'était l'immense désert de sable qui disparaissait, de l'autre côté, dans la brume de chaleur. J'ai commencé à suffoquer et j'ai voulu ouvrir la fenêtre, mais c'était une paroi vitrée condamnée dans le mur en béton. Au même moment, j'ai entendu la porte de la chambre. Je me suis retournée et j'ai vu l'un des gardiens faire entrer un homme d'une trentaine d'années, petit et sec, qui avait des vêtements d'ouvrier. Il n'était pas européen. Peut-être Chinois ou Birman. Le gardien m'a ordonné en anglais de faire tout ce qu'il me demandait et il a fermé la porte. Le type m'a dit bonjour et il s'est déshabillé sans un mot en pliant soigneusement ses affaires. Ensuite, il s'est approché et il a essayé de me toucher, mais je l'en ai empêché. Son sourire s'est effacé et il a encore tenté de m'enlacer. Cette fois-ci j'ai voulu le frapper, mais il a paré le coup avec son avant-bras et il m'a fixée d'un air furieux avant de se jeter sur moi pour m'entraîner sur le matelas où il m'a violée. Quand il m'a lâchée, je me suis recroquevillée sur moi-même et j'ai regardé la fenêtre condamnée sans rien ressentir, comme si j'étais morte. Le type s'est levé, s'est rhabillé et il a quitté la pièce en me disant au revoir. Dix minutes plus tard, la porte de la chambre s'est rouverte et le gardien a fait entrer un autre homme. Je ne l'ai même pas regardé. Ni le suivant ni les huit qui se sont succédé jusqu'à ce que je me retrouve à l'arrière du camion avec les autres filles qui étaient comme moi, blêmes et hébétées. On nous a ramenées aux douches avant de nous enfermer dans les dortoirs où on nous a encore servi du riz et des haricots. Le lendemain a été le même enfer, comme le surlendemain et tous les autres jours qui ont suivi. Chaque soir, on nous forçait à prendre une pilule contraceptive qui stoppait nos règles et, tous les deux jours, le temps qu'on commence à sentir le manque nous enchaîner de l'intérieur, on nous filait un shoot d'héroïne.

Au bout d'un moment, à force d'écouter les gardiens parler arabe et anglais entre eux, j'ai réussi à comprendre quelques mots. Avec les semaines qui passaient, ça s'est décanté et j'ai fini par découvrir qu'on était à Dubaï et qu'on se faisait violer par des expatriés coincés sur les chantiers des tours gigantesques. Ouvriers, ingénieurs, cadres administratifs, on avait droit à tout. On avait droit aux mecs du coin aussi, aux types de passage, aux touristes. Le monde entier ouvrait la porte de nos chambres pour venir se taper des adolescentes en train de crever. C'était vraiment comme si chaque continent tenait à nous envoyer son lot d'ordures. Parfois, on nous laissait tranquilles la journée, mais on nous emmenait à la tombée de la nuit et on nous ramenait juste avant l'aube. Des filles nouvelles débarquaient de manière constante et je me suis dit que cette régularité devait être liée à la rotation du cargo. C'est comme ça que j'ai pu avoir conscience des mois qui passaient. De temps en temps, une fille avait une poussée d'herpès sur le visage ou un genre de grippe. Elle était malade dix jours et puis plus rien sans qu'elles aient reçu aucun soin. D'autres pouvaient se tordre de douleur en se plaignant de leur vagin. Mais là, c'était récurrent parce que les filles qui chopaient cette saloperie n'arrêtaient pas de rechuter. Je les entendais gémir et pleurer en silence, toute la nuit, alors dès que je commençais à sentir des brûlures, ou juste des picotements, je me mettais à flipper. Ce n'était souvent que des irritations ou des fissures anales, mais comme j'avais toujours mal, j'avais toujours peur. En six mois, j'ai vu mourir deux filles de mon dortoir à cause de cette infection. À chaque fois, les gardiens ont balancé leur corps dans une housse en plastique, la clope au bec, et ils sont partis sans s'arrêter de discuter. Je n'ai jamais su ce qui faisait tenir les autres filles ni d'où elles venaient ni comment elles s'étaient retrouvées piégées ici. On ne parlait pas vraiment entre nous. On se soutenait du regard, parfois on pleurait ensemble et on se réconfortait quand les cauchemars nous torturaient, mais c'était rare. Le plus souvent, chacune essayait de survivre dans son coin sans se soucier des autres. Pour moi, en tout cas, mon seul espoir, c'était ce que mon cerveau avait mis en forme pendant le trajet en camionnette vers Immingham. Mon imagination avait tout boursouflé jusqu'à la folie et je confondais Gary avec le surhomme du film de guerre qu'il avait regardé le soir où il m'avait emmenée dans un hôtel de la City. Je le voyais débarquer à Dubaï, armé jusqu'aux dents, et plonger dans ces tours sinistres en butant tous les gardiens comme dans un jeu vidéo. Alors il défoncerait la porte du dortoir, me prendrait dans ses bras et il m'emmènerait vivre avec lui sur cette île paradisiaque dont il m'avait tant parlé. Une nuit, j'ai vu l'une des filles se lever et traverser calmement la pièce poisseuse où on dormait. Elle était nue et son corps, d'une pâleur extrême, semblait flotter dans la pénombre. Elle tenait quelque chose, dans le creux de sa main, dont elle s'est servie pour enlever les dominos des fils électriques qui sortaient des murs. J'ai entendu un bruit métallique, lorsque le morceau de fer est tombé sur le béton, juste avant que son corps convulse violemment et soit projeté sur le sol à un mètre de moi. J'ai passé la nuit à fixer son visage, apaisé par la mort, en me répétant en boucle que Gary allait venir, qu'il était sûrement en train de préparer son opération. C'était obsessionnel et frénétique, comme un orage verbal qui m'emportait loin de ces fils électriques dont le chant lugubre et doux m'appelait. Un peu avant l'aube, je me suis levée et j'ai ramassé la petite pièce métallique pour remettre en place les dominos. Ensuite, j'ai tiré le cadavre de la fille jusqu'à sa paillasse et je me suis recouchée en cachant l'ersatz de tournevis sous mon matelas. Quand les gardiens ont compris qu'elle était morte, ils l'ont mise dans une housse en plastique sans se poser de questions. C'était exactement ce que je voulais parce que j'avais peur qu'ils trafiquent les murs pour rendre les fils électriques inaccessibles s'ils découvraient qu'elle s'en était servie pour se suicider. Je savais, au fond de moi, que j'allais en avoir besoin très rapidement.

En attendant que la mort devienne ma seule issue, mon cerveau me permettait de survivre en laissant mon corps à ces hommes, le temps qu'ils se vident, comme on abandonne un bout de viande à des porcs. Mon esprit, quant à lui, se déconnectait de cette puanteur organique, qui s'incrustait partout en moi, et je me réfugiais dans ma vie avec Gary en pensant au bonheur quand tout ça serait fini. Je partais en voyage très loin, mais une nuit tout s'est enraillé parce qu'un type s'est brusquement mis à m'étrangler. Je n'arrivais plus à respirer, alors je suis revenue dans mon corps comme si mon cerveau m'avait appelée à l'aide. J'ai aussitôt vu un mec énorme qui s'excitait sur moi en me serrant le cou avec un rictus hideux. Mon premier réflexe a été de vouloir lui arracher les mains, mais elles étaient plus dures que du fer, alors j'ai essayé de dégager mon corps du sien. J'ai eu beau tenter de me déhancher de toutes mes forces, je n'ai même pas réussi à bouger tellement son poids et sa rage m'enfonçaient dans le matelas comme dans de la vase. Quand j'ai commencé à avoir un voile blanc devant les yeux, il a relâché la pression sur ma gorge, il m'a mis deux énormes gifles, dont l'une m'a heurté la tempe de plein fouet, et il m'a de nouveau étranglée. Je ne le voyais plus parce que les coups avaient envoyé ma tête sur le côté droit, alors j'ai fixé ses fringues dégueulasses qu'il avait jetées en vrac à côté du matelas. Je n'ai pas compris immédiatement pourquoi j'avais attrapé la jambe de son pantalon pour le tirer vers moi. Quand j'ai atteint la ceinture, j'ai vu ma main droite ouvrir un étui en cuir et sortir un couteau militaire. Mais le type s'est rendu compte de ce que je faisais et il m'a lâché la gorge pour me bloquer le poignet. Ma tête a pivoté vers lui et j'ai vu son autre main, serrée comme une masse, s'abattre sur mon visage. Je me suis tournée sur le flanc en lançant mon bras gauche de toutes mes forces vers le poignard et j'ai senti son poing me frôler l'arrière du crâne juste avant de l'entendre s'écraser contre l'oreiller. Pendant que le type armait un deuxième coup, en me bloquant toujours le poignet, j'ai lâché le couteau pour le reprendre de ma main libre, mes hanches se sont remises en place, comme un ressort, mon buste a suivi et mon bras a jailli avec la lame crantée. Il a écarquillé les yeux quand elle s'est enfoncée en travers de sa gorge. Il a essayé de faire un geste, mais je lui ai planté la lame une deuxième fois dans la carotide. Et une troisième fois et encore d'autres fois, une tonne d'autres fois. Mon avant-bras était devenu un piston. Le sang giclait par la plaie et par sa bouche dans un gargouillement de vomi. Et il est tombé sur moi de tout son poids. J'ai poussé son cadavre presque sans effort alors que je n'avais même pas réussi à le bousculer quelques instants auparavant. J'avais du sang partout sur ma peau, j'étais nue, mais je n'ai pas pensé à me rhabiller. Je suis sortie de la chambre en tenant le couteau ensanglanté, comme s'il faisait partie de moi, et j'ai marché dans le couloir bétonné, le long des canalisations apparentes et des fils électriques, sous la lumière de la lune qui passait par les grandes baies vitrées encore protégées par des adhésifs. Des râles et des plaintes provenaient des autres chambres en construction, mais je ne m'en suis pas soucié et j'ai marché vers l'escalier jusqu'à ce que des cris fusent dans mon dos. Je me suis retournée et j'ai vu deux gardiens qui couraient vers moi en hurlant, le torse barré par un étui d'où dépassait la crosse de leur flingue. Je n'étais pas dans l'état normal d'un être humain, alors je les ai chargés en brandissant la lame pleine de sang qui sortait de mon poing. Je ne ressentais aucune peur et je ne réfléchissais pas. Je courais en silence, sous la lune, le bras levé avec le poignard devant moi. Les deux hommes se sont arrêtés pour dégainer leur arme, mais j'étais déjà sur eux. J'ai sauté sur le premier en posant mes pieds à plat contre son ventre tout en lui attrapant les cheveux d'une main pour, de l'autre, lui planter le couteau dans la carotide. En poussant de toutes mes forces sur mes jambes, je l'ai égorgé et j'ai atterri sur le mec d'à côté, les cuisses serrées autour de son bassin, en lui enfonçant la lame jusqu'à la garde dans un œil. Je l'ai retirée d'un coup sec et je lui ai tranché la gorge d'une oreille à l'autre avant de relâcher mes cuisses et de retomber sur le sol. Ils se sont écroulés à mes pieds et j'ai contemplé le sang qui giclait de leur gorge béante et de leur bouche suppliante, j'ai écouté leurs gargouillements grotesques, j'ai observé la mort les défigurer, et quand leur dernier souffle s'est évaporé dans ce couloir lugubre, je suis partie.

  Je ne me souviens plus trop des moments qui ont suivi. L'escalier de secours interminable pour sortir de la tour, puis l'errance dans les rues désertes du quartier hérissé de buildings sinistres en construction, tout ça est haché de trous noirs ou vaporeux. Je n'ai pas pensé une seule seconde aux autres filles torturées comme moi derrière les portes closes. J'aurais pu prendre les armes des deux gardiens et les libérer en massacrant tous ces mecs, mais ça ne m'a même pas traversé l'esprit.

Je me suis retrouvée dans une rue large comme une autoroute avec des engins de chantier échoués sur les parties non goudronnées. J'étais perdue, alors j'ai erré au milieu des grues géantes et des tours jusqu'à ce que j'arrive à un carrefour. Après avoir regardé dans toutes les directions, sans savoir laquelle prendre, j'ai continué vers la rue d'en face, mais je me suis tout de suite arrêtée parce que j'ai eu l'impression de voir quelqu'un. Deux ou trois secondes plus tard, j'ai commencé à paniquer en entendant une voix masculine, grave et profonde, qui baragouinait un monologue dans une langue inconnue. D'un seul coup, j'ai vu surgir de l'ombre un homme maigre et filiforme qui parlait tout seul en faisant de grands gestes. Avec sa kurta élimée, son shalwar crasseux et ses pieds nus, il avait l'air d'un mendiant complètement taré. J'ai couru vers un vieux camion, garé sur le parvis gravillonné d'une tour en forme de flèche, et je me suis accroupie derrière une roue pour l'observer. En sentant le manche du couteau dans ma main, j'ai pris conscience que j'étais nue, couverte de sang et j'ai eu un genre de vertige. L'homme était grand et sec, avec une barbe de sâdhu et de longs cheveux emmêlés qui commençaient à devenir gris. Il avait la peau très mate, le visage marqué par certains traits africains et des yeux bridés typiques de l'Asie. Il a traversé le carrefour, en continuant de psalmodier dans une langue que je n'arrivais pas à identifier, et il s'est engagé dans la rue d'où je venais. Il s'est brusquement arrêté en passant devant le parvis, où le camion était garé, et il a tourné la tête dans ma direction. Je me suis aussitôt baissée derrière la roue, mais c'était trop tard, nos regards s'étaient croisés. Je me suis précipitée sous le châssis et j'ai rampé pour être au milieu, là où il y avait le plus d'ombre. Quand je l'ai vu s'approcher, en entendant le gravier crisser sous ses pieds nus, j'ai serré le manche du couteau, mais je ne ressentais plus cet élan sauvage qui m'avait transcendée dans la tour. J'étais dans un état de sidération, j'avais peur et je n'arrivais plus à respirer. Pendant qu'il marchait, des phares ont balayé le camion et des pneus ont crissé dans le carrefour. La voiture a stoppé net, une centaine de mètres plus loin, avant de reculer en produisant un bruit aigu de moteur en surrégime. Elle a pilé à la hauteur du camion, les portières se sont ouvertes et trois hommes ont surgi dans la rue en criant des trucs en arabe. J'ai compris qu'ils demandaient au mendiant s'il avait vu une fille traîner dans les parages et il leur a répondu, en arabe lui aussi, qu'il savait où j'étais. Mais au lieu de leur désigner le camion, pendant que je paniquais en regardant partout pour chercher une issue, il a recommencé à parler tout seul. L'un des types s'est approché en braquant un pistolet vers sa tête. Il s'est arrêté à un mètre de lui et il l'a prévenu qu'il avait trois secondes pour leur dire où j'étais sinon il le butait. D'un seul coup, le bras droit du mendiant a bougé avec la fulgurance d'un serpent. L'instant d'après, c'était lui qui tenait le pistolet. Je n'ai pas compris comment il s'y était pris et je n'ai pas eu le temps de me poser la question parce qu'il a aussitôt tiré dans la tête du mec avant de flinguer coup sur coup les deux hommes qui étaient restés en retrait. Ils se sont écroulés en poussant un cri rauque et il a marché vers eux pour aller les achever d'une balle dans le cœur. Ensuite, il a nettoyé la crosse avec sa Kurta, il a jeté le flingue sur leur corps et il les a fouillés rapidement. Le temps de récupérer leur téléphone portable, il s'est dirigé vers le camion et je me suis reculée instinctivement comme un chat qui se planque le plus loin sous un lit. J'ai vu sa tête passer sous le châssis et ses yeux noirs de fauve étinceler au milieu de son visage barbu. Il m'a tendu la main en me disant, dans un anglais parfait, que nous devions vite partir avant que d'autres hommes n'arrivent. Sans l'avoir vraiment décidé, j'ai lâché le couteau en projetant mon bras vers lui et il m'a attrapé le poignet. J'ai aussitôt senti le poids de mon corps tordre mon épaule, alors j'ai accompagné le mouvement en avançant sur les genoux. Dès que j'ai eu le buste sorti, il a glissé ses mains sous mes aisselles et il m'a mise debout sans me regarder ailleurs que dans les yeux. D'un geste rapide, il a ôté sa Kurta et il m'a aussitôt vêtue avec. Il était tellement grand que sa chemise était devenue une robe. Il s'est baissé et j'ai senti son bras glisser à l'intérieur de mes genoux, l'autre dans mon dos, et il m'a soulevée de terre comme si je ne pesais rien. Pendant qu'il marchait vers la voiture, que les trois hommes avaient laissée au milieu de la rue, phares allumés et moteur au ralenti, je me suis rendu compte que son corps, dont je n'avais distingué que la sécheresse dans l'obscurité, était en réalité noué de muscles longs et puissants. J'ai alors observé ce que sa barbe grisonnante laissait voir de son visage. Sa peau tannée par le soleil, son nez épais, ses yeux bridés et les rides qui commençaient à marquer son front. Je lui donnais entre quarante-cinq et cinquante ans, ni moins ni plus. Quand il m'a déposée sur le siège passager et qu'il a refermé la portière, juste avant de passer devant les phares, je me suis demandé qui il était, d'où il sortait et ce qu'il me voulait. Après s'être assis au volant en claquant sa portière, il a jeté les trois téléphones portables dans le vide-poche, entre nos deux sièges, et il a démarré en trombe avec l'aisance d'un homme pour qui les voitures puissantes n'ont aucun secret. Le temps de faire demi-tour, de tourner à droite au carrefour, il s'est dirigé à toute vitesse vers les lumières de Dubaï.

6

Il a roulé en silence jusqu'aux quartiers situés en bord de mer sans que j'ose lui poser de questions. Il s'est garé dans une rue encore animée, malgré l'heure tardive, et il a tenté d'utiliser les portables. Après avoir enlevé la batterie des deux premiers, protégés par des codes, il a allumé le troisième sur lequel il a aussitôt composé un numéro de téléphone précédé d'un indicatif européen. Aucun mouvement d'humeur, que ce soit face aux deux premiers combinés bloqués ou devant celui qui était déverrouillé. J'avais l'impression qu'il déroulait un genre de protocole, alors j'imaginais qu'il devait avoir un plan B pour se procurer un autre téléphone si aucun des trois n'avait fonctionné. Au bout de quelques sonneries, j'ai perçu une voix de femme, à travers le combiné, et il lui a parlé allemand en l'appelant Ingrid. Je ne comprenais rien de ce qu'il disait, mais vu la vitesse et la fluidité des phrases qu'il prononçait sans effort, j'en ai déduit qu'il parlait couramment l'allemand. J'ai entendu le mot dollars précédé des consonances phonétiques *drei-sig-tao-send*, et je me suis dit qu'il s'agissait d'un montant probablement élevé puisqu'il y avait beaucoup de syllabes. Dès qu'il a raccroché, après trois ou quatre minutes de conversation, il s'est connecté à un site dont la graphie ne ressemblait à aucune langue européenne. Il ne se souciait pas de dissimuler ce qu'il faisait. Le portable était devant lui, contre le volant, alors je pouvais voir tout ce qui se passait à l'écran. Il a composé plusieurs codes à douze chiffres, des identifiants très longs et je me suis demandé comment il pouvait se souvenir de tout ça. Après différentes fenêtres, qui ressemblaient à des paliers de sécurité, j'ai découvert 213 857 inscrits en gras à côté d'un nom, Bima Sukarnobam. J'ai pensé que cette somme était en dollars parce que je l'avais entendu parler de dollars à Ingrid, mais je me disais aussi que ce n'était pas possible qu'un type dans son genre ait plus de deux cent mille dollars sur un compte bancaire. Il a ensuite ouvert un onglet et il a encore composé plusieurs codes chiffrés dans des champs spécifiques. Lorsqu'il a indiqué 30 000 à l'intérieur d'une case, apparemment réservée à des virements instantanés, j'ai fait le lien avec le montant qu'il avait prononcé en allemand et j'ai définitivement cessé de comprendre quoi que ce soit à ce qui se passait. Il a validé le transfert, il s'est déconnecté et il a effacé l'historique avant de rappeler le même numéro en Allemagne. Ingrid a répondu tout de suite. Leur conversation a duré à peine quelques secondes et il a raccroché sans se soucier d'effacer le journal d'appel. J'ai imaginé que le numéro d'Ingrid était sûrement un numéro spécial, un peu comme une coquille vide qui ne mènerait nulle part, car il figurerait forcément sur le relevé téléphonique du type à qui appartenait le portable. En fait, j'avais besoin de croire que Bima, c'était le nom que j'avais lu sur le compte, ne puisse pas commettre une erreur aussi grossière. Vu ce que les patrons de Gary m'avaient infligé alors que je ne leur avais rien fait, je n'arrivais même pas à imaginer de quelle manière ils allaient vouloir me massacrer quand ils apprendraient que j'avais égorgé trois hommes pour m'évader de leur réseau de prostitution. La terreur, qu'ils m'inspiraient, venait de se rappeler à moi et je me sentais tellement vulnérable, face à eux, que j'avais besoin de croire que ce type surgi de nulle part, dont je n'identifiais pas l'origine du nom, Bima Sukarnobam, était un genre d'agent secret infaillible aussi fort que Gary. Il m'a alors regardée en m'expliquant qu'il allait récupérer du cash à huit heures le lendemain matin, que l'homme avec qui il avait rendez-vous lui donnerait un contact pour faire des faux papiers et qu'on partirait de Dubaï la nuit prochaine. Il a ensuite voulu savoir d'où je venais, comment je m'appelais, si j'avais de la famille et dans quelle ville vivaient ceux qui m'avaient envoyée ici. Je lui ai tout raconté, mais j'ai menti sur Londres parce que je n'avais confiance qu'en Gary pour me protéger et j'avais peur qu'il me coupe de lui. J'ai déplacé toute l'histoire à Middlesbrough, comme si je n'avais jamais quitté le Yorkshire, et il m'a demandé où j'avais envie d'aller, en dehors de Middlesbrough. Londres est immédiatement sortie de ma bouche, presque comme un cri, alors il m'a regardée en silence, d'un air bizarre, et j'ai baissé les yeux. Je les ai relevés pendant qu'il se connectait à un site qui vendait des billets d'avion. Après avoir réservé deux places pour Londres sur un vol qui partait le lendemain à 2 h 40 du matin, en utilisant de mémoire les coordonnées d'une carte bancaire, il a une nouvelle fois effacé l'historique et il a immédiatement ôté la batterie du téléphone. Ensuite, il a extrait la carte SIM, qu'il a coupée en deux d'une simple pression entre son pouce et son index, et il m'a regardée d'un air frontal, comme s'il se doutait que je l'avais embrouillé avec Londres. Ça m'a heurté de plein fouet. J'ai une nouvelle fois baissé les yeux et il en a profité pour relever la manche de la Kurta, le long de mon bras couvert d'ecchymoses. Après un bref moment de suspension, il l'a refait glisser jusqu'à mon poignet en m'annonçant qu'il prendrait soin de moi pendant le *cold turkey*. Je ne savais pas ce que c'était, un *cold turkey*, alors j'ai relevé les yeux en lui demandant de m'expliquer. Il m'a répondu qu'il s'agissait du sevrage brutal de l'héroïne et que j'allais vivre quinze jours atroces. J'ai aussitôt repensé aux moments horribles que j'avais traversés, quand Gary avait eu ses comptes bloqués par les flics, mais je me suis rassurée en comprenant que je n'aurais pas à vivre ça puisqu'on se retrouverait comme avant, et je n'ai posé aucune autre question. Je ne voyais pas ce qui pouvait le motiver, à part du sexe, et j'avais peur de lui tendre une perche si je m'intéressais à sa vie. De toute manière, ça m'était égal de comprendre pourquoi il errait dans la nuit comme un mendiant alors qu'il avait plus de deux cent mille dollars sur son compte et parlait au moins quatre langues. Je m'en foutais de savoir qui il était et ce qu'il avait fait, dans sa vie, pour être capable de désarmer un homme qui le tenait en joue, de lui mettre une balle en pleine tête et d'en buter deux autres avant d'aller les achever comme des chiens. Je me disais juste qu'il devait être identifiable par ses empreintes, parce qu'il avait eu le réflexe de nettoyer la crosse du pistolet, et ça me suffisait. La seule chose que je voulais savoir, ou plus exactement à laquelle j'avais besoin de croire, c'était qu'il soit aussi fort que Gary.

Il m'a dit que nous devions nous éloigner rapidement de la voiture parce qu'un localisateur GPS équipait sûrement son système antivol. Pendant que je sortais sur le trottoir, il a pris le temps d'effacer ses empreintes des téléphones qu'il a laissés sur le siège après avoir essuyé tout ce qu'il avait touché dans la voiture. J'ai eu peur de découvrir une faiblesse, chez lui, s'il commettait l'erreur d'oublier les poignées extérieures des deux portières, mais il y a pensé comme si c'était un truc automatisé et je me suis sentie soulagée en lui emboîtant le pas. Au bout de deux ou trois cents mètres, il a jeté les morceaux de la carte SIM dans une bouche d'égout et on a continué à marcher. En passant près d'une poubelle, il a ramassé une tige en métal, très fine et plate, qu'il a observée un court instant, comme s'il la jaugeait. Il est reparti et je l'ai suivi sans un mot, même si je savais qu'il allait me violer à un moment ou un autre. Ça me donnait envie de vomir rien que d'y penser, mais je me disais que ce serait le prix à payer pour qu'il me protège et me ramène à Londres. Quand on est arrivés dans la vieille ville, il s'est approché d'une Peugeot 505 pourrie qui avait au moins trente ans. Après avoir ouvert la portière, en glissant la tige métallique à travers les joints de la vitre, il a démonté le coffret en plastique, sous le volant, et il a mis le contact en trafiquant les fils du démarreur. Mais il est aussitôt ressorti en me disant qu'il n'y avait pas assez d'essence et on s'est vite éloignés pour chercher une autre voiture. Pour finir, il a trouvé une vieille Ford, avec la jauge remplie, et on a rejoint les grands axes de Dubaï où on s'est fondus dans la circulation qui était fluide, à cette heure de la nuit. Au bout de dix minutes, il a tourné la tête vers moi et j'ai compris que le moment était venu, mais il m'a juste dit que je pouvais dormir, parce qu'on allait rouler dans Dubaï jusqu'au lendemain, et il s'est remis à fixer la route. Je suis restée en suspension pendant quelques secondes jusqu'à ce que je comprenne qu'il n'avait pas envie de sexe maintenant. Ça m'a rassurée, alors j'ai incliné le dossier au maximum et j'ai somnolé. De temps en temps, je tournais la tête vers lui pour l'observer dans la pénombre. Pendant que je regardais les lumières de Dubaï et les phares des voitures glisser sur sa peau métissée, j'ai pris conscience qu'il m'avait parlé directement en anglais sans me demander si je le comprenais. J'ai trouvé ça bizarre. D'un autre côté, il m'avait posé plein de questions qui montraient clairement qu'il ne connaissait rien de moi, mais je me disais que c'était peut-être pour m'embrouiller. Au bout d'un moment, j'ai cessé de m'interroger parce que j'ai décrété que je n'en avais rien à foutre. Il allait me ramener à Londres où je retrouverais Gary. Il me violerait en échange et on serait quittes. C'était simple, basique et rassurant de penser comme ça, alors mon cerveau a tout cloisonné.

Quand le soleil s'est levé, on a roulé encore deux heures avant de laisser la voiture dans une avenue commerçante, près de la mer. On a rejoint une rue tranquille et on s'est approchés d'un homme corpulent, d'une soixantaine d'années, en costume traditionnel saoudien qui attendait à côté d'une berline aux vitres teintées. Avec son qamis blanc immaculé et sa tête coiffée d'un shemagh à damiers blanc et rouge, il ressemblait typiquement à un banquier de Dubaï. Il avait une mallette en cuir marron à la main et un sac de voyage à ses pieds. Bima m'a dit de venir avec lui et l'homme s'est aussitôt dirigé vers nous. On s'est rejoints à l'ombre d'un porche et le type, en donnant à Bima la mallette et le sac de voyage, a échangé quelques mots en arabe avec lui. J'ai juste compris que Bima n'avait pas l'intention de vérifier si le compte y était. Le Saoudien lui a alors remis un morceau de papier, plié en quatre, et ils se sont salués d'un bref signe de tête. Pendant que le banquier faisait volte-face pour retourner vers la berline aux vitres teintées, Bima a posé la mallette par terre et il a ouvert le sac. Après avoir vérifié que personne ne faisait attention à nous, il m'a donné un jogging, des baskets rouges et un foulard à mettre sur mes cheveux en me disant de tout revêtir discrètement sous la kurta avant de l'enlever. De son côté, il a enfilé une chemise blanche et un pantalon de costume occidental par-dessus son shalwar. Après avoir chaussé des mocassins en daim, il m'a demandé de lui donner la Kurta. J'ai obéi et il l'a aussitôt rangée dans le sac de voyage avant d'entrouvrir la mallette pour récupérer une liasse de billets qu'il a glissée dans sa poche. Il s'est alors relevé et il m'a dit de le suivre.

On a marché jusqu'à un hôtel international où Bima a réservé une suite, pour la nuit, après avoir négocié un large pourboire avec le chef de réception qui voulait ses papiers d'identité. On a tout de suite pris l'ascenseur et Bima a appuyé sur le bouton du septième étage. Ça m'a aussitôt fait penser à la première fois où un homme m'avait violée. C'était le même genre d'hôtel, le même étage. Bima a croisé mon regard et j'ai détourné les yeux comme si l'éclat malsain, que j'ai cru y percevoir, me les avait crevés. Dès qu'on est entrés dans la chambre, il m'a dit qu'il allait prendre une douche rapide pour que je puisse ensuite avoir le temps de profiter du jacuzzi. Pendant qu'il était dans la salle de bain, je suis restée assise au bord du lit, le regard dans le vide, en essayant de réaliser que j'allais me baigner dans un jacuzzi. Mais je n'arrivais pas à me sortir de la tête cette première fois dans le quartier de la City. Plus j'y pensais, plus mon cerveau m'embrouillait en me noyant dans une confusion glauque où cet hôtel, ce septième étage, cette chambre devenaient ce qui s'était passé à Londres. Quelques minutes plus tard, Bima m'a retrouvée dans le couloir, complètement désorientée, avec la mallette pleine de fric à la main. Il m'a ramenée à l'intérieur de la chambre et il m'a fait couler un bain. Pendant que le jacuzzi se remplissait, il m'a mise sous une douche froide sans m'enlever mon jogging. J'ai crié et je me suis débattue, mais il m'a maintenue sous l'eau jusqu'à ce que mon corps s'apaise et que je me mette à pleurer. Alors seulement il a éteint la douche et il m'a portée vers le jacuzzi pour me déposer dans le bain où il avait versé les huiles essentielles de l'hôtel. Quand tout mon corps a été immergé sous la mousse, il m'a enlevé mon jogging sans toucher ma peau et il est sorti. Après le choc de la douche glacée, la félicité du bain chaud m'a rappelé que mon corps n'était plus un théâtre de torture. Bima a commencé à parler en arabe dans la chambre, mais je n'ai pas cherché à l'écouter ni à me demander à qui il s'adressait parce que j'étais en train de prendre conscience que tous ces viols, qui s'étaient comptés par centaines, avaient réussi à me faire oublier jusqu'à l'existence du plaisir. Dans la chambre, Bima a haussé le ton et j'ai compris que je l'entendais à cause de la porte entrouverte. J'ai eu peur qu'il revienne, alors je suis aussitôt sortie du jacuzzi pour aller m'enfermer. Pendant que je traversais la salle de bain, il s'est arrêté de parler et j'ai jeté un œil dans l'entrebâillement. Il était de profil, assis en tailleur sur le lit face à la fenêtre, avec la mallette ouverte entre ses jambes. À côté de lui, un téléphone portable était posé sur le papier déplié que le Saoudien lui avait remis. D'un seul coup, tout en maintenant les liasses de dollars en équilibre avec son bras, il a soulevé un double fond dans lequel il a puisé un pistolet et plusieurs chargeurs qu'il a immédiatement posés près du téléphone. Il a rabattu le couvercle, rangé la mallette de l'autre côté et il s'est emparé du flingue dont il a manipulé la culasse plusieurs fois en scrutant le mécanisme. Ensuite, il a empoigné un chargeur et il l'a emboîté d'un coup sec avec le plat de la main. Il a dû sentir mon regard parce qu'il a esquissé un mouvement de tête vers la porte, mais je l'ai refermée avant qu'il me voie. J'ai tourné la clef autant de fois que c'était possible et je suis retournée m'allonger dans le jacuzzi.

Des coups contre la porte m'ont réveillée en sursaut et j'ai entendu Bima me prévenir qu'on devait partir. En me redressant dans l'eau devenue tiède, presque froide, j'ai vu mon jogging trempé qui traînait sur le carrelage. Quand je lui ai demandé avec quoi je m'habillais, il m'a répondu qu'il était allé m'acheter des vêtements et j'ai compris que j'avais dû dormir longtemps. Je me suis enroulée dans une serviette et je suis sortie de la salle de bain au moment où il glissait le pistolet dans son dos. Il m'a dit qu'on allait chez un faussaire et que ce n'était pas sans risque à cause des connivences possibles entre lui et le réseau de prostitution d'où je m'étais échappée. En récupérant les chargeurs, pour les dispatcher dans ses poches, il s'est empressé d'ajouter que je ne devais pas m'inquiéter de ceux qui m'avaient envoyée ici parce qu'il les éliminerait une fois que je serais en sécurité à Londres. J'ai aussitôt ressenti de la satisfaction en comprenant qu'il allait flinguer les patrons de Gary, mais je n'ai pas imaginé une seule seconde qu'il puisse aussi vouloir le buter. J'ai ramassé le jean, le chemisier et les sous-vêtements, qu'il avait posés en travers du lit, et je suis retournée dans la salle de bain. Je me disais juste que j'allais devoir rétablir la vérité par rapport à Middlesbrough une fois que j'aurais retrouvé Gary à Londres. En finissant de m'habiller, j'ai pris conscience que Bima ne semblait pas avoir envie de sexe, en échange de son aide, ou alors il voulait attendre qu'on soit plus tranquilles, mais ça me paraissait bizarre. J'avais vu des centaines d'hommes se défouler sur mon corps et je n'imaginais pas une seule seconde qu'un sentiment d'insécurité puisse avoir des conséquences sur leurs pulsions. Je commençais à me dire qu'il attendait autre chose, mais je ne voyais pas du tout ce que je pouvais lui donner, alors je préférais ne pas poser de questions.

Après avoir enfilé une veste pendant que je nouais un foulard sur mes cheveux, Bima a empoigné la mallette et on est sortis de l'hôtel. Quand on était dans l'ascenseur, je me suis rendu compte que je ne l'avais pas vu effacer ses empreintes du sac, qu'il avait abandonné dans la chambre, et ça m'a angoissée parce que c'était une erreur trop basique pour un agent secret. J'ai essayé de me rassurer en me persuadant qu'il l'avait fait quand j'étais dans la salle de bain et j'ai fini par y croire. Un taxi nous attendait dehors. Il nous a conduits au cœur des vieux quartiers et il s'est garé devant un immeuble dans lequel on est entrés pour monter à un appartement où tous les volets étaient fermés. Il y avait plusieurs hommes, des Arabes et des Indiens, qui s'activaient dans des pièces différentes derrière des ordinateurs et des imprimantes énormes. L'un d'entre eux m'a dit de m'asseoir sur un tabouret, devant une toile claire. Il a pris plusieurs photos avant de faire la même chose avec Bima qui avait payé le prix fort pour que les passeports soient prêts dans la nuit. Pendant tout le temps où les faussaires les ont fabriqués, je suis restée assise sur un vieux fauteuil en velours couvert de brûlures de cigarettes. De son côté, Bima leur a mis une pression silencieuse, mais permanente. Son pistolet était bien en évidence, comme une menace ou plutôt une information, et il surveillait la porte d'entrée tout en écoutant les conversations. Vers minuit, celui qui semblait être le chef est venu lui apporter les passeports et Bima les a minutieusement inspectés avant d'exiger une lampe UV parce qu'il avait un doute sur la qualité des filigranes. Pendant qu'ils se jaugeaient, les autres hommes se sont approchés avec des flingues, alors Bima a empoigné la crosse de son pistolet et il a proposé de payer la vérification avant de préciser qu'il n'hésiterait pas à tous les buter si le fric ne suffisait pas. Le type a aussitôt écarté les bras pour ordonner aux autres de ranger leurs armes et il a souri à Bima en lui disant que son manque de confiance lui coûterait deux mille dollars. Lorsqu'ils se sont mis d'accord sur mille, l'un des hommes a disparu derrière une porte avant de revenir presque aussitôt avec une lampe qui produisait des rayons bleus. Il l'a posée sur une table et Bima a vérifié soigneusement nos deux passeports. Au bout de deux ou trois minutes, il s'est dit satisfait et il a versé le reste des dix mille dollars, plus les mille qu'il venait de négocier. Il était précis, concentré, sans affect et ça m'a plu de croire qu'il les aurait vraiment tous butés si le faussaire avait tenté de nous truander. Dès qu'on est sortis dans la rue, on est montés à l'arrière d'un taxi et Bima a été aux aguets pendant tout le trajet. Régulièrement, il croisait le regard du chauffeur, dans le rétroviseur, et le type détournait aussitôt les yeux avec l'air d'un mec qui ne veut surtout pas de problème. Il nous a laissés à l'aéroport, sans qu'il y ait la moindre alerte, et Bima s'est arrêté à côté d'une poubelle en me demandant de me mettre devant lui pendant qu'il nettoyait discrètement son pistolet et les chargeurs. Il les a jetés et on est entrés dans le Terminal 3. Il n'y a eu aucune hésitation au contrôle d'immigration et à la douane quand on a présenté nos faux passeports. Avant qu'on se retrouve dans l'avion, en classe affaire, Bima avait acheté, dans le centre commercial du Duty free, deux grosses valises et plein de vêtements pour qu'on ne se fasse pas remarquer en voyageant sans bagages. Il y avait mis la mallette avec l'argent et tout avait été chargé sans problème dans la soute. Je ne lui ai pas demandé pourquoi on était en classe affaire parce que j'avais envie de croire que c'était juste pour moi qu'il avait payé trois fois le prix d'un billet normal. Mais je commençais à comprendre comment il réfléchissait, alors c'était peut-être simplement une stratégie pour éliminer au maximum les risques. En fait, j'aurais détesté qu'il me réponde qu'on était en classe affaire juste parce qu'il n'y avait pas de places ailleurs.

 On a décollé à deux heures quarante du matin et j'ai adoré cette sensation de quitter la terre et plus encore l'idée de rentrer vers Gary. Mais ça ne me procurait aucun soulagement parce que mon corps commençait à manquer d'héroïne. J'avais de la sueur comme quelqu'un qui a chaud, les tremblements d'une personne qui crève de froid et je sentais que mon cerveau se rétrécissait à l'intérieur de mon crâne. Pas une seule seconde, je n'ai pensé aux filles qui étaient restées à Dubaï. Je les ai toutes oubliées sans état d'âme, même celles qui étaient devenues des sœurs d'infortune, avec qui je pleurais en silence ou qui venaient me réconforter quand les cauchemars m'arrachaient des plaintes. À l'intérieur de ma tête, il n'y avait que moi, l'héroïne et Gary. Le reste, c'était de la brume.

7

Quand on a atterri à Londres, à six heures trente heure locale, je commençais à être dans un sale état. Bima m'a traînée à travers l'aéroport et j'ai réussi à faire à peu près bonne figure pendant les deux minutes où on a présenté nos passeports. Ensuite, on a pris un taxi pour rejoindre le centre de Londres où Bima a réservé, à la semaine, un appartement dans un hôtel de standing. On y est restés tout le temps de mon sevrage, presque deux mois. Les quinze premiers jours, je me suis coltiné l'envie de crever avec celle d'assassiner n'importe qui pour un gramme d'héroïne. Fièvre de paludisme, hypothermie brutale, hallucinations cauchemardesques, insomnies de plusieurs jours, tachycardie, crise d'angoisse… J'ai insulté Bima, je l'ai supplié, mais tout ce que j'ai obtenu, c'est qu'il me mette un bâillon et m'attache au lit comme on fait dans les asiles de fous. À aucun moment, il n'a eu un geste tendre ou un mot de réconfort, ou même un regard sympa. Au mieux il m'ignorait, au pire il me forçait à boire de l'eau et du bouillon en me gavant comme s'il était automatisé. C'était le *cold turkey* à la dure, celui où on abandonne le corps dans son jus sans le moindre médicament pour soulager l'esprit. Les seules fois où il me détachait, c'était pour me laisser aller aux toilettes, en m'interdisant de fermer la porte, et pour me permettre de prendre une douche sous sa surveillance. J'étais nue devant lui, mais je n'ai jamais surpris son regard traîner sur mon corps, alors je me demandais, soudainement éclairée par des flashs de lucidité, ce qu'il attendait de moi parce que j'étais dans un tel état de détresse qu'il aurait pu me forcer à faire ce qu'il voulait. Il partait parfois plusieurs heures et quand il revenait, il se contentait d'observer mes poignets que j'avais blessés jusqu'au sang à force de tirer sur mes liens pour tenter de les rompre. Mais il ne les soignait pas. Il sortait de la chambre et je l'entendais pianoter sur un clavier d'ordinateur. À côté, les centres de désintoxication médicalisée avec soutien psychologique intégré m'auraient sûrement fait l'effet d'une balnéothérapie pour vieille comtesse qui s'emmerde. Au bout de dix jours, mon organisme a repris le dessus et j'ai pu m'oublier dans le sommeil, mais j'avais toujours des pulsions animales pour l'héroïne. Après une semaine passée à dormir presque tout le temps, j'ai commencé à voir les choses avec un peu plus de clairvoyance et Bima est progressivement redevenu social. Il m'a alors détachée et il m'a soigné les poignets en me confirmant que le *cold turkey* était fini, mais que j'allais devoir encore vivre sous cloche pendant quelque temps. Je me suis demandé d'où venaient ses connaissances à ce sujet et je me suis dit qu'il était sûrement passé par là lui aussi, mais je n'ai pas osé lui poser de questions. Ensuite, il m'a expliqué qu'une agence immobilière était en train de nous chercher une maison meublée, à louer dans un quartier familial de Londres, et je me suis à nouveau interrogée sur les raisons qui le poussaient à me protéger. La seule réponse qui me venait à l'esprit était le viol, parce que mon cerveau était complètement conditionné à ce rapport avec les hommes, mais Bima m'avait prouvé que ce n'était pas ça, à moins qu'il se soit mis en tête de me rendre amoureuse. Le soir, pendant qu'on dînait, j'ai réussi à dépasser ma peur d'entendre ce que je ne voulais pas entendre, sûrement parce que je lui faisais confiance, en fait, et je lui ai demandé pourquoi il faisait tout ça pour moi. Il m'a souri en me disant de ne pas m'en soucier et il s'est servi de l'eau pendant que je l'observais sans trop savoir quoi penser de cette manière courtoise de m'envoyer chier. J'ai conclu que c'était sûrement la réponse la plus pourrie qu'il pouvait m'apporter et je suis partie me vautrer devant la télé en me disant qu'il pouvait toujours aller se faire foutre pour que je lui redemande.

On est restés à l'hôtel encore quinze jours. Au début, je passais mon temps à regarder la télé et à lire des magazines people, mais Bima a dû considérer que c'était un genre de mort cérébrale dont il devait me sauver parce qu'il m'a apporté un manga en me disant qu'il m'en donnerait plein d'autres si j'aimais. Dès les premières pages, j'ai été complètement happée par l'univers des dessins et des histoires qui m'emmenaient en dehors de mon corps. C'était de l'envoûtement. Je l'ai lu d'une traite et je suis aussitôt allée le voir en lui réclamant la suite. En attendant son retour, je l'ai relu avec peut-être encore plus de fascination que la première fois. À partir de là, je n'ai fait que ça, lire ces bandes dessinées japonaises, du matin au soir, jusqu'à ce qu'on quitte l'hôtel. Plus ça allait, plus Bima revenait avec des sacs emplis de mangas que je classais par ordre dans la bibliothèque de la chambre où j'avais réservé toute une étagère uniquement pour ranger le premier. Je le relisais avec délectation dès que j'avais épuisé mon stock de nouveautés, le temps que Bima m'en ramène. À force, il s'était écorné, froissé alors que tous les autres semblaient neufs et quand je le remettais à sa place, à chaque fois que j'achevais de le relire, je me disais que je le garderais toute ma vie.

Dès que l'agence immobilière a rappelé Bima pour lui proposer une belle maison, meublée avec beaucoup de goût dans le quartier de Hampstead près de Regent's Park, on y a emménagé tout de suite. Le soir, Bima m'a annoncé que je pouvais me promener dans Londres comme je voulais et là, d'un seul coup, pendant qu'il me parlait de son intention d'aller prochainement à Middlesbrough pour s'occuper du réseau de prostitution, l'excitation m'a secrètement submergée parce que je comprenais que plus rien ne m'empêchait d'aller retrouver Gary. Dans la foulée, il m'a donné une carte de crédit en me faisant apprendre le code par cœur, mais sans me laisser aucune consigne sur ce que je pouvais dépenser. Il m'a juste dit que c'était pour aller au cinéma, m'offrir des trucs, tout ce que je voulais tant que je ne me faisais pas remarquer. Il m'a filé un téléphone portable aussi, avec un numéro préenregistré dont je n'avais le droit de me servir que pour le joindre, et il m'a longuement expliqué que je ne devais pas sous-estimer mes ennemis, même s'ils étaient à Middlesbrough. J'ai acquiescé sans sourciller quand il m'a dit ça parce que, dans ma tête, c'était clair depuis le début. D'abord retrouver Gary. Ensuite avouer à Bima que le réseau était basé à Londres et non à Middlesbrough. Alors je l'ai laissé me donner des conseils en faisant semblant d'écouter, comme c'était devenu mon habitude dans les familles d'accueil, mais j'ai ressenti de la gêne, presque de la crainte, quand il m'a longuement regardée en silence. J'ai baissé les yeux et je suis allée lire un manga parce que je voulais qu'il me foute la paix.

    La première chose que j'ai faite, le lendemain, a été de prendre le métro pour rejoindre Hackney. Je suis immédiatement retournée au squat et j'ai posé des questions sur Gary à un dealer qui traînait devant l'immeuble parce que je voulais savoir s'il était là avant de me retrouver face à Andro. Le type a commencé par m'envoyer chier, mais quand je suis revenue avec cent livres en cash, il m'a aussitôt dit que Gary venait de partir et que je pourrais le trouver à *l'Équipage* en fin de journée, vers vingt heures. Je ne voulais pas qu'il le prévienne parce que j'avais envie de le surprendre, en tout cas c'était ce que je pensais quand je lui ai donné cinquante livres en plus pour qu'il la ferme. Je l'ai menacé de lui péter la gueule s'il me trahissait et je suis partie sans trop savoir si un mec d'un mètre quatre-vingt-dix pouvait réellement me trouver crédible, mais j'essayais de me convaincre que je m'en foutais, en fait, qu'il l'appelle pour lui annoncer que j'étais revenue. Je connaissais *l'Équipage* seulement de réputation parce que Gary m'avait toujours dit que ce n'était pas un endroit pour moi. C'était une boîte punk clandestine, dans une cave miteuse, ouverte vingt-quatre heures sur vingt-quatre, sept jours sur sept, où les gens se désocialisaient en écoutant une musique sinistre et violente sous acide ou héroïne, parfois les deux simultanément. Certains devenaient fous, d'autres en mouraient. Des partouses s'improvisaient, des bagarres sanglantes éclataient au milieu des danseurs défoncés dont certains s'écroulaient, terrassés par des crises d'épilepsie à cause des flashs stroboscopiques qui hachaient les mouvements en permanence. Des tagueurs psychopathes avaient peint, partout sur les murs, des zombies SS en train de bouffer des fœtus, des cadavres d'enfant dans du formol, des femmes éventrées par des rats. C'était une métastase de l'enfer où Gary se rendait uniquement pour récupérer le fric que les gérants lui versaient chaque mois.

J'ai traîné dans Hackney jusqu'au soir en regardant l'heure toutes les dix minutes. J'avais des palpitations amoureuses, ce genre de trucs que Gary m'avait fait découvrir. Quand je l'ai vu arriver, vers vingt heures, j'ai eu l'impression que mon cerveau lâchait d'un coup toutes les émotions emmagasinées à chaque fois que j'avais été dans ses bras. Il était seul et marchait au milieu du trottoir. Dès qu'il m'a reconnue, son regard noir est apparu comme chaque fois qu'il avait décidé de me frapper, mais il l'a immédiatement chassé et j'ai oublié qu'il était là, en embuscade derrière ses longs cils, même quand il m'a empêchée de me jeter dans ses bras en me repoussant avec le plat de la main. Je l'ai supplié de m'embrasser et il m'a dit, sans cesser de regarder partout autour de lui, que je lui avais causé beaucoup de tort en m'échappant. J'ai paniqué en lui demandant pardon et j'ai essayé encore de venir dans ses bras, mais il m'a repoussée une nouvelle fois, alors je me suis dit qu'il me serrerait contre lui s'il apprenait que Bima allait tuer ses patrons. Je lui ai tout raconté très rapidement, sans même reprendre mon souffle, et j'ai ajouté qu'on allait être libres et qu'on pourrait partir tous les deux dans cet endroit dont il m'avait tellement parlé. Il m'a dévisagée d'un air sidéré et il m'a demandé l'adresse de la maison. Je lui ai répondu que je savais comment y aller, mais que je n'avais pas fait attention au nom de la rue ni au numéro. Il m'a empoigné le bras en m'accusant de suivre les consignes du mec qui me protégeait et il a levé la main pour me frapper en me disant que j'étais une vraie salope de laisser ce type s'incruster entre nous. J'ai juste eu le temps de lui jurer que c'était la vérité avant que sa paume et ses doigts s'écrasent sur ma tempe. Je me suis redressée, à moitié dans les vapes, pour me protéger aussitôt le visage parce qu'il était en train d'armer un autre coup en fermant son poing. Alors je lui ai crié que la maison était dans le quartier de Hampstead près de Regent's Park, que c'était tout ce que je connaissais de l'adresse, mais que je pouvais l'y conduire. Il m'a planté son regard noir dans les yeux et il a fini par me lâcher en me prévenant que je n'avais pas intérêt à lui mentir. Pendant qu'il observait les alentours d'un air méfiant, je l'ai encore supplié de m'embrasser et il m'a répondu qu'il avait d'abord un truc à régler à l'intérieur de *l'Équipage*. Après m'avoir contournée pour aller sonner, il s'est retourné vers moi en me disant de ne surtout pas bouger et il a disparu derrière la porte qu'un type bodybuildé venait d'ouvrir. Quand je me suis retrouvée seule au milieu du trottoir, j'ai touché mon visage, qui me brûlait à cause de l'énorme gifle qu'il m'avait collée, et j'ai eu l'impression d'être ensevelie dans un brouillard cérébral où mes sens étaient réduits à leur minimum basique. Je regardais les gens, les voitures, les arbres d'un air probablement hébété parce que tout me traversait comme si j'étais devenue transparente. Au bout de dix minutes, le type bodybuildé a ouvert la porte et il s'est approché de moi pour me dire que Gary devait gérer un problème et qu'on avait rendez-vous le lendemain soir au squat. Il m'a aussitôt ordonné de dégager et j'ai obéi sans poser de questions.

Bima avait préparé le dîner et il m'attendait en méditant. Pendant le repas, il m'a demandé plusieurs fois si tout allait bien. Je lui ai répondu que je m'étais promenée longuement et que j'étais juste fatiguée. Il a fini par garder le silence et je me suis isolée dans ma chambre. J'ai lu quelques pages d'un manga et je me suis écroulée, sans m'en rendre compte, avec la lumière de l'abat-jour allumée et le livre sur ma poitrine. Il devait être un peu plus de vingt-deux heures, mais je n'ai pas dormi longtemps parce que j'ai été réveillée en sursaut au milieu de la nuit. J'ai cru que je rêvais jusqu'à ce que la peur me rende hyper lucide, alors je me suis éjectée de mon lit pour m'approcher de la porte. J'entendais le fracas des meubles qui tombaient, les râles de souffrance de Bima, son souffle qui accompagnait les coups qu'il donnait, mais comme je ne percevais rien de son adversaire, je me suis demandé s'il n'était pas en train de se battre contre lui-même. J'ai repensé à la première fois où je l'avais vu, à Dubaï, quand il gesticulait et parlait tout seul. Je me suis dit qu'il avait sûrement un grain, en fait, et qu'il était en train de faire une crise. Il y a eu un gros bruit, comme un corps qui heurte violemment quelque chose, et tout de suite après un silence de mort avec juste la circulation nocturne de la ville qui rodait vaguement à l'intérieur. En collant mon oreille à la porte, j'ai entendu des pas lourds et lents s'approcher. J'ai imaginé que le cerveau de Bima avait complètement grillé parce que sa manière de marcher faisait vibrer le parquet de ma chambre comme si c'était un monstre qui s'approchait. Je me suis enfermée à clef et je n'ai pas compris comment il pouvait être déjà là quand j'ai vu la poignée s'abaisser. Pendant que je me reculais, il y a eu un grand boum, la serrure s'est arrachée et la porte a percuté violemment le mur. Un homme gigantesque aux longs cheveux blonds réunis en chignon, vêtu d'un kimono noir de Sumo, est entré dans ma chambre avec un sabre de samouraï à la main. Il mesurait largement plus de deux mètres et il était tellement énorme qu'il devait faire le poids d'un ours. Il est arrivé devant moi en deux enjambées lentes et déterminées et j'ai cru que c'était un Sumo blond qui sortait tout droit d'un manga. J'avais la tête levée vers lui, comme si je regardais le ciel, hypnotisée par ses yeux bleus qui brûlaient d'un feu glacé. Il a brandi son sabre en l'écartant sur le côté, à cause du plafond qui n'était pas assez haut, et mon cerveau est resté bloqué sur l'idée que c'était un personnage de manga. L'instant d'après, j'ai entendu un cri de guerre et le Sumo blond s'est affaissé en lâchant son sabre sous le poids de Bima qui venait de lui sauter dessus. Mais il a réussi à ne pas tomber et il s'est redressé en projetant plusieurs fois son dos contre le mur pour fracasser Bima dont le visage était déjà en sang. Je n'ai pas eu le réflexe de bouger ou de m'enfuir. Je suis restée sidérée et j'ai senti la maison qui tremblait sous les coups de boutoir du Sumo blond pendant que Bima l'étranglait. Quand il a fini par le faire basculer par-dessus son épaule, il s'est immédiatement baissé pour récupérer son sabre, mais Bima s'est jeté sur sa tête, les genoux en avant, et il lui a asséné coup sur coup. Les lèvres et le nez du Sumo blond ont explosé pendant qu'il ouvrait les bras sans chercher à se protéger le visage. Il les a refermés sur Bima et il l'a soulevé de terre en se redressant de toute sa hauteur pour le broyer contre sa cage thoracique. Bima s'est mis à onduler, les pieds à un mètre du sol, en essayant de tourner sur lui-même jusqu'à ce qu'il parvienne, après avoir libéré l'un de ses bras, à le frapper en rafale à la gorge et à la tempe. Lorsque le Sumo blond a fini par le lâcher, Bima lui a aussitôt envoyé un énorme coup de tibia dans les couilles avant de prendre la chaise du bureau pour l'abattre de toutes ses forces sur sa tête et son dos. Le Sumo blond a mis un genou à terre et je l'ai vu empoigner son sabre pendant que Bima m'attrapait par la main. Quand il s'est relevé pour nous poursuivre, alors qu'on n'était même pas encore sortie de la chambre, je me suis sentie tellement dépassée par ce tueur monstrueux qui voulait me couper la tête que j'ai eu un écran noir. Je ne sais pas ce qui s'est passé ensuite ni combien de temps je suis restée inconsciente. J'ai rouvert les yeux en découvrant que j'étais dans le vestibule. Il faisait toujours nuit, mais je sentais qu'on était proche du lever du soleil. Je me suis levée et je me suis avancée jusqu'à la porte du salon. Tout était ravagé à l'intérieur, les meubles renversés et défoncés, le grand miroir mural explosé sur le sol, les bibelots en miettes. Le Sumo blond gisait sur le dos, le visage fracassé et les flancs entaillés par de profondes blessures, mais il n'était pas mort parce que je percevais son souffle rauque qui s'évanouissait dans le silence. J'ai eu peur et j'ai appelé Bima. J'ai aussitôt entendu un bruit, derrière la table renversée contre le mur, et je me suis précipitée pour aller la pousser. J'ai découvert Bima en sang avec des plaies au torse qui avaient l'air graves. Il a trouvé la force de lever le morceau de miroir acéré, qu'il tenait toujours à la main, et il m'a fait comprendre d'aller achever le Sumo blond. Après l'avoir empoigné, j'ai marché jusqu'à lui et je suis restée un moment à observer son corps de géant. Il devait avoir quarante ans, peut-être un peu moins. Je me suis agenouillée à côté de son visage ensanglanté et j'ai posé la pointe tranchante du miroir contre sa carotide. J'ai pris une grande inspiration, en tendant les muscles de mon corps pour l'enfoncer d'un coup sec au plus profond de sa gorge, mais ses yeux se sont ouverts et j'ai retenu mon geste. Je suis restée un long moment à fixer le miroir, dont je faisais peser de plus en plus fort la pointe sur sa peau, prête à la crever, jusqu'à ce que je ressente une vibration dans tout mon corps parce que ce n'était plus les contours du morceau de miroir que j'observais, mais mon reflet à l'intérieur comme si je me regardais dans l'eau d'un lac. Je m'étais plongée au fond de mes yeux et je me noyais dans ce même désespoir, aussi intense et lugubre, que j'avais brusquement reconnu quand le Sumo blond avait repris conscience. J'ai levé la tête vers son visage et j'ai été frappée par ce truc complètement bizarre. On avait le même regard. Ce n'était pas une question de couleur ou de forme, mais d'essence maudite ; sauf que, contrairement à moi, il ne cillait pas. Pendant tout le temps où on s'est scrutés, je n'ai pas remarqué un seul battement de paupières, exactement comme le regard d'un fauve. Je me suis dit que dans vingt-cinq ans, quand j'aurais son âge, peut-être que je ne cillerais plus et que je serais devenue une tueuse moi aussi, capable de couper la tête à n'importe qui. Je ne me sentais plus la force de l'égorger, alors j'ai posé le morceau de miroir sur le parquet et il a perdu connaissance. Je suis retournée voir Bima qui me regardait avec horreur. J'ai lu dans ses yeux qu'il essayait de se lever pour aller l'achever lui-même, mais il a sombré dans le coma à son tour.

Je suis restée à côté d'eux sans savoir quoi faire, totalement démunie par leurs blessures que j'imaginais mortelles, alors je suis allée dans ma chambre pour m'habiller. Ensuite, j'ai pris le téléphone portable que Bima m'avait donné et j'ai appelé Gary sur le numéro qu'on utilisait quand on était ensemble. Il a répondu d'une voix endormie et j'ai cru percevoir un genre de gémissement contrarié à côté de lui, mais il l'a étouffé en me demandant précipitamment comment j'allais. Je lui ai raconté ce qui venait de se produire en lui disant que j'avais peur et que j'avais besoin de le voir pour qu'il me protège. Il m'a répondu que je ne devais surtout pas bouger, parce qu'il arrivait tout de suite, et il a raccroché. Je suis restée dans le vestibule pendant vingt minutes, le regard figé sur l'écran du téléphone, en espérant de toutes mes forces qu'il rappelle pour me demander où j'étais. Quand j'ai entendu une voiture piler devant la maison, je suis allée à la fenêtre en titubant et là, d'un seul coup, en voyant Gary et Andro surgir de la Jaguar coupée, tout a craqué en moi. Le déni s'est crevé et mon cerveau a balancé en vrac tout ce qu'il me cachait depuis le soir où Andro avait tiré sur le cobra des Gypsie. Tout, de A à Z jusqu'à la veille. Je savais, comme si j'avais réellement vu Gary sortir par l'issue de secours de *l'Équipage*, qu'il s'était planqué dans la rue pour me suivre parce qu'il voulait donner mon adresse à ses patrons sans prendre le risque que je le conduise à la maison à cause de sa peur de tomber sur celui qui me protégeait. J'ai eu l'impression de me cogner contre moi-même en comprenant que le Sumo blond avait été envoyé ici grâce aux indications de Gary. Ensuite, pendant que toutes les pièces du puzzle s'emboîtaient au fond de ma tête dans un ballet violent, j'ai découvert à quel point Gary avait pris son pied à me détruire, et ça m'a envoyé valdinguer au-dessus de moi, dans une apesanteur nauséeuse d'où je me voyais atrocement nulle et coupable. Tout ça a duré quelques secondes, à peine, et je me suis dit que je devais fermer les volets et me barricader, mais juste au moment où mon regard s'est figé sur la serrure que le Sumo blond avait forcée, la porte d'entrée s'est ouverte et Gary a surgi. Après avoir marqué un temps d'arrêt en me voyant, il m'a dit de ne pas bouger et il m'a contournée pour se précipiter à travers le vestibule pendant qu'Andro refermait la porte derrière lui. Il s'est figé sur le seuil du salon, où Bima et le Sumo blond avaient l'air morts, alors il s'est retourné pour faire un pas vers moi et j'ai compris, à la rotation de son épaule, qu'il était en train d'empoigner la crosse d'un pistolet glissé dans son dos. L'instant d'après, j'ai vu le flingue au bout de son bras tendu. D'un seul coup, il m'a semblé tellement merdique et faible que j'ai éclaté de rire. Il est devenu pâle en comprenant que je le prenais pour un bouffon et il s'est mis à bafouiller de rage. Et plus il bégayait que j'allais crever comme une chienne, plus mon fou rire me prenait les tripes, alors il a cessé de viser mon front et il a baissé le canon de son flingue vers mon ventre, mais sa tête a roulé par terre et j'ai vu des gerbes de sang gicler de la base de son cou tranché pendant que son corps décapité s'écroulait. Derrière lui, le Sumo blond se soutenait au chambranle de la porte, le visage sans expression. J'ai aussitôt regardé Andro, qui le fixait en buggant complètement, et je me suis jetée sur le pistolet de Gary qui avait glissé à mes pieds. Le temps de le ramasser pendant qu'Andro dégainait son flingue, je l'ai soulevé en le prenant à deux mains pour avoir la force de soutenir le canon, mais Andro a senti mon geste et il a tourné la tête vers moi. Quand nos regards se sont croisés, il avait le bras tendu vers le Sumo blond et j'avais les miens braqués sur lui. On n'est probablement restés dans cette position qu'à peine une fraction de seconde avant qu'il me vise dans un geste fulgurant, mais je l'ai vécue au ralenti. J'ai vu pivoter le canon de son pistolet en direction de ma tête comme si la pulsation du temps était fractionnée. Je fixais l'œil noir, fondre vers la ligne de mire de mon front, pendant que mon cœur pompait mon sang pour le propulser dans mes veines en propageant un écho organique aussi puissant et démesuré que le tonnerre. À partir de là, tout s'est déroulé à vitesse normale et j'ai vu le corps d'Andro tressauter dans le fracas des détonations comme un pantin désarticulé sous mes balles qui lui trouaient le ventre et la poitrine. Quand j'ai entendu les clics de la gâchette buter sur le chargeur vide, j'ai arrêté de hurler et il a glissé le long du mur en laissant une grosse traînée de sang jusqu'à ce qu'il se retrouve affalé par terre, les jambes tordues et la tête baissée. Un bruit métallique a résonné dans le silence et j'ai découvert un sabre ensanglanté au sol avant de voir le Sumo blond s'affaisser le long du chambranle. Après s'être assis, il m'a prévenue, les yeux presque vidés par la mort, que d'autres tueurs allaient certainement venir et il a perdu connaissance. J'ai trouvé sa voix étrangement douce et rassurante, masculine, mais très loin de la tessiture caverneuse que sa corpulence de monstre annonçait. J'ai senti le flingue glisser de mes doigts et je l'ai laissé tomber à mes pieds en me tournant vers la tête tranchée de Gary qui avait roulé sur le carrelage. J'ai observé longuement son air haineux figé par la mort sans savoir si j'étais horrifiée ou satisfaite. Au bout d'un moment, j'ai entendu Bima qui m'appelait, alors j'ai enjambé le Sumo blond et je suis allée le voir pour lui expliquer ce qui venait de se passer. Il m'a immédiatement demandé d'aller lui chercher son téléphone dans sa chambre, sur la table de nuit. Je lui ai rapporté aussi vite que j'ai pu et il a composé un numéro avant de lancer l'appel. Quand il a eu quelqu'un en ligne, il a juste donné son nom en disant qu'il avait besoin d'aide. Le temps d'indiquer l'adresse, sa main est tombée lourdement sur le sol, mais il n'a pas lâché le téléphone et j'ai eu l'impression qu'il s'y accrochait. Il m'a alors regardée en m'annonçant que je devais attendre ici parce que Neema allait venir. Je lui ai demandé qui était Neema, mais sa tête a basculé sur le côté.

8

Une demi-heure plus tard, on a sonné à la porte et je me suis précipitée pour aller ouvrir. C'était une femme africaine d'environ trente-cinq ans, à la peau d'ébène, avec un très beau visage marqué par des scarifications ethniques. Elle était grande et fine, vêtue d'un jean, d'un anorak et elle portait des baskets urbaines. Elle s'est présentée en m'expliquant que Bima venait de l'appeler et je suis restée sans rien dire, face à elle, traversée par sa voix suave et ample que sa diction, aussi précise qu'énergique, rendait presque hypnotique. Après quelques secondes où elle m'a dévisagée d'un air qui est passé de souriant à vaguement inquiet, elle m'a contournée et elle est entrée. J'ai à peine eu le temps de la suivre des yeux qu'elle s'est figée en découvrant la tuerie, dans le vestibule. Elle s'est brusquement retournée vers moi et elle a fixé un truc, dans mon dos, juste avant de se précipiter pour claquer la porte que j'avais laissée ouverte, face à la rue. Ensuite, en voyant que je commençais à trembler, elle a doucement glissé ses mains sur mes épaules et elle m'a demandé ce qui s'était passé. Lorsque j'ai répondu mécaniquement que des gens cherchaient à me tuer, elle s'est baissée pour mettre son visage à ma hauteur et ses yeux en amande, noirs et brillants, se sont posés dans les miens. Elle m'a souri et elle a voulu savoir qui étaient ces gens. Je lui ai répondu que c'était les patrons de Gary en faisant un geste vers sa tête tranchée. Elle l'a regardée brièvement avant de s'attarder sur la silhouette gigantesque du Sumo blond écroulé en travers de la porte. Elle m'a questionnée à son sujet, mais mon cerveau n'était pas capable de remonter plus loin que la dernière information, alors je lui ai juste dit qu'il avait coupé la tête de Gary pour l'empêcher de me tuer. Elle a voulu savoir où était Bima, j'ai fait un signe vers le salon et elle s'est redressée en me demandant comment je m'appelais. Je lui ai répondu, pendant qu'elle me prenait par la main, et on a contourné le corps décapité de Gary avant d'enjamber celui du Sumo blond. Dès qu'elle a vu Bima, écroulé par terre dans une flaque de sang, elle m'a lâchée en le regardant d'un air perdu. Elle s'est avancée lentement, presque malgré elle, et j'ai eu l'impression qu'elle n'était plus vraiment présente, comme si elle flottait, happée par un champ magnétique qui émanait peut-être du corps de Bima, auquel son corps à elle semblait incapable de résister. Elle avait l'air de ne pas le reconnaître lorsqu'elle s'est agenouillée, près de lui, pour prendre doucement son visage inanimé entre ses mains. Elle a prononcé son nom dans un murmure, sur un ton interrogateur, jusqu'à ce qu'il entrouvre les yeux, perde progressivement son air hagard et esquisse un sourire en l'appelant Neema. Elle s'est mise à pleurer et elle a déposé un long baiser sur ses lèvres, mais un téléphone a sonné dans le vestibule, alors elle m'a regardée et je suis allée voir d'où ça venait. J'ai fait quelques pas jusqu'au Sumo blond avant de comprendre que c'était le portable de Gary qui sonnait dans l'une de ses poches. Je me suis retournée et j'ai vu Bima utiliser ses dernières forces pour demander à Neema de m'emmener tout de suite parce que d'autres tueurs allaient venir. Elle lui a répondu qu'elle ne l'abandonnerait pas et il a voulu se redresser, mais il a perdu connaissance. Après avoir délicatement reposé sa tête sur le parquet, elle s'est précipitée vers moi en me disant d'aller ouvrir le garage, elle a sauté par-dessus le Sumo blond et elle est sortie de la maison en courant. J'ai traversé le salon à toute vitesse jusqu'au couloir dans lequel j'ai sprinté pour franchir le seuil de la cuisine d'où l'on pouvait accéder au garage. J'ai viré le loquet de la porte, tourné le verrou et j'ai sauté par-dessus les trois marches pour atterrir sur le sol bétonné. J'ai allumé, en claquant l'interrupteur avec la paume de ma main, et je me suis jetée sur la poignée de la porte en tôle blanche, mais elle était bloquée. Impossible de la faire pivoter. Ni à droite ni à gauche. J'ai fait volte-face. D'un seul coup, en regardant partout pour essayer de trouver des clefs, je me suis sentie happée par le vide des étagères, le vide des murs en briques rouges, le vide qui devenait de plus en plus atroce à mesure que j'entendais une voiture approcher dans l'allée. Je me suis retournée et j'ai forcé désespérément sur la poignée jusqu'à ce que Neema, de l'autre côté de la porte, me demande ce qui se passait. Je lui ai répondu que le garage était fermé à clef et je me suis écroulée sur les genoux, en larmes, avec une espèce de cri rauque sortant de ma bouche comme si je vomissais mon sentiment d'horreur. Neema m'a appelée par mon prénom jusqu'à ce que je devienne attentive et elle m'a dit de prendre le temps de respirer profondément. Dès que j'ai réussi à maîtriser un peu mon souffle, j'ai entendu sa voix, à peine étouffée par la tôle, qui m'incitait à visualiser un champ de blé inondé de soleil dont les épis bougeaient sous une brise légère. Elle me disait d'imaginer que je volais juste au-dessus, sans aucun effort, dans un mouvement souple et joyeux. Elle m'a décrit la douceur du vent et la chaleur du soleil sur mon visage, la sensation des épis dans mes mains qui caressaient le blé pendant que je volais. Elle m'a ramenée comme ça dans une zone de moi-même où je me sentais bien, en sécurité, alors elle m'a demandé de regarder attentivement la poignée parce qu'il y avait sûrement, en dessous, une petite pièce de métal que je pouvais pousser à gauche ou à droite. Je l'ai vue tout de suite et j'ai éprouvé un soulagement phénoménal en entendant le clic de la serrure avant de sentir la porte basculer vers le haut. Neema était déjà en train de remonter dans sa voiture, une Mercedes Break couleur argent, et je me suis collée aux briques pour la laisser entrer. Elle a accéléré d'un coup sec et elle a pilé juste avant de percuter le mur du fond. Après avoir surgi de son siège en me demandant de refermer le garage, elle a récupéré des sangles dans le coffre pendant que je rabattais la porte aussi vite que je pouvais. Elle a ensuite pris le temps de me serrer dans ses bras et elle m'a regardée, droit dans les yeux, en m'expliquant qu'elle allait s'occuper des deux cadavres pendant que je nettoierais le sang. J'ai senti sa force se couler en moi comme du bronze dans mes veines et je n'ai plus eu qu'une seule idée : éponger. Après m'avoir lâchée, elle est sortie de la cuisine avec les sangles et je me suis précipitée vers l'évier pour remplir un seau d'eau chaude. Quand je suis arrivée dans le vestibule avec le seau et des serpillières, elle était en train de disposer Gary, Andro et les flingues au milieu d'une grande couette qu'elle avait dû trouver dans l'une des chambres. Elle a jeté la tête tranchée au milieu et elle a enroulé la couette autour des cadavres avant d'en bloquer les pans avec les sangles. Elle en a alors empoigné l'extrémité, elle a enjambé le Sumo blond pour la faire passer par-dessus son corps et elle s'est éloignée vers le garage. Je n'ai pas pensé à Gary en épongeant le sang ni en voyant l'eau rougir dans le seau quand j'y plongeais la serpillière. J'étais dans un état second où la seule chose qui comptait, c'était nettoyer. Je lavais, je rinçais, j'essorais et ainsi de suite, avec des gestes mécaniques, sans être plus impliquée émotionnellement que si c'était du café ou de la soupe ou n'importe quel liquide insignifiant.

J'étais en train de vérifier qu'il n'y avait plus de sang nulle part dans le vestibule quand j'ai entendu des placards s'ouvrir et se refermer brutalement. J'ai enjambé le Sumo blond, pour essayer de comprendre ce que Neema fabriquait, et je l'ai vue par la porte de la cuisine, dans le prolongement du couloir, prendre quelque chose sous l'évier. J'ai ramassé le seau empli d'eau sanglante, où j'avais jeté les serpillières, et je suis allée la rejoindre. Quand j'ai franchi le seuil de la cuisine, elle venait de balancer le bouchon d'une bouteille d'ammoniac pur sur la table. En passant devant moi, elle m'a dit que je devais vite nettoyer le salon à présent, alors je me suis dépêchée de jeter l'eau sale dans l'évier, de rincer les seaux, les serpillières et de les essorer. En revenant dans le salon, j'ai remarqué la bouteille d'ammoniac, posée sur le sol, à côté de Bima qui poussait sur ses bras pendant que Neema l'aidait à se relever en le soutenant par les aisselles. Il a réussi à se tenir debout, en passant son bras gauche autour de ses épaules, et elle l'a guidé vers le garage. Je me suis mise à éponger le sang à toute vitesse en me demandant à quoi ça pouvait bien lui servir, de l'ammoniac pur. En même temps, j'entendais sa voix qui venait du garage. Elle parlait doucement à Bima en l'aidant à s'installer sur la banquette arrière de la Mercedes, d'après ce que je percevais de ses paroles, et je me suis interrogée sur l'origine de leurs liens. Je me disais qu'ils étaient sûrement de la même branche, tous les deux, alors j'imaginais qu'elle devait être une femme soldat, une mercenaire ou un agent secret peut-être. Tous les boulots en lien avec l'habitude de la mort violente étaient en train de me venir à l'esprit quand elle a surgi dans le salon pour se précipiter vers le Sumo blond. Elle avait ramassé la bouteille d'ammoniac et j'ai compris, en la voyant mettre une main devant la bouche du Sumo blond après avoir collé le goulot contre ses narines, que les vapeurs d'ammoniac devaient avoir des propriétés particulières. À force de les inhaler, le Sumo blond a commencé à se réveiller. Ses paupières ont tressauté, il a grimacé, ses yeux se sont ouverts et il a fixé Neema pendant une ou deux secondes avant de l'attraper brutalement par la gorge. Je lui ai aussitôt crié de la lâcher, mais il n'a pas semblé m'entendre et il a continué à l'étrangler. J'ai paniqué en voyant un voile brumeux envahir les yeux exorbités de Neema, sa bouche ouverte d'où sortait un râle d'agonie, alors je me suis jetée sur le sabre du Sumo blond avec l'intention de m'en servir pour lui trancher la main, mais il a été plus rapide et il l'a empoigné en me fixant avec cet éclat de mort qu'il avait eu en entrant dans ma chambre pour me décapiter. J'ai crié que Neema voulait le sauver et je me suis mise à pleurer tellement l'idée qu'elle meure me terrifiait. D'un seul coup, le feu glacé a disparu du bleu de ses yeux, comme si mes larmes l'avaient éteint, et sa main gigantesque est retombée inerte sur le parquet. Neema s'est éloignée aussi vite qu'elle a pu et elle s'est adossée au mur du salon en se tenant le cou pendant que j'essayais de me calmer. Quand j'ai réussi à me relever, j'ai prévenu le Sumo blond qu'on serait obligées de l'abandonner s'il n'avait pas la force de nous suivre. Après avoir baissé un instant les yeux, il s'est déhanché pour attraper le chambranle et il a réussi à se relever en tenant son sabre dans l'autre main. Neema m'a dit de l'emmener à la voiture et elle s'est péniblement éjectée du mur avant de tituber vers le seau que j'avais laissé en plan au milieu du salon. J'ai voulu prendre le bras du Sumo blond pour le guider. En le touchant, j'ai senti de la violence enflammer son corps, comme s'il avait dévié vers nulle part un coup instinctif qui m'aurait tuée, alors je l'ai lâché et je me suis contentée de marcher devant lui.

Quand on est arrivés à la voiture, Bima était assis sur la banquette arrière. Dès qu'il nous a vus, il s'est braqué et je lui ai aussitôt rappelé que le Sumo blond avait tué Gary pour l'empêcher de me tirer dessus. J'ai lu, dans ses yeux où brûlait une colère sourde, qu'il me reprochait d'avoir éprouvé de la pitié et de la reconnaissance pour un ennemi. Je lui ai fait comprendre que c'était mon problème en lui demandant de laisser de la place sur la banquette, mais il m'a ignorée et il a jeté un regard féroce au Sumo blond qui attendait, le visage impassible malgré ses blessures profondes, que je pousse au maximum le siège du passager avant. Pendant que j'abaissais la poignée sur le côté du dossier, Bima a fini par se décaler en grognant et j'ai tiré sur l'assise qui a coulissé d'un seul coup le long des rails. Le

Sumo blond a entré une jambe après l'autre en tassant son corps énorme qui débordait de partout, mais la place était trop étroite. En plus d'avancer le siège avant, il aurait fallu reculer la banquette arrière au fond du coffre et découper le toit de la voiture, alors sa tête et ses épaules seraient sorties de l'habitacle et il aurait été à peu près à l'aise. Neema est arrivée au moment où je refermais la portière. Elle a jeté un regard très pessimiste au Sumo blond, qui devait avoir de grandes difficultés à respirer tellement il était replié sur lui-même, et j'ai eu l'impression que son agonie ne la touchait pas plus que s'il était réellement une bête sauvage. L'instant d'après, elle s'est précipitée au volant en me disant d'aller ouvrir la porte du garage, mais j'ai soudainement pensé à un truc qui m'a semblé vital et je l'ai prévenue que j'arrivais tout de suite. Elle m'a répondu qu'on n'avait pas le temps, mais j'étais déjà partie. J'ai couru jusqu'à ma chambre et j'ai regardé le désordre que le combat entre Bima et le Sumo blond avait laissé. Je me suis accroupie au milieu des mangas, tombés de la bibliothèque, et je les ai tous bousculés pour chercher celui que je voulais, le premier, écorné et froissé, que j'avais lu et relu en attendant que Bima m'en achète d'autres. Je savais que des tueurs allaient venir, mais je ne pouvais pas m'interdire de chercher ce bouquin. Quand je suis retournée dans le garage, en le serrant fort contre moi, Neema a démarré et je me suis jetée sur la porte. Le battant s'est relevé d'un seul coup au moment où deux hommes, de l'autre côté de la rue, sortaient d'une voiture puissante. C'était exactement le genre de mecs qui montaient la garde dans l'hôtel particulier des patrons de Gary, le soir où il m'y avait abandonnée, alors j'ai paniqué et j'ai hurlé à Neema que des tueurs arrivaient. Ils m'ont aussitôt repérée et ils ont traversé la rue en courant pour se précipiter dans l'allée qui menait au garage. L'un d'entre eux avait déjà sorti une arme lorsque j'ai entendu Neema crier, par sa vitre ouverte, de me pousser. Je me suis plaquée contre le mur et la Mercedes a surgi au moment où les deux hommes arrivaient. Le coffre du break les a percutés de plein fouet sans qu'ils puissent l'esquiver et ils ont été projetés sur les côtés. Pendant que je courais vers la voiture, Neema s'est penchée pour m'ouvrir la portière. Je me suis jetée sur le siège et elle est repartie en trombe avant que j'aie eu le temps de la refermer. Les deux hommes étaient déjà en train de se relever au moment où elle a déboulé dans la rue en obligeant une camionnette à piler. Ils se sont mis à courir dans l'allée et Neema a accéléré à fond pendant que je me retournais entre les appuis-tête pour les regarder s'engouffrer dans leur voiture. L'instant d'après, le capot a déboîté à toute vitesse des places de stationnement et j'ai crié qu'ils nous suivaient. Le Sumo blond a alors demandé à Neema de s'arrêter dans cinq cents mètres, à la hauteur d'un Land Rover noir aux vitres teintées. Elle lui a adressé un regard épouvanté dans le rétroviseur en lui criant dessus pour savoir pourquoi et il a répondu, d'une voix presque indifférente, que c'était pour régler le problème. Quand il l'a prévenue qu'elle allait arriver à la hauteur du Land Rover, dont j'ai aperçu l'arrière carré et puissant, elle a voulu demander à Bima ce qu'elle devait faire, mais c'était trop tard, elle l'avait dépassé, alors elle a continué en roulant à fond. Je me suis à nouveau retournée entre les appuis-tête et j'ai vu Bima qui fixait intensément le visage tuméfié et impassible du Sumo blond. Au même moment, j'ai aperçu, par la lunette arrière, la voiture des tueurs qui se rapprochait de nous. J'ai regardé Bima, qui a tourné la tête vers moi. Dans la foulée, j'ai scruté le Sumo blond qui me dévisageait avec un feu glacé et intense au fond de ses yeux bleus, et j'ai compris, sans savoir comment ni pourquoi j'en étais certaine, que cet éclat de mort n'était pas dirigé contre moi, mais contre ceux qui me voulaient du mal. Alors je me suis remise face à la route et j'ai dit à Neema de prendre la prochaine à gauche. Elle m'a demandé pourquoi et je lui ai répondu que c'était à moi de faire des choix maintenant. Elle a grillé le feu et elle a tourné à gauche dans un crissement de pneus pendant que la voiture basculait de l'autre côté tellement le poids du Sumo blond la déséquilibrait. Au bout de deux cents mètres, je lui ai dit de reprendre à nouveau à gauche. J'ai attendu qu'elle négocie le tournant et je me suis penchée vers l'avant pour vérifier, à travers sa vitre ouverte, où étaient les tueurs. Pendant que Neema se battait avec son volant, j'ai juste eu le temps de les voir débouler en dérapant dans le boulevard qu'on était en train de quitter. L'instant d'après, l'accélération m'a projetée contre mon dossier et Neema m'a hurlé dessus pour savoir si j'étais sûre de moi. Je lui ai répondu, moi aussi en hurlant, que je n'avais aucun doute et que, de toute manière, on n'avait pas le choix. Au bout de la rue, elle a tourné à gauche sans que je lui dise rien et elle a foncé vers la voiture du Sumo blond, garée à deux ou trois cents mètres devant nous. Elle a juste eu le temps de lancer un nouveau regard paniqué dans le rétroviseur et elle a pilé à la hauteur du Land Rover. Pendant que le Sumo blond sortait de la Mercedes, en dépliant méthodiquement son corps dans un mouvement lent et précis, je me suis tournée vers la lunette arrière et j'ai vu la voiture des tueurs surgir dans la rue. Le Land Rover s'est déverrouillé automatiquement, quand le Sumo blond a marché vers la portière, et il s'est installé lentement au volant sans avoir l'air de se soucier de nous. J'ai senti que Neema allait repartir, alors je lui ai crié d'attendre, mais elle n'a rien répondu et elle a empoigné le levier de vitesse dans un geste de panique qu'elle a aussitôt suspendu en entendant rugir le moteur du Land Rover. Le temps d'être happées par le vacarme des cylindrées, on l'a vu surgir comme une bombe en marche arrière sans qu'on parvienne à le suivre du regard. On a senti la Mercedes bouger et, tout de suite après, un énorme fracas métallique nous a explosé dans les oreilles. Lorsque le silence est revenu, pendant que de la fumée s'échappait de la voiture des tueurs qui s'était crashée contre l'arrière du Land Rover, j'ai aperçu deux corps ensanglantés sur la route au milieu des débris d'un pare-brise. Le Sumo blond était assis au volant du Land Rover avec la tête baissée comme s'il était mort lui aussi. Neema a fait un geste pour repartir et j'ai agrippé son bras en lui criant d'attendre. Elle m'a répondu que ça ne servait à rien parce qu'il ne pouvait pas avoir survécu, mais j'ai refusé de l'écouter, alors elle m'a expliqué qu'elle ne voulait pas que des témoins notent son numéro d'immatriculation et elle m'a prévenue qu'elle allait me faire mal si je ne la lâchais pas immédiatement. Au même moment, la portière du Land Rover s'est ouverte et le Sumo blond est sorti calmement, comme s'il s'économisait. Il est revenu vers nous d'un pas lent, mais ses enjambées étaient tellement gigantesques que j'aurais été obligée de courir si j'avais voulu le suivre. Pendant qu'il se contorsionnait pour remonter à l'arrière de la Mercedes, plusieurs témoins se sont approchés des corps en téléphonant et j'ai remarqué que Neema observait, d'un air affolé, ceux qui s'étaient tournés vers nous. Le Sumo blond a fini par claquer la portière et Neema est partie en essayant de ne pas se faire repérer, mais c'était probablement inutile parce que trop de gens nous avaient remarqués pour que personne ne pense à relever son numéro d'immatriculation.

On est restés silencieux pendant plusieurs minutes, noyés dans la circulation, et je me suis posé plein de questions sur le Sumo blond. J'avais vu comment Bima avait agi à Dubaï en effaçant à chaque fois toutes ses traces, alors je ne comprenais pas comment un tueur pouvait abandonner sa voiture au milieu de la rue sans se soucier de ses empreintes. D'un autre côté, il avait l'air tellement sûr de lui que je n'arrivais pas à me convaincre qu'il n'était plus lucide et ça me rassurait, sans que je comprenne trop pourquoi, de penser que quelque chose m'échappait. Neema a soudainement annoncé qu'elle nous emmenait dans une maison de campagne, prêtée par une amie dans les Cotswolds à côté d'Oxford, parce que la police ne pourrait pas remonter jusqu'à cette maison si un témoin avait noté son numéro d'immatriculation. Son amie était aux États-Unis pour plusieurs semaines encore, ce qui lui laisserait le temps de soigner Bima et le Sumo blond avant de faire le point calmement sur la situation. Pendant qu'elle parlait, j'ai vu qu'elle lançait de fréquents coups d'œil dans le rétroviseur à l'adresse de Bima et je me suis à nouveau posé plein de questions. Elle avait perdu son sang-froid, comme quelqu'un de normal, alors je ne savais plus trop quoi penser à son sujet.

Quelques kilomètres plus loin, elle s'est garée près d'une pharmacie en nous prévenant qu'elle revenait tout de suite. Je l'ai regardée s'arrêter devant un distributeur de cash où elle a retiré de l'argent avec plusieurs cartes différentes en glissant précipitamment, après chaque opération, une grosse liasse de billets dans son sac. Ensuite, elle a disparu à l'intérieur de la pharmacie et je me suis retournée vers Bima pour lui demander qui elle était. Il a rouvert péniblement les yeux et il m'a dit de ne pas m'en soucier. Ça m'a énervée qu'il me ressorte cette réponse pourrie, mais je n'ai pas osé insister, alors j'ai observé le Sumo blond dont la tête s'était affaissée. Il a dû sentir mon regard parce qu'il a rouvert les yeux à son tour. Je lui ai demandé comment il s'appelait et il m'a dit Bjarni. Bima a voulu savoir s'il était finlandais et il a acquiescé, mais il n'a posé aucune question en retour. On s'est ensuite murés, chacun dans le silence, jusqu'à ce que Neema ressorte de la pharmacie avec un gros sac bombé par tout ce qu'elle avait acheté. Elle s'est assise en me le donnant et elle a démarré pendant que je le calais à mes pieds.

9

On a roulé pendant quelques minutes en silence et j'ai commencé à sentir la pression tomber un peu. À un feu rouge, mes yeux se sont fermés d'eux-mêmes, mais je les ai rouverts en sursaut à cause des images de la décapitation de Gary qui m'ont immédiatement assaillie. Après avoir essayé de ne penser à rien, en regardant les gens traverser devant nous, j'ai refermé les yeux, cette fois-ci en le faisant exprès parce que je voulais savoir si ces images étaient simplement comme l'eau froide de la mer, dont le corps absorbe la violence après s'y être habitué, ou si elles allaient me torturer jusqu'à la fin de ma vie. J'ai vu la tête de Gary tomber sur le sol, le sang gicler de son cou et puis son corps s'écrouler. J'ai failli rouvrir les yeux devant l'air haineux figé sur sa tête tranchée, parce que c'était un instantané de ce qu'il éprouvait pour moi, mais j'ai bloqué mes paupières, pendant qu'une respiration violente soulevait ma poitrine, et je me suis forcée à la visualiser. Je me suis souvenue de lui, bafouillant de rage, quand j'ai commencé à rire au moment où il s'apprêtait à me tirer dans la tête. Une intuition m'a traversée à ce moment-là sans que je sache vraiment à quoi elle se reportait parce que c'était une analyse qui me dépassait. Plus je visualisais son expression haineuse et plus je comprenais que ce n'était pas ma personne qu'il haïssait particulièrement, mais les femmes qu'il voyait à travers moi, et ça m'a complètement libérée de lui. J'ai expiré lentement l'air de mes poumons, pendant que mon corps épousait de nouveau le dossier du siège, et j'ai ressenti une satisfaction cruelle en voyant les trous sanglants apparaître dans la poitrine et le ventre d'Andro. En même temps, mes bras et mon buste se souvenaient du recul de l'arme, dont j'avais vidé le chargeur en hurlant, et j'ai repensé à ce moment où je m'étais juré de le buter. Tandis que je me réjouissais d'avoir exaucé ma promesse, j'ai pris conscience que j'avais déjà absorbé le choc de ces images violentes, alors j'ai rouvert les yeux en ressentant l'envie de rire, mais elle m'est très vite passée parce qu'une voiture de police s'est brusquement immobilisée à notre hauteur. J'ai vu le visage de Neema se décomposer quand l'agent, assis côté passager, lui a fait signe de se ranger. Elle a attendu que le feu passe au vert, en essayant d'avoir l'air impassible, et elle s'est garée, juste après le carrefour, en appelant Bima qui a ouvert un œil pendant qu'elle paniquait en lui disant que la police nous avait arrêtés. Bjarni a aussitôt caché son sabre avec les pans de son kimono et Bima, d'une voix tranquille, a affirmé qu'on n'avait rien à craindre des flics pour le moment parce que c'était beaucoup trop tôt, même si quelqu'un avait pris son numéro d'immatriculation. Alors Neema lui a révélé qu'elle avait mis Gary et Andro dans le coffre et Bima, l'air complètement sidéré, lui a demandé pourquoi elle avait fait ça. Elle lui a expliqué qu'elle avait voulu effacer toutes les traces pour le protéger de la police et elle s'est excusée, avec les yeux embués de larmes, mais Bima lui a assuré que ce n'était pas grave parce qu'il n'avait aucun doute sur sa capacité à gérer ce problème.

Ensuite, il a regardé Bjarni en lui disant que ce serait plus prudent s'ils faisaient semblant de dormir et ils se sont affaissés en même temps. L'instant d'après, les deux agents sont arrivés à la hauteur de Neema qui leur a offert son plus beau sourire en leur disant qu'elle était émotive et pleurait facilement, mais qu'il ne fallait pas s'en soucier. Ils l'ont saluée méchamment, comme s'ils voulaient lui signifier qu'elle venait de leur donner envie de la faire encore plus chier, et l'un d'entre eux lui a demandé ses papiers pendant que l'autre inspectait l'intérieur de la voiture en nous dévisageant. Neema a tendu son permis de conduire au premier tout en expliquant au second que Bima et Bjarni avaient fait une soirée déguisée entre mecs, évidemment alcoolisée au-delà de toutes limites, et qu'ils s'étaient blessés en passant à travers une baie vitrée. Elle a ajouté qu'elle était médecin et qu'elle les amenait à son cabinet parce que leurs plaies ne nécessitaient pas d'embouteiller les urgences. Pendant que l'un des agents inspectait le coin droit du pare-brise, son collègue est parti faire le tour de la Mercedes. En suivant le regard du flic, j'ai découvert une carte de stationnement prioritaire, qui affichait un numéro d'affiliation et le sigle des médecins, mais je n'ai pas eu le temps de me demander si c'était une vraie parce que l'autre est revenu en ordonnant à Neema d'ouvrir le coffre. J'ai aussitôt senti un mouvement contre le dossier de mon siège et j'ai compris que Bjarni venait de bouger son sabre. D'un seul coup, ma vie s'est suspendue à Neema qui s'est mise à embrouiller le flic en prétendant que la serrure était bloquée et qu'il fallait non seulement la forcer, mais en plus remplacer tout le système électronique. Sans s'interrompre, elle s'est lancée dans un monologue sur la problématique de l'informatique qui rendait les voitures modernes beaucoup moins fiables que les vieilles et elle a continué à lui en mettre plein les oreilles, et aussi les yeux parce qu'elle faisait des mouvements bizarres avec ses mains, en se plaignant du prix de sa Mercedes dont la garantie était passée comme par hasard depuis quelques mois à peine, ce qui lui faisait craindre la possibilité d'une obsolescence programmée pour rentabiliser les succursales Mercedes, mais pas seulement les succursales Mercedes ni même tout le secteur automobile parce que c'était sûrement un complot généralisé qui touchait l'électroménager, l'informatique, la téléphonie et aussi les animaux de compagnie à qui on donnait des croquettes conçues par des vétérinaires pour créer des problèmes gastriques et des cancers afin de générer des soins dont les tarifs scandaleux étaient indexés sur la fibre émotionnelle des gens. Et d'un seul coup, au milieu d'une phrase qui n'avait rien à voir, elle lui a dit, sur le ton d'un ordre, que ce n'était pas nécessaire d'ouvrir le coffre parce que tout allait bien et elle a souri en claquant discrètement des doigts. Le type a cligné plusieurs fois des yeux, comme s'il avait du mal à réenclencher son cerveau, avant de jeter un regard à son collègue qui fixait Neema d'un air vide. Ça m'a fait penser à la manière dont elle avait réussi à m'apaiser, pour que je puisse ouvrir la porte du garage, et je me suis demandé si elle ne les avait pas hypnotisés. Après avoir rajusté sa casquette d'un geste furtif, l'agent lui a rendu ses papiers en expliquant que sa plaque d'immatriculation arrière pendait dans le vide. C'était la raison pour laquelle il était contraint d'immobiliser le véhicule parce qu'il ne pouvait pas la laisser rouler avec une plaque qui menaçait de se détacher à tout moment.

Neema a répondu qu'elle comprenait parfaitement et qu'elle allait prévenir son assurance pour qu'on lui envoie un dépanneur. L'agent l'a saluée avant de jeter un bref coup d'œil à Bjarni et à Bima, qui faisaient toujours semblant de dormir, et il est reparti avec son collègue. Neema est restée plusieurs secondes les mains accrochées au volant avec la tête entre ses bras tendus. Dès qu'elle a réussi à retrouver son calme, elle a pris son téléphone, mais elle s'est énervée parce que la batterie était à plat. Après avoir trouvé un chargeur dans le vide-poche, entre nos deux sièges, elle a tourné la clef pour mettre le contact et elle a branché le combiné à la prise USB de la voiture. Le temps que le portable se rallume, elle s'est penchée au-dessus de moi pour ouvrir la boîte à gants qu'elle a aussitôt claquée en se redressant avec les papiers de son assurance. Dans la foulée, elle a composé le code de la carte SIM et j'ai observé son index, long et fin, percuter gracieusement l'écran tactile où naissaient des chiffres qui disparaissaient les uns après les autres derrière une étoile. Il y avait, dans ses gestes, quelque chose d'hypnotique qui m'apaisait, alors je la regardais parce que j'adorais la sensation anesthésiante de cette torpeur. Bima lui a demandé si les flics étaient partis et elle a jeté un œil dans le rétroviseur avant de répondre, tout en composant le numéro du service d'assistance, qu'ils étaient encore là. Elle a eu quelqu'un en ligne très rapidement et je me suis tournée vers la lunette arrière. En voyant les deux flics arrêter des voitures, probablement pour attendre l'arrivée du dépanneur et être sûrs que Neema ne reparte pas avec sa plaque branlante, j'ai maudit leur zèle de merde et j'ai regardé Bima, qui m'a souri comme si tout allait bien, ce qui m'a encore plus énervée parce que la situation justifiait tout sauf un sourire à moins de l'adresser à une débile. Alors je me suis rassise dans un mouvement d'humeur. En même temps, je trouvais qu'il n'avait pas l'air étonné de la manière dont Neema nous avait tirés d'affaire et j'en concluais qu'elle devait sûrement pratiquer l'hypnose en tant que médecin, si toutefois elle était vraiment médecin. En fait, je ne savais rien et c'était surtout ça qui m'énervait. Après avoir raccroché, deux ou trois minutes plus tard, en annonçant que le dépanneur serait là d'ici une demi-heure, Neema a éteint son portable et elle a ôté la carte SIM. J'ai aussitôt pensé à ce que Bima avait fait, à Dubaï, après avoir utilisé les téléphones des types qu'il avait descendus et je me suis à nouveau imaginé plein de trucs sur elle. Agent secret, voleuse, guerrière, et ça me plaisait, en fait, mais je n'y croyais pas à cause des moments de panique qu'elle avait traversés et de la plaque d'immatriculation à son nom. J'ai vu des regrets et de l'inquiétude passer sur son visage lorsqu'elle a regardé la carte SIM juste avant de la jeter dans une poche intérieure de son sac. Ils ont disparu pendant qu'elle tirait d'un coup sec la fermeture Éclair, comme si elle les avait chassés ou plutôt ensevelis, et elle s'est baissée pour caler son sac sous son siège avant de se redresser en passant la tête entre nos deux fauteuils. C'est Bima qu'elle a regardé en exigeant de savoir ce qui se passait, mais c'est Bjarni qui a répondu. Il a dit que tout ça venait des frères Huskins. Pendant que je comprenais qu'il parlait des patrons de Gary, il a expliqué que les frères Huskins dominaient la prostitution et la drogue dans tout le nord de l'Angleterre et qu'ils avaient des accords, avec des mafias étrangères, pour échanger des filles soumises et fiables contre de l'héroïne. D'après ce qu'il percevait de la situation, si les frères Huskins avaient fait appel à lui pour me tuer, c'était parce que j'avais causé beaucoup de tort à leur réputation et qu'ils voulaient créer un électrochoc en exhibant ma tête. Neema a posé sa main sur mon bras en me dévisageant avec un mélange d'effroi et de souffrance et elle a demandé à Bjarni qui il était. Après l'avoir fixée en lui répondant que ça n'avait pas d'importance, il s'est tourné vers Bima, qui l'observait comme s'il essayait de percer son mystère, pour lui annoncer qu'il se chargerait d'éliminer les frères Huskins, mais sans expliquer pourquoi ni chercher à prouver sa bonne foi et j'ai instantanément apprécié l'idée que sa parole puisse se suffire à elle-même. Si Bjarni s'était lancé dans une tirade néoromantique pour nous vendre du bon sentiment bas de gamme au kilomètre, j'aurais immédiatement pensé qu'il nous tendait un piège. Gary justifiait toujours ses promesses foireuses par dix mille arguments toxiques, alors les belles paroles, dans ma tête, avaient pris l'allure de serpents. En même temps, je sentais en Bjarni une émanation bizarre, un genre de courant psychique à la fois surgissant et magnétique, mais comme je trouvais cette énergie trop flippante pour admettre qu'elle puisse être réelle, je me disais que c'était sûrement sa masse et son délire avec les samouraïs qui en donnaient l'illusion. Bima n'a pas répondu et il s'est contenté de baisser les yeux avant de se laisser sombrer. J'ignorais ce qu'il percevait de Bjarni, mais je le connaissais assez pour savoir qu'il ne s'autoriserait jamais le moindre répit en présence d'un ennemi, et ça m'a profondément rassurée de comprendre qu'il ne le considérait plus sous cette forme. Le visage de Bjarni s'est alors affaissé et Neema l'a longuement dévisagé comme si elle hésitait entre l'épouvante et la fascination. Ensuite, elle s'est tournée vers Bima en lui demandant qui j'étais pour lui. Mais il n'a pas répondu parce qu'il avait perdu connaissance lui aussi. Quand j'ai voulu savoir s'ils allaient s'en sortir, elle m'a souri en me disant de ne pas m'inquiéter, mais elle n'a pas réussi à cacher ses doutes. Elle m'a demandé qui était Bima pour moi, alors je lui ai raconté les circonstances de notre rencontre. Elle m'a posé plein de questions ensuite et j'avais l'impression que son intérêt pour ma vie me portait. Je n'avais jamais parlé de tout ça et j'ai ressenti une sensation nouvelle et hybride, entre la satisfaction, le soulagement et le plaisir. Je voyais des larmes perler dans ses yeux quand je lui expliquais ce que je faisais à Dubaï, comment on m'y avait emmenée, qui était Gary et tout ce qui avait précédé à Middlesbrough jusqu'à ma naissance après le viol de ma mère. Elle m'a serrée très fort dans ses bras quand j'ai arrêté de parler et elle m'a souri, à travers ses larmes, dans un silence plein d'amour. Ça m'a perturbé, alors je lui ai demandé qui était Bima pour elle et qui il était tout court. Son regard s'est légèrement perdu et elle s'est reculée. Le dépanneur est arrivé juste à ce moment-là. Le temps de passer ses doigts sous ses longs cils en me disant d'attendre dans la voiture, elle est sortie au moment où le type sautait du camion qu'il avait garé en vrac devant la Mercedes. Il devait avoir une trentaine d'années, athlétique, avec une tête de mec gentil et drôle. Il a fait un peu traîner les choses et j'ai observé Neema pendant qu'il la draguait. Sa coiffure afro, son visage délicat avec ses grands yeux en amande de velours noir, ses lèvres charnues, son front bombé, son nez aux larges arêtes et sa gorge fine. Je trouvais que ses scarifications ethniques lui donnaient un air farouche qui enflammait la subtilité de ses traits et la beauté de sa peau ébène. En comprenant que j'aimais la force qu'elle dégageait, son hypersensibilité qui la fragilisait et l'intelligence que je voyais briller partout en elle, j'ai commencé à ressentir de l'attirance. C'était assez naturel, en fait. Pour finir, le dépanneur s'est résigné et il est reparti pendant que Neema s'asseyait au volant. Elle a démarré en regardant les flics dans le rétroviseur et on a pris la direction d'Oxford.

Au bout de quelques kilomètres, je lui ai reposé la question au sujet de Bima. Elle a mis du temps avant de me répondre et j'ai voulu la presser, mais quelque chose en elle me l'a interdit. Pourtant, elle n'a rien fait d'autre que de regarder la route, les deux mains posées sur le volant. Au bout d'un moment, je me suis dit que ça venait peut-être de moi, cette interdiction. J'avais l'impression que je me serais brusquée moi-même si je l'avais bousculée en étant impatiente. Pour finir, elle m'a expliqué qu'elle avait rencontré Bima à Jakarta, cinq ans auparavant, et j'ai compris qu'elle avait sans doute eu besoin de prendre le temps de se reconnecter à tout ça. Elle était partie en vacances avec un homme qu'elle voyait depuis quelques mois. Un type qui s'appelait Eden, designer très intelligent, beau mec, gentil, mais dont elle n'était pas vraiment amoureuse. En fait, elle n'arrivait jamais à tomber vraiment amoureuse. Un jour, alors qu'ils se promenaient dans une rue de Jakarta, Bima a surgi de nulle part. Il n'avait pas du tout l'allure qu'il a maintenant. Il avait les cheveux noirs très courts, le visage rasé et il était habillé avec un pantalon gris à pinces et une chemise blanche cintrée. Il s'est mis en travers de leur chemin et il lui a fait une déclaration d'amour sans la quitter une seule fois des yeux. Quand Eden a voulu l'interrompre en comprenant qu'il se passait quelque chose entre eux, Bima a sorti un couteau, mais il a pris le contre-pied de ce qui était prévisible. Il l'a empoigné par la lame et il a tendu le manche à Eden en lui disant qu'il devait lui laisser Neema s'il n'était pas prêt à tuer pour la garder. Eden lui a répondu qu'en Angleterre on avait dépassé le paléolithique depuis quelques millénaires et il lui a conseillé de retourner dans son asile. Mais Bima a posé la lame contre son cœur et il a forcé Eden à empoigner le couteau en lui bloquant la main autour du manche. Il l'a défié d'un air farouche et il lui a répété ce qu'il lui avait déjà dit. Soit il le tuait, soit il la lui laissait. Eden a rétorqué qu'il n'avait pas envie d'être l'invité VIP d'une prison indonésienne pendant les quarante prochaines années et il a voulu libérer sa main, mais il n'avait pas assez de force, alors il s'est tourné vers Neema en lui suggérant de demander à Bima d'aller se faire poignarder ailleurs. Les secondes se sont écoulées et il a perdu son flegme parce qu'il a compris, même s'il n'en percevait pas la nature, que Neema était emportée par une lame de fond irréversible. C'était arrivé comme un tremblement de terre qui avait rebattu toutes les cartes, à l'intérieur d'elle-même, jusqu'à ce qu'elle se connecte à ce qu'on lui avait appris à renier. Ses parents adoptifs avaient été des parents tigres qui lui avaient infligé une éducation élitiste dont l'austérité brutale l'avait dépossédée de ses origines. Son identité avait été réduite à un haut potentiel intellectuel entièrement dédié à ses brillantes études médicales tandis que la culture africaine, jugée inutile, avait été méthodiquement reléguée au rang d'anecdote. D'un seul coup, la puissance tribale de

Bima, sa dimension spirituelle et sa beauté métisse lui avaient révélé cette sensibilité ensevelie et Eden, l'archétype du mâle dominant occidental, était devenu un être faiblard et sans envergure dont l'humour grinçant ressemblait à des jérémiades. Quand il a lu ce verdict dans ses yeux, il s'est contenté de l'informer qu'il prendrait le premier avion pour l'Angleterre, si toutefois elle n'était pas revenue à l'hôtel dans une heure, et il a demandé à Bima de le lâcher. Le couteau est tombé à ses pieds et il est parti en la laissant dans un état de sidération. Bima l'a emmenée boire du thé dans un endroit chaleureux et il a attendu des heures et des heures avant qu'elle se libère et assume sa culpabilité vis-à-vis d'Eden. Mais aussi qu'elle cesse d'être méfiante. Quelques minutes d'observation permettaient facilement de comprendre que sa relation avec Eden était plutôt légère et que, de toute manière, Eden n'aurait jamais utilisé le couteau. Lorsqu'elle le lui a fait remarquer, Bima n'a pas cherché à s'en cacher. Il lui a avoué qu'il n'aurait évidemment jamais agi de cette manière s'il n'était pas arrivé à cette même conclusion. Mais il a ajouté qu'on ne pouvait jamais être sûr à cent pour cent. Plus j'écoutais Neema et plus je me rendais compte qu'elle avait vécu un peu ce que j'avais connu avec Gary, un truc aussi brutal qu'un accident de la route. Sauf que c'était exactement le contraire. Non seulement Bima était sincère, mais en plus Neema était une femme accomplie. Même si Bima l'avait complètement enroulée dans la vague et qu'elle avait tout de suite compris que sa rencontre avec lui serait un point de rupture dans sa vie, elle était restée un moment en transit, déjà hors de l'avant, mais pas encore dans l'après. Je me sentais complètement nulle, face à elle, en découvrant qu'elle aurait dépecé Gary en deux minutes, si elle avait été à ma place, et ça me plongeait dans une culpabilité vis-à-vis de moi-même qui me tirait encore plus vers le bas. Le pire, ça a été la suite quand elle m'a dit que Bima avait une maison dans l'archipel de Seribu, sur une île sans aucun touriste et très peu peuplée, à trente minutes au large de Jakarta. Elle m'a décrit la mer turquoise et chaude, les plages immenses de sable blanc, les palmiers, la sérénité de la maison ouverte sur la nature et la lenteur sensuelle des jours où ils n'avaient rien d'autre à faire que de s'aimer. C'était exactement ce que Gary m'avait promis et j'ai eu envie de vomir. J'ai senti l'aigreur me remonter dans la gorge en l'écoutant me raconter qu'ils avaient passé deux mois d'éternité à faire l'amour, à parler, à se projeter dans l'avenir, à méditer, nager, cuisiner, et qu'ils avaient expérimenté le bonheur dans son état le plus pur. Au bout de trois semaines, elle avait décidé de ne pas rentrer en Angleterre et elle réfléchissait à une nouvelle vie près de Bima. Il y avait à la fois un côté flippant et une sorte d'évidence sereine parce qu'ils se questionnaient beaucoup, en essayant de se prémunir contre le piège des délires éphémères de la passion amoureuse, au sujet de ce magnétisme presque surnaturel qu'ils ressentaient, l'un pour l'autre, à tous les niveaux de leur être.

Un matin, alors qu'ils avaient décidé de rester sur l'île encore plusieurs semaines, Bima lui a dit qu'il devait s'absenter pour une raison dont il ne pouvait pas parler, mais qu'il la retrouverait deux jours plus tard. Elle a compris de quoi il s'agissait parce que Bima lui avait expliqué que les seuls éléments de sa vie dont il ferait mystère seraient liés à ses responsabilités dans l'armée indonésienne. Il était l'unique fils du général

Sukarnobam, membre influent de l'état-major et proche du pouvoir indonésien, qui avait eu sept filles avant que sa femme lui donne enfin le fils qu'il exigeait. Bima ne s'était même pas posé les questions que sa sensibilité pour les arts, les langues, la grâce et la délicatesse avaient soulevées en lui dévoilant cette grande part féminine qui coexistait avec ses pulsions de mâle dominant. Il avait étudié la littérature, la musique, la peinture et l'histoire, il s'était passionné pour la mode, l'architecture, les fleurs, il était devenu un être délicat, cultivé et polyglotte attiré par la beauté des femmes et leur esprit subtil, mais là s'était arrêté le champ des possibles, car son être profond devait rester un hobby. Son devoir était d'être un grand soldat et il n'avait même pas réfléchi à une autre voie. C'était la réalité que son père, sa mère, ses sœurs, ses oncles, ses tantes et toute son histoire familiale avaient construite pour lui. Il avait été cloisonné dans ce destin, mais il n'en avait pas souffert, car seule l'idée d'un choix pouvait amener des regrets et de la frustration. Après être devenu un maître du pencak-silat, l'art martial ancestral des guerriers de Sumatra, et un tireur d'élite rompu à toutes les techniques des commandos, il était entré dans l'armée de l'air où il avait atteint le grade de colonel en pilotant des avions de chasse.

Depuis qu'il lui avait fait un signe de la main, sur le bateau qui l'emportait vers Jakarta, il s'était passé cinq ans sans qu'elle ait aucune nouvelle. Elle a tout essayé pour avoir des informations. Elle a même fait jouer son réseau au ministère des Affaires étrangères, à Londres, qu'elle avait développé à travers ses missions humanitaires dans des zones de combat en Syrie. Mais lorsqu'un diplomate britannique, en poste à Jakarta, a accepté de poser officieusement des questions à un membre de l'état-major qui figurait dans ses contacts, au lieu de lui fournir les réponses qu'elle espérait, il lui a raconté que la seule évocation du colonel Sukarnobam avait mis fin à sa conversation, ce qui signifiait, en langage diplomatique, que la disparition de Bima était classée secret défense. Alors il lui a conseillé de l'oublier. C'est ce qu'elle a tenté de faire, mais elle s'est très vite rendu compte qu'elle en était incapable. Elle vivait depuis cinq ans avec le souvenir de ces semaines passées avec lui dans l'archipel de Seribu, ses questions sans réponse et le manque terrible que son absence creusait à chaque instant de sa vie. Quand elle a reçu cet appel tombé du ciel où il lui demandait de venir en urgence, elle a eu l'impression que sa voix l'avait ranimée, comme si elle avait passé tout ce temps à errer dans un état de somnolence. Mais elle n'a pas du tout vécu ce qu'elle avait imaginé en roulant comme une folle pour le rejoindre. En fait, elle ne l'a reconnu qu'à ses yeux, à son odeur et à l'attraction phénoménale que son être produisait naturellement sur elle.

Je n'ai pas osé lui poser plus de questions sur sa vie et on est restées silencieuses jusqu'à la fin du trajet. De temps en temps, je l'observais de biais. Dès qu'elle sentait mon regard, elle tournait la tête vers moi en me souriant. J'avais l'impression que ça la dérangeait, malgré sa douceur, alors je me remettais à fixer la route comme si j'étais prise en faute. Après avoir contourné Oxford, on a roulé encore vingt minutes à travers les Cotswolds jusqu'à ce que Neema emprunte une toute petite route boisée sur le flanc d'une colline qui longeait un village avec de très vieilles maisons en pierre. Ensuite, juste avant de redescendre sur l'autre versant, elle a tourné à gauche entre deux colonnes médiévales, où il y avait peut-être eu un portail un jour, et elle est entrée dans un jardin assombri par l'hiver qu'elle a traversé jusqu'à une bâtisse aux murs couverts de lierre. On a laissé Bima et Bjarni, toujours inconscients, à l'arrière de la voiture et je l'ai suivie dans la maison avec le sac de la pharmacie. Elle m'a demandé d'ouvrir les volets et elle est descendue à la cave pour allumer le chauffage. En remontant, elle m'a dit de venir l'aider et on est allées dans une chambre où il y avait un lit double dont on a fait basculer le matelas par terre avant de pousser le sommier dans un coin. Pendant que je mettais les draps, elle est retournée dans le salon et je l'ai entendue vider le contenu du sac de la pharmacie sur la table à manger. Quand je suis allée la voir pour lui demander où était la deuxième chambre, elle m'a répondu, sans relever les yeux des compresses et du désinfectant qu'elle était en train de disposer sur un plateau de petit-déjeuner, qu'on les mettrait tous les deux sur le même matelas parce que les autres chambres étaient à l'étage. Elle m'a ensuite demandé d'aller prendre la planche à repasser qui se trouvait dans la lingerie, à côté de la cuisine, et elle a fait un signe de tête vers une porte derrière elle.

J'ai arrêté de courir en y entrant parce que ça m'a rappelé immédiatement un endroit que je connaissais, mais dont j'étais incapable d'identifier le souvenir. Elle était faite d'un assemblage de meubles en Formica des années soixante-dix, d'autres Arts déco et d'autres, plus vieux encore, dont le bois avait été lasuré. Après m'être approchée de l'évier en céramique, j'ai jeté un dernier regard circulaire à travers la cuisine en essayant de forcer ma mémoire, mais j'ai dû abandonner parce que le temps s'écoulait et je suis entrée dans la buanderie où j'ai trouvé une grande table à repasser. Neema n'était plus dans le salon quand je suis revenue, alors je l'ai posée contre un mur et je suis allée à la fenêtre pour voir si elle était dehors, mais je n'ai pas eu le temps d'y arriver, car j'ai entendu le bruit d'une scie sauteuse qui venait de la cave. Quand je me suis approchée de l'escalier pour savoir ce qu'elle fabriquait, le silence est revenu et elle est tout de suite remontée avec une grosse boîte en fer, une corde, une visseuse et deux skateboards dont elle avait scié les extrémités courbées. Dès qu'elle m'a vue, elle m'a demandé où était la table à repasser et je lui ai montré le mur contre lequel je l'avais posée. Elle l'a mise à plat sur le sol avant de se pencher sur elle, un genou à terre et le dos arrondi par la visseuse qu'elle a aussitôt manipulée avec une dextérité de mécano. En quelques secondes à peine, elle avait désolidarisé la planche de son pied métallique. Après avoir disposé les skateboards dans le même axe, à un mètre l'un de l'autre, elle m'a dit de l'aider à prendre la planche et on l'a mise sur eux en la centrant pour qu'elle soit en équilibre. Ensuite, elle a ouvert la boîte en fer qui contenait une perceuse, pleine de poussière, et tout un assortiment de vis dont elle s'est servie pour fixer la table à repasser sur les skates. Dans la foulée, elle a installé un gros foret au bout de la perceuse et elle a fait un trou à l'avant de la planche. Le temps de passer la corde à l'intérieur en me disant de prendre un coussin sur le canapé, elle s'est relevée en empoignant ce qui était devenu un brancard de fortune et on est sorties dans le jardin. Après l'avoir posé le long de la voiture, du côté où était Bima, elle a ouvert la portière et on l'a fait basculer dessus aussi doucement qu'on a pu. On l'a mis sur le flanc, la tête sur le coussin, et on lui a plié les jambes pour qu'il soit en position de sécurité. Neema l'a alors attaché avec trois sangles, qu'elle a serrées solidement, et on l'a amené dans la chambre en faisant rouler la planche d'abord sur les pavés du jardin, ensuite sur les tommettes du salon. On l'a basculé sur le matelas, on lui a ôté ses vêtements jusqu'à ce qu'il soit en slip et Neema a aussitôt enfilé des gants chirurgicaux. Il avait plusieurs entailles aux bras et aux jambes, deux perforations au ventre et une en dessous de la clavicule. Je lui ai demandé si c'était grave, mais elle n'a pas dû m'entendre parce qu'elle était en train de lui faire une piqûre, le visage hyper concentré, alors je me suis assise sur le sommier, dans un coin de la pièce, et je l'ai regardée. Je ne faisais pas du tout attention au corps de Bima. Je ne voyais vraiment qu'elle. Je la trouvais incroyablement belle, talentueuse, aussi forte que sensible et tout ça faisait naître en moi un trouble amoureux. J'ai continué de la contempler en m'abandonnant à cette émotion jusqu'à ce qu'un vertige me happe parce que j'étais en train de permettre à Neema d'entrer dans ma tête exactement comme j'avais laissé Gary s'y installer. Je me suis redressée, la respiration coupée, avant que ma nuque cède et me contraigne à fixer mes pieds. J'éprouvais de l'effroi, mais ça n'avait rien à voir avec le fait que Neema soit une femme. Ce qui me terrifiait, c'était l'idée qu'une personne se loge dans ma tête, alors mon cerveau a réagi en posant la solution la plus immédiate. Un syllogisme pur et dur. Aimer quelqu'un, c'était être possédé. Je ne voulais plus jamais qu'on me possède. Donc je ne devais pas aimer.

Sans cesser de fixer mes pieds, je me suis juré, au plus profond de mon être, que jamais je ne transgresserais cette règle. C'est la souffrance, la détresse, le sentiment d'horreur et la terreur pure qui se sont chargés de graver ça dans le marbre de mes sens et de ma pensée. Je n'avais que seize ans, mais je savais, en levant les yeux vers Neema, que même si je vivais encore mille ans, plus jamais je ne me rendrais vulnérable devant qui que ce soit. Plus jamais.

10

On n'a pas réussi à retenir le corps de Bjarni, quand on l'a fait basculer de la banquette en le tirant avec une corde, et il s'est écrasé sur la planche en la cassant. Il a rouvert les yeux à ce moment-là et Neema lui a expliqué qu'elle devait le soigner à l'intérieur, mais qu'on n'avait pas la force de l'emmener. Il a mis quelques secondes à comprendre ce qui venait de se passer et il a réussi à se relever en s'aidant de la portière. Une fois debout, il a regardé autour de lui et Neema lui a rappelé ce qu'elle nous avait expliqué juste avant d'aller à la pharmacie, au sujet de la maison de son amie. Après avoir acquiescé d'un signe de tête, il lui a demandé si elle avait un congélateur. Elle a confirmé d'un air perplexe. Alors il lui a dit d'y mettre les cadavres de Gary et d'Andro le temps qu'il se rétablisse pour les faire disparaître. Ensuite, il a récupéré son sabre et il a marché vers la maison d'un pas lent et lourd. Neema a couru pour passer devant lui et elle l'a guidé à travers le salon jusqu'à la chambre. Il s'est arrêté sur le seuil en découvrant l'unique matelas sur lequel Bima, inconscient et perfusé, était en slip. Neema lui a expliqué que les autres chambres étaient à l'étage et que l'escalier rendait les choses trop compliquées pour le moment. Après avoir jaugé le sommier à lattes d'un bref regard, il a retiré son kimono et il s'est allongé à côté de Bima en posant son sabre sur le parquet, à portée de main, simplement vêtu d'un slip lui aussi. Il était tellement grand que ses jambes dépassaient du matelas au niveau de ses mollets énormes. Quant au reste de sa musculature surpuissante, enrobée de chair et de graisse, elle paraissait génétiquement plus proche des ours que des humains. Il avait les flancs lardés d'entailles béantes et une perforation à l'aine. Neema lui a dit qu'elle n'avait rien pour l'anesthésier, même localement, et je l'ai suspectée de vouloir lui imposer de la souffrance, sans doute pour le punir d'avoir tenté de l'étrangler quand elle l'avait réveillé avec l'ammoniac. J'imaginais qu'un médecin ne pouvait pas refuser de sauver quelqu'un, même un tueur, mais que rien ne l'obligeait à rendre ses soins confortables. Je l'avais vue faire une piqûre à Bima avant de le soigner, alors je savais qu'elle avait des trucs contre la douleur. En tout cas, Bjarni est resté de marbre devant la nouvelle et il n'a pas eu un seul rictus de souffrance lorsqu'elle a écarté ses plaies pour les désinfecter en profondeur. Quelques instants plus tard, pendant qu'elle les suturait en enfilant une aiguille dans la chair à vif, j'ai décortiqué l'expression lointaine et détachée de son visage tuméfié. Sa face carrée attachée à son cou de taureau, son nez droit et fin, son front large et ses yeux d'un bleu pur qui fixaient le plafond. Ensuite, j'ai observé la longue et mince silhouette de Bima bardée de muscles secs et souples, sa peau presque noire au métissage africain et asiatique. Je ne ressentais aucune attirance ni pour l'un ni pour l'autre, mais ce n'était pas non plus du dégoût. J'avais un regard médical sur eux, un genre de curiosité pour la mécanique de ces corps de guerrier, à l'anatomie tellement différente, qui s'étaient entretués sans qu'aucun ne prenne jamais le dessus sur l'autre.

Après avoir fini de soigner Bjarni, Neema m'a informée qu'elle allait mettre Gary et Andro dans le congélateur. Elle a commencé par refuser que je l'aide, mais j'ai insisté en lui disant que ce serait plus simple à deux et elle a dû comprendre que j'avais besoin de me confronter à ce truc morbide. On a porté la couette, en la tenant chacune par une extrémité, jusqu'au garage où se trouvait un congélateur en forme de coffre. Pendant qu'elle sortait une partie du contenu pour faire de la place, j'ai laissé mon regard traîner sur des raquettes de tennis posées en vrac, une petite moto orange des années soixante, un établi de mécanique avec des pièces détachées et, dans le fond, de vieux meubles qui s'entassaient en attendant que quelqu'un leur redonne une nouvelle vie. Lorsqu'on a mis la couette dans le congélateur, je me suis rendu compte que j'étais froide à l'intérieur de moi, aussi froide que Gary et Andro n'allaient pas tarder à l'être. Neema a refermé le couvercle en emportant tout ce qu'elle avait sorti et je suis restée quelques instants à regarder le congélateur. J'imaginais Gary et Andro enlacés dans la couette à l'intérieur et je trouvais ça grotesque, mais ça ne m'a rien inspiré, comme si j'assistais à un spectacle de clowns sans talent. J'ai rejoint Neema dans la cuisine et on s'est préparé à manger.

C'est pendant qu'on buvait un café, après avoir dévoré du riz et des blancs de poulet, qu'elle a voulu savoir si j'avais fait des examens gynécologiques et des tests sanguins à mon retour de Dubaï. J'ai haussé les épaules en lui répondant que je n'avais pas vu de médecin depuis mon départ de Middlesbrough et elle m'a demandé, l'air préoccupé d'un seul coup, si tous les rapports sexuels qu'on m'avait imposés avaient été protégés. Quand je lui ai dit qu'en Angleterre, à part une dizaine de fois, les hommes avaient tous accepté de mettre des préservatifs, mais qu'à Dubaï, c'était le contraire, le regard de Neema s'est glacé. J'ai voulu savoir ce qui se passait et elle m'a juste prévenue que je devais faire des examens médicaux pour être bien sûre que j'allais bien. Elle m'a souri et elle m'a demandé, en essayant d'avoir l'air détaché, si je pouvais envisager qu'un homme m'ausculte. Je n'ai pas su quoi répondre. Lorsqu'elle a précisé que ce serait les parties génitales, j'ai fixé un long moment la surface huileuse de mon café avant de relever les yeux pour lui demander de m'expliquer. Elle a soutenu un instant mon regard, comme si elle ne savait pas trop comment s'y prendre, et elle a fini par tout me balancer sur un ton froid et médical. VIH, hépatites, syphilis, mycoses responsables de cancer de l'utérus, ça n'arrêtait pas, comme une averse d'immondices qui transformait mon vagin en dépotoir. Lorsqu'elle a cessé de lister les maladies mortelles ou dégénératives que le sexe de ces violeurs m'avait potentiellement transmises, elle m'a à nouveau demandé si j'acceptais d'être prise en charge par un homme parce qu'elle avait un ami, à Oxford, avec qui elle avait travaillé plusieurs années, qui pourrait faire toutes les analyses en urgence sans rien dire à personne. J'ai repensé à l'agonie de ces filles tuées par des infections vénériennes à Dubaï. En me souvenant des gardiens, qui avaient jeté leur cadavre dans des housses avec moins de respect que des équarrisseurs, la rage m'a fait pleurer. Neema s'est empressée de me dire qu'elle allait trouver une autre solution pour que ce soit une femme qui m'ausculte, mais je lui ai répondu que ça m'était égal. Je n'y avais même pas réfléchi en fait. La seule chose qui m'importait, c'était de savoir le plus rapidement possible si j'allais mourir. Neema m'a pris la main en m'expliquant qu'être lucide ne voulait pas dire «dramatiser». Je pouvais très bien être passée à travers et dans le pire des cas, si j'avais contracté une infection, on se battrait contre elle et on gagnerait. Elle m'a fait un signe de tête plein d'énergie positive, qui m'a communiqué sa force comme dans la maison de Hampstead quelques heures plus tôt, et elle est partie dans le salon appeler son ami.

En fin d'après-midi, elle a laissé un mot sur le matelas, entre Bima et Bjarni qui dormaient l'un à côté de l'autre, ce qui était assez saisissant, et elle m'a emmenée dans un cabinet médical à Oxford. On s'est installées dans la salle d'attente et, au bout de cinq minutes, un homme d'une quarantaine d'années en blouse blanche a entrouvert la porte pour faire un signe à Neema. Elle s'est levée en me disant de venir et on est sorties sous le regard agacé des femmes qui attendaient leur tour. J'ai lu *docteur Oswelt* sur une plaque accrochée au mur du couloir, juste avant le cabinet dans lequel je suis entrée la première, aussitôt suivie de Neema et du docteur Oswelt qui a fermé la porte derrière lui. Il a tout de suite pris Neema dans ses bras, en la serrant fort pendant une ou deux secondes, et il est venu vers moi avec un air jovial tellement communicatif qu'il m'a fait sourire, ce qui était un exploit à cet instant précis de ma vie. Mais ça n'a pas duré parce qu'il m'a énervée en enfilant des gants presque sous mon nez pendant que je m'allongeais sur la table d'auscultation, après m'être déshabillée. Quand il a commencé à les faire claquer bruyamment contre sa peau, au cas où j'aurais été aveugle à moins qu'il m'ait soupçonnée d'être complètement demeurée, j'ai vraiment pris ce gavage d'attentions pour de la gestion psychologique vétérinaire. Ensuite, il m'a auscultée en me racontant tout ce qu'il voyait. Au bout d'un moment, j'ai eu l'impression de voyager dans mon vagin comme s'il me faisait la visite guidée d'une décharge publique. J'ai failli lui dire de la fermer, mais il s'est arrêté juste avant pour prélever des trucs à analyser. Je me suis rhabillée, il m'a fait une prise de sang en remplissant plusieurs tubes et on est parties.

Avant de rentrer, Neema m'a emmenée dans des magasins pour m'acheter des vêtements, mais je n'avais aucune idée ni envie, alors je l'ai laissée choisir. Quelque chose commençait à s'installer dans mon cerveau depuis que le docteur Oswelt avait farfouillé dans mon vagin à la manière d'un mécanicien au chevet d'une voiture potentiellement morte. Neema a essayé de me solliciter en étant toujours hyper positive comme si on était deux bonnes copines, mais l'unique expérience que j'avais du shopping, c'était avec Gary, alors j'avais juste envie de vomir. Je venais de prendre conscience que ces hommes, dont le sexe m'avait pénétrée à la chaîne, sodomisée contre mon grès et étouffée jusqu'à ce que j'avale de force leur sperme, m'avaient inoculé la mort. Neema a bien compris que j'étais en train de m'enfermer et elle a redoublé d'efforts pour me distraire, mais je n'ai été réceptive à aucune de ses tentatives. J'ai remarqué qu'elle payait en liquide et je me suis demandé si c'était pour me faire comprendre qu'elle avait dépensé beaucoup d'argent pour moi, mais j'ai arrêté de me poser des questions presque immédiatement parce que j'ai découvert que je n'en avais rien à foutre, en fait, de son chantage affectif de merde. Quand on est rentrées, à la nuit tombée, je lui ai dit que je n'avais pas faim et que j'avais envie de me coucher. Le temps d'aller voir Bima et Bjarni, qui dormaient toujours, elle m'a montré ma chambre, à l'étage. Pendant qu'elle redescendait, je me suis enfermée dans la salle de bain, au bout du couloir, et je me suis mise nue face à la glace murale. J'ai regardé mon corps où toutes les traces de violence, de piqûres d'héroïne et de maigreur maladive avaient disparu. Il était redevenu beau et frais, à nouveau prêt pour la vie, comme si Gary n'avait jamais existé ni les frères Huskins ni tous ces hommes qui m'avaient violée. Mais plus je l'observais, plus il prenait la forme d'un objet dont j'étais dépossédée et plus cette éclosion de ma féminité m'apparaissait comme le stade avancé de mon pourrissement. Alors c'est venu d'un coup. La haine est entrée dans ma tête comme si elle était la déesse de mon corps et qu'elle exigeait des sacrifices cruels et sadiques pour le venger. Je l'ai laissée s'installer sans imaginer une seule seconde qu'elle puisse me soumettre à sa loi exactement comme Gary l'avait fait en se servant de mon amour. Je suis allée dans ma chambre et je me suis allongée sur le lit en fixant le plafond. J'ai pensé à ma mère pour la première fois depuis des mois. Je me revoyais au milieu de l'escalier, dans la maison de la famille d'accueil, en train d'entendre que personne ne m'avait jamais aimée. J'étais frappée par l'écho lugubre de la porte que le père de ma mère m'avait claquée au nez après m'avoir dit que j'étais une créature diabolique.

J'ai attendu que Neema se couche et je suis descendue au salon où j'ai allumé l'ordinateur, un vieux truc qui se trouvait dans un coin, sur un bureau en bois rouge. Après m'être connectée au journal local de Middlesbrough, j'ai cherché l'exemplaire sorti au lendemain de ma naissance. Chaque parution avait été numérisée depuis la fin des années cinquante, mais il fallait payer. Je suis allée fouiller dans le sac à main de Neema, accroché à une chaise de la table à manger, et j'ai pris sa carte bleue. J'ai entré le numéro, la date limite, les chiffres au verso et j'ai appuyé sur le bouton *Payer*. Deux secondes plus tard, quand le système m'a demandé un code reçu par SMS, j'ai failli jeter l'écran contre le mur. Ensuite, c'est le sac de Neema que j'ai eu envie de balancer en découvrant que son portable n'y était pas, contrairement à la carte SIM. Je suis montée à l'étage en sentant ma colère grandir parce que je ne comprenais pas à quoi pouvait lui servir son portable sans carte SIM, alors j'avais peur de ne pas le trouver là où elle dormait. Quand je suis arrivée en haut de l'escalier, je me suis rendu compte que j'ignorais où était la chambre de Neema, parmi toutes les portes du couloir, et je suis montée en pression d'un seul coup. Je les ai ouvertes au hasard, en essayant de me contrôler pour agir avec le plus de discrétion possible, et je suis tombée sur deux chambres vides, un bureau et des toilettes avant de distinguer, dans la pénombre d'une pièce tout en longueur, la silhouette de Neema au milieu d'un lit double. Je suis entrée en essayant de faire attention au parquet, mais une latte branlante a grincé et Neema s'est tournée sur le flanc en poussant un soupir. Après m'être figée en arrêtant de respirer aussi longtemps que je pouvais, j'ai attendu de reprendre mon souffle et je me suis approchée de la table de chevet où j'avais l'impression de voir tomber le fil blanc d'un chargeur. C'était bien ça, sauf que son téléphone n'y était pas branché. J'ai fait le tour du lit en me forçant à marcher avec une lenteur qui me désespérait. L'autre table de chevet était vide, alors je suis repartie vers la porte de la chambre en sentant la frustration me laminer le ventre, mais Neema a encore bougé dans son sommeil et j'ai suspendu le mouvement de mon corps. Au bout de quelques instants, à la place qu'elle avait libérée sur le drap clair, j'ai remarqué une tache rectangulaire plus sombre que l'obscurité et j'ai compris qu'il s'agissait de son portable. Je me suis forcée à attendre pour être sûre que Neema soit bien endormie, je me suis approchée et je l'ai pris avant de sortir de la chambre sur la pointe des pieds en évitant cette saloperie de latte qui grinçait. Je me suis précipitée dans l'escalier et j'ai couru jusqu'à la table à manger où j'avais posé la carte SIM. Quand j'ai voulu vérifier que le combiné était bien éteint, l'écran s'est rallumé et j'ai découvert que Neema s'était endormie en regardant les photos de sa famille et de ses amis. Mon cerveau a fait un lien très vague avec les regrets et la tristesse qui étaient passés sur son visage lorsqu'elle avait observé la carte SIM avant de la ranger dans son sac. Je me suis dit qu'il devait y avoir tous ses contacts dessus et que ça avait dû lui faire penser à sa vie en train de basculer dans un trou noir depuis qu'elle avait retrouvé Bima. Mais ça ne m'a rien inspiré de particulier et j'ai éteint le portable pour le reconnecter au réseau. Pendant qu'il se rallumait, j'ai visualisé le moment où Neema avait tapé le code PIN, dans la voiture. J'ai revu son index délicat et fougueux faire apparaître furtivement les chiffres sur l'écran, avant qu'une étoile les masque, et je les ai composés dès que le portable me l'a demandé. J'ai immédiatement eu accès au SMS, envoyé par le système de sécurité de sa banque, et je me suis précipitée vers l'ordinateur pour entrer le code. Le paiement est tout de suite passé et j'ai obtenu le journal du 24 juillet 2004 dont j'ai consulté toutes les pages sans rien voir sur la mort de ma mère. Alors j'ai repris la carte de Neema et j'ai acheté celui du 25 juillet. Cette fois-ci, dans la rubrique faits divers, il y avait un article, de quelques lignes, au sujet d'une secrétaire de vingt-trois ans qui s'était suicidée en se jetant du pont transbordeur de Middlesbrough après avoir accouché d'une petite fille issue d'un viol. J'ai ensuite acheté, en un seul paiement, tous les journaux jusqu'au mois de septembre en espérant y trouver d'autres articles qui parleraient d'une enquête ou d'une arrestation, mais il n'y avait plus rien. J'ai relu plusieurs fois la dizaine de lignes, au sujet du suicide de ma mère, et j'ai cherché dans Google des renseignements sur Owen Valancker, le journaliste qui les avait rédigées. Il n'y avait rien de spécial sur lui en dehors de quelques pages à propos d'articles plus ou moins récents. Un truc sur un pub de Middlesbrough qui fêtait ses cent ans d'existence, un autre sur une association qui aidait les femmes victimes de violence, un autre encore sur une usine dont le patron avait fait démonter toutes les machines dans la nuit pour les délocaliser en Asie, d'autres sur un passionné de curling, un sosie d'Elvis Presley, sur tout et n'importe quoi en fait. Je ne voulais pas passer à côté d'une information qui me permettrait de le contacter, alors je me suis obligée à les parcourir de A à Z. À la fin, je me suis sentie tellement écœurée d'avoir lu tous ces articles de merde pour rien que j'ai failli balancer l'ordinateur par terre, mais je me suis dit que je n'avais pas commencé par le début et j'ai tout simplement cherché dans l'annuaire. J'ai aussitôt déchanté parce qu'il n'était pas référencé, probablement en liste rouge, ce qui m'a semblé logique pour un journaliste, alors j'ai arrêté de chercher et je suis restée sans rien faire, en essayant de digérer ma frustration, jusqu'à ce que je ressente l'envie de voir à quoi il ressemblait. Je n'en avais rien à foutre en fait, mais ça me donnait l'impression de me rapprocher de ce qui m'obsédait, alors j'ai cliqué sur l'onglet *images* de Google et j'ai découvert un type trapu et large, un peu comme un pilier de rugby, qui avait l'air marrant et sympa. Sur l'une des photos, il était avec une bande de mecs au comptoir d'un pub en train de fêter la victoire de l'Équipe d'Angleterre contre les Français. C'était un vieux pub, rustique et classe avec une ambiance très marquée, et je me suis souvenue de son article sur le pub de Middlesbrough qui fêtait ses cent ans. En découvrant qu'il s'agissait du même, après avoir regardé les photos dans *Google*, j'ai ressenti un genre de rage victorieuse, même si ça ne me garantissait rien, mais j'avais l'impression de faire un pas en avant, alors j'ai utilisé le téléphone de Neema pour appeler le numéro, inscrit dans l'encart publicitaire, avec l'espoir que ce ne soit pas une impasse. Un homme a décroché presque immédiatement et j'ai demandé à parler à Owen Valancker. J'entendais le brouhaha du pub et la musique derrière la voix du type quand il m'a répondu qu'il n'était pas là. Qu'il le connaisse était déjà au-delà de mes espérances. Je m'en suis rendu compte en ressentant une excitation brutale et j'ai voulu savoir où je pouvais le joindre, après avoir précisé que c'était très urgent. Le type s'est montré curieux et je lui ai dit que c'était à propos d'un de ses articles sur une femme qui s'était suicidée, en 2004, après avoir accouché à la suite d'un viol. Il m'a demandé qui j'étais et je lui ai répondu que je m'appelais Bénédicte Austin et que j'étais sa fille. Il y a eu un blanc et il a fini par me dire de ne pas quitter. Je n'ai plus entendu que le bruit du pub jusqu'à ce que le type revienne, au bout de deux ou trois minutes, pour me demander si Owen Valancker pouvait me rappeler au numéro qui s'affichait sur son téléphone. Je lui ai confirmé et j'ai voulu savoir quand il me recontacterait. Le mec m'a répondu qu'il le ferait tout de suite, alors j'ai raccroché, j'ai programmé le combiné sur silencieux et j'ai attendu. Cinq minutes plus tard, j'ai vu *numéro inconnu* s'afficher sur l'écran en même temps que le portable se mettait à vibrer. Je ne me suis pas posé de question et j'ai pris la communication. Une voix grave a prononcé mon prénom sur un ton interrogatif et intense. Il n'y avait plus du tout l'ambiance sonore du pub et je me suis dit qu'il devait être chez lui. Après lui avoir confirmé que j'étais Bénédicte Austin, je lui ai demandé, à mon tour, s'il était bien Owen Valancker. Il a acquiescé et il m'a interrogée sur ma date de naissance. J'avais à peine fini d'en énumérer les chiffres qu'il voulait savoir pourquoi je l'avais appelé, alors je lui ai répondu que mon seul lien avec la mort de ma mère était l'article qu'il avait écrit au lendemain de son suicide. Il m'a demandé ce que j'attendais de lui et je lui ai expliqué que je cherchais celui qui avait violé ma mère. J'ai entendu le claquement d'un briquet, suivi d'une grande inspiration ponctuée d'un souffle pesant, et il a voulu savoir ce que je comptais faire si j'apprenais qui était mon père. J'ai ressenti un choc dans la poitrine parce que c'était la première fois, en tout cas consciemment, que j'identifiais le violeur de ma mère comme étant mon père. J'ai eu froid soudainement, à l'intérieur de moi, et j'ai zappé sa question pour lui demander s'il savait qui c'était. Il n'a pas insisté et il m'a expliqué qu'il ne voulait pas en parler au téléphone parce que ça pouvait être dangereux, mais qu'il était d'accord pour tout me raconter de vive voix. Je lui ai donné le nom du village où Neema nous avait emmenés. J'avais de plus en plus froid et j'ai écouté Owen Valancker réfléchir tout haut. D'après ses estimations, il y avait environ quatre heures de route entre Middlesbrough et Oxford, alors il pourrait arriver le lendemain vers dix heures. Il m'a demandé si ça me convenait et je lui ai confirmé que je l'attendrais à dix heures à l'entrée du village. On s'est dit au revoir, j'ai raccroché et j'ai éteint l'ordinateur après avoir effacé l'historique et tous les fichiers que j'avais téléchargés. Ensuite, j'ai nettoyé le journal d'appel et éliminé les SMS que j'avais reçus pour valider les paiements, j'ai remis la carte SIM dans le sac de Neema, le portable dans son lit et je suis allée me coucher. Je voulais buter le mec qui avait violé ma mère et j'avais envie de faire ça toute seule.

11

Je me suis réveillée avec la lumière du jour, vers huit heures du matin, et j'ai attendu dans mon lit en espérant qu'Owen Valancker ait des informations sur ce type que tout mon être, jusqu'à la plus anecdotique de mes cellules, refusait de considérer comme mon père. Pour le moment, la simple perspective de lui faire du mal suffisait à me satisfaire, alors je n'avais pas besoin de me projeter dans quelque chose de concret. J'essayais juste d'imaginer qui il pouvait être. Je me demandais s'il portait le viol sur lui, comme beaucoup de ces hommes dont j'avais appris à lire la perversion en un clin d'œil à force de toujours trouver les mêmes tortionnaires derrière les mêmes regards, les mêmes façons de parler, les mêmes manières de bouger, ou s'il se dissimulait derrière la beauté et la sensualité comme Gary. Je me suis assise au bord du lit en essayant de savoir ce qui était pire ou mieux, mais ça m'était égal parce que sa matière organique n'avait aucune chance de m'influencer. Je ne pouvais pas plus le haïr et encore moins lui pardonner. J'ai fini par fouiller dans les sacs de courses, où il y avait les vêtements que Neema m'avait achetés la veille, et j'ai pris ce qui me tombait sous la main. Un jean slim, un t-shirt rose et gris, un pull irlandais, des chaussettes en laine écossaise et un bonnet blanc à grosses mailles. Le temps d'arracher les étiquettes, j'ai tout enfilé en vrac sans penser une seule seconde à aller me voir dans une glace. La maison était totalement silencieuse. Je suis descendue dans le salon, j'ai mis les chaussures que j'avais la veille et je suis sortie. Pendant que je traversais le jardin, j'ai deviné le soleil, derrière la brume, et je suis arrivée sur la route qui menait au village, en bas de la colline. Il avait plu dans la nuit. Les bas-côtés étaient pleins de feuilles mortes boueuses, alors j'ai marché sur l'asphalte en descendant la pente jusqu'aux premières maisons en pierre. Une odeur de feu de bois sortait des cheminées et j'entendais parfois quelques cris d'animaux de basse-cour, des bruits lointains de tracteur, mais je n'ai croisé personne. Je me suis arrêtée au niveau du panneau, qui indiquait l'entrée du village, et j'ai attendu en observant la route dont les lacets disparaissaient derrière une autre colline. Au bout de dix minutes, j'ai commencé à m'impatienter en maudissant le retard d'Owen Valancker, mais ça ne m'a pas énervée longtemps parce qu'une fourgonnette grise est apparue au loin. Je trouvais ça cohérent, une fourgonnette pour un journaliste, alors je me suis mise bien en évidence sur le bord de la route jusqu'à ce que je distingue deux personnes derrière le pare-brise. J'ai lâché un juron en tournant sur moi-même et je me suis reculée contre le panneau pendant que la fourgonnette ralentissait avant d'entrer dans le village. J'ai eu le temps d'apercevoir deux hommes à l'intérieur lorsqu'elle est passée devant moi. En la suivant machinalement du regard, j'ai vu les feux de stop s'éclairer et je me suis dit qu'ils devaient chercher leur chemin. D'un seul coup, les phares blancs de marche arrière se sont allumés et la fourgonnette a reculé lentement. Elle s'est arrêtée à ma hauteur et le conducteur m'a jeté un long regard avant de dire un truc au type assis à côté de lui. J'ai entendu la portière passager s'ouvrir et j'ai vu un mec costaud, avec un bonnet de marin et un blouson en cuir, contourner la fourgonnette par l'avant. Le conducteur est sorti à son tour et il a fait coulisser d'un coup sec la porte latérale pendant que le type s'approchait de moi. Le bruit des rails m'a percutée et j'ai aussitôt repensé à Owen Valancker qui n'avait rien voulu me dire par téléphone. J'ai compris qu'il lui était arrivé quelque chose et je suis partie en courant, mais le type m'a rattrapée en quelques enjambées. Il m'a empoignée en me tordant les bras dans le dos et il m'a entraînée avec lui pour m'obliger à monter dans la fourgonnette. Le temps de claquer la porte latérale, il m'a fait tomber sur le ventre et la fourgonnette est repartie pendant qu'il me serrait une tige en plastique autour des poignets. Ensuite, il m'a bâillonnée avec un tissu qui sentait l'essence et il s'est relevé pour aller taper contre la paroi de la cabine du conducteur. Quand la fourgonnette s'est arrêtée et qu'il a ouvert la porte, j'ai eu le temps de voir qu'on était toujours sur la petite route qui montait vers la maison. J'ai soudainement pris conscience que Neema dormait et que j'allais mourir alors j'ai voulu hurler, mais le bâillon m'en a empêché en laissant couler, le long de mes lèvres, un pitoyable filet de bave. La portière a coulissé dans un bruit métallique et j'ai entendu le type monter dans la cabine juste avant que la fourgonnette redémarre. J'ai tenté de me libérer, mais j'ai dû renoncer presque aussitôt parce que la tige en plastique me cisaillait les poignets. Quelques secondes plus tard, quand j'ai commencé à paniquer à cause du bâillon et de mes bras attachés dans le dos qui entravaient mon souffle, j'ai repensé à ce que Neema m'avait dit lorsque j'avais perdu le contrôle derrière la porte du garage que je n'arrivais pas à ouvrir. J'ai essayé de respirer le plus profondément possible et j'ai imaginé sa voix douce et suave qui m'emportait au-dessus d'un champ de blé. J'ai fermé les yeux en voyant toutes sortes de couleurs, chaudes et dorées, comme dans des films américains où le coucher du soleil embrase les champs après un happy end. J'ai senti le vent tiède sur mon visage et dans mes cheveux. Je me suis mise à voler, à m'élever, à plonger vers le sol jusqu'à raser les épis de blé en tournant sur moi-même avant de repartir vers le ciel. Je m'imaginais être un dauphin sans que ça me pose le moindre problème de logique. Tout était possible dans cet état d'hypnose où je m'étais projetée sans le savoir. Mais ça n'a pas duré, car le rêve s'est brutalement déchiré dans un crissement de pneus. Mon corps a percuté la paroi, à cause du freinage d'urgence, et j'ai entendu les hommes crier des insultes avant que le silence revienne. Au bout de quelques secondes, comme la fourgonnette ne repartait pas, je me suis relevée aussi vite que j'ai pu et je me suis adossée à la portière pour essayer de l'ouvrir, mais elle a coulissé d'un coup sec avant que j'aie réussi à attraper la poignée. J'ai fait volte-face et j'ai vu Neema sauter à l'intérieur de la fourgonnette. Je l'ai regardée d'un air sidéré pendant qu'elle me libérait la bouche, mais je n'ai pas eu le temps de lui poser de question parce qu'elle m'a pris le bras en me disant qu'on devait vite partir. En sautant de la fourgonnette, j'ai aperçu Bjarni, en slip, le corps couvert de pansements dont certains s'étaient remis à saigner, qui rentrait vers la maison avec son sabre à la main. L'instant d'après, j'ai vu un bras tranché au niveau de l'épaule qui traînait par terre en serrant un flingue. La Mercedes de Neema était en travers de la route, juste devant la fourgonnette. Le conducteur, à qui appartenait le bras, n'avait plus de tête et était affalé sur le volant. Le passager, également décapité, gisait contre la vitre de sa portière. Je n'ai pas compris comment un truc pareil était possible parce que la cabine me semblait trop exiguë pour que Bjarni puisse y couper des têtes. Je suis restée bloquée là-dessus sans ressentir autre chose que de l'incrédulité devant le spectacle morbide des cous tranchés et du sang qui avait giclé partout. Bima est arrivé, habillé en vrac et le visage hagard, pendant que Neema m'emmenait vers la Mercedes dont elle a précipitamment ouvert le coffre. Elle a fouillé dans une sacoche, où il y avait des outils, et elle en a sorti une pince coupante avant de se ruer dans mon dos. Dès que j'ai senti les liens sauter, je me suis retournée pour me serrer contre elle, mais une voiture a surgi, par l'autre versant de la colline, et j'ai d'abord remarqué son visage terrifié avant de tourner la tête vers Bima qui ramassait le pistolet au bout du bras tranché. Il s'est redressé en faisant volte-face et il a tiré coup sur coup dans le pare-chocs d'une voiture de police. Le conducteur a enclenché la marche arrière en faisant hurler le moteur et la voiture a disparu dans la pente, deux cents mètres plus loin. Bima s'est aussitôt précipité vers nous. Après avoir dit à Neema de se mettre au volant de la Mercedes, et à moi de m'installer à côté d'elle, il est monté à l'avant de la fourgonnette. Je ne comprenais pas ce qu'il cherchait, alors je me suis assise en l'observant par la vitre de ma portière. Il avait l'air de faire très attention à ses gestes et je me suis dit que le sang pouvait peut-être imprimer la trace de ses doigts s'il le touchait. Après avoir pris le téléphone portable et le portefeuille des deux types, il a ouvert la boîte à gants, baissé le pare-soleil et il a récupéré les papiers de la fourgonnette. Bjarni est revenu à ce moment-là, en kimono avec son sabre à la main, et il a commencé à se contorsionner pour s'installer à l'arrière pendant que Bima effaçait ses empreintes. Quelques secondes plus tard, il s'est rué vers la Mercedes, les portières ont claqué et Neema est partie en trombe en direction du village. Mais elle a pilé au bout de cinq cents mètres et elle s'est brusquement tournée vers Bima en lui disant qu'on avait oublié d'enlever les cadavres du congélateur. Bima a rétorqué qu'on n'avait pas le temps de s'occuper de ça et qu'elle devait lui faire confiance pour gérer ce problème. Ils se sont fixés pendant de longues secondes avant que Neema rompe le silence en lui demandant où elle devait aller, mais c'est Bjarni qui a répondu en lui donnant une adresse dans le Sussex. Le temps d'interroger Bima du regard, elle s'est retournée vers le volant et elle est repartie à fond tout en se penchant sur le GPS de la Mercedes. J'avais besoin de comprendre comment ils avaient réussi à savoir ce qui m'arrivait, alors j'ai attendu que Neema ait fini de programmer le GPS pour lui demander de m'expliquer. Elle n'a pas répondu et j'ai vu, à son visage, qu'elle était en train de perdre pied et que la seule manière pour elle de ne pas craquer était de se concentrer sur la route. Je lui ai crié dessus et elle a sursauté avant de me jeter un regard affolé en me racontant qu'elle m'avait entendue sortir et qu'elle s'était inquiétée de savoir où j'allais. Alors elle était restée en haut de la route pour me surveiller, elle avait vu l'homme m'emmener de force dans la fourgonnette et elle avait couru à la maison pour réveiller Bima et Bjarni. Après m'avoir dit tout ça sans respirer, elle a voulu savoir qui étaient ces types et pourquoi je les attendais à la sortie du village, mais je n'ai rien répondu parce que ma culpabilité dans ce désastre, dont je commençais à prendre la mesure, me faisait l'effet d'un poison qui me paralysait. Bima m'a alors demandé si le nom d'Owen me disait quelque chose. Je me suis brusquement retournée entre les deux appuis-tête et je l'ai vu penché sur les téléphones portables avec les papiers de la fourgonnette ouverts sur les genoux. Il a levé les yeux vers moi et il m'a dit qu'un type, s'appelant Owen, avait envoyé plusieurs SMS aux deux mecs de la fourgonnette. D'après les messages, c'était lui le commanditaire de mon enlèvement, alors il voulait savoir si je le connaissais. Je me suis mise à pleurer parce que j'avais honte de m'être encore fait manipuler. Bima a attendu que je me calme pour m'assurer qu'il allait s'occuper de ce problème, mais que je devais d'abord lui dire ce que je savais. Je lui ai tout raconté en continuant de pleurer et Neema a encore pilé. Bjarni était juste en train d'expliquer qu'il connaissait le moyen de se renseigner sur Owen Valancker quand elle s'est tournée vers Bima en affirmant que les flics de ce matin nous avaient localisés à cause de mon utilisation de son téléphone portable et de sa carte bancaire, ce qui signifiait que des témoins avaient transmis le numéro d'immatriculation de sa voiture, donc qu'on allait se faire arrêter. Bima lui a répondu que si les flics la traquaient au point de mettre une cellule en veille sur son téléphone et sa carte bancaire, ils auraient débarqué à l'aube avec une équipe d'intervention, mais certainement pas à deux dans une voiture de patrouille à dix heures et demie du matin.

D'après lui, on pouvait rouler jusqu'au Sussex sans s'inquiéter, mais il ne fallait pas tarder parce que dans deux ou trois heures, sa voiture serait sûrement la plus recherchée d'Angleterre. Neema a fermé les yeux, comme si elle était devant un gouffre, et Bima a baissé tranquillement sa vitre en lui promettant de gérer le problème. Pendant qu'elle le fixait d'un air affolé, il a commencé à essuyer les téléphones en lui disant qu'on devait vite s'éloigner avant que les flics nous tombent dessus. J'ai eu l'impression qu'elle avait reçu un électrochoc et elle s'est aussitôt retournée vers son volant pour démarrer en trombe. Après avoir balancé les combinés par la fenêtre, Bima a remonté la vitre en me souriant, mais j'avais trop honte alors je me suis remise droite sur mon siège. Je me sentais effroyablement nulle et plus encore depuis que j'avais compris pourquoi Neema avait pris la peine de retirer du liquide et de déconnecter la carte SIM de son téléphone. À cause de moi, elle serait directement impliquée dans les meurtres d'Andro, de Gary et des deux types de la fourgonnette, sans parler des flics sur qui Bima avait été obligé de tirer et qui allaient en faire un portrait-robot. La honte m'engluait, alors j'ai fait semblant de dormir en me jurant de ne plus jamais agir dans leur dos. Pendant que je me répétais ça, Bjarni m'a appelée, mais je n'ai pas répondu parce que j'avais peur de son jugement. Quelques instants plus tard, j'ai senti quelque chose tomber sur mes cuisses. J'ai entrouvert les yeux et j'ai vu mon manga. J'aurais pu sauter au cou de Bjarni tellement j'ai ressenti de la joie et de la reconnaissance, mais j'ai fait comme si je ne m'en étais pas rendu compte et j'ai refermé les yeux sans bouger. Alors il s'est passé un truc vraiment bizarre dans ma tête, quelque chose que je n'avais encore jamais expérimenté. C'était un genre de chaleur inhabituelle qui se connectait en douceur à mes pensées et j'ai compris, juste à travers cette sensation, que Bjarni savait à quel point son geste me touchait profondément. J'ai trouvé ça intégralement flippant.

12

Après avoir roulé en silence pendant deux heures, on a traversé le South Down National Park et on a pris des petites routes désertes jusqu'à un mur d'enceinte aux pierres séculaires tapissées de lierre, de vignes vierges et d'aristoloches fleuries. On l'a longé pendant plusieurs kilomètres et Bjarni a dit à Neema de s'arrêter devant un imposant portail, en fer forgé, surmonté d'une couronne d'acier noir où s'enchevêtraient des arabesques et des demi-lunes. Il a sorti un téléphone portable de son kimono et il a composé un numéro suivi d'un code. Le portail s'est ouvert. On est entrés dans la propriété et on a emprunté un chemin de campagne bordé d'une forêt primaire. Deux ou trois kilomètres plus loin, on est arrivés dans un espace moins boisé, composé de landes de bruyères, et on a vu apparaître une grande demeure victorienne en séquoia bleu dont les coupoles, les tours et les fenêtres cintrées se dressaient dans le ciel. Elle était mitoyenne d'une imposante bâtisse en pierre dont les seules ouvertures étaient condamnées par deux immenses portes métalliques de garage.

Bjarni a déverrouillé la maison à distance en composant rapidement un autre code sur son téléphone portable et on est sortis de la voiture. Dès qu'on est arrivés dans le vestibule, il nous a demandé d'enlever nos chaussures et il nous a fixés en silence. Il était face à nous, comme s'il était un rempart et on est restés un moment à le regarder sans trop comprendre. Neema soutenait Bima, qui était à moitié inconscient et ne pouvait plus faire un geste tout seul, mais elle n'a rien dit malgré son poids qui lui tordait le dos. De mon côté, je n'ai pas bronché non plus, même si je me sentais étouffée et que j'avais du mal à respirer. Dressé de toute sa hauteur en dépit de ses blessures qui s'étaient remises à saigner, Bjarni nous fixait, son sabre à la main avec la lame vers le bas légèrement écartée. Son regard avait retrouvé l'intensité d'un feu glacé et même si son visage n'avait aucune expression, je sentais qu'il luttait contre quelque chose à l'intérieur de lui. Le bras qui tenait son sabre a bougé et on a eu un réflexe de peur, Neema et moi. J'ai serré mon manga contre ma poitrine en fixant le poignet monstrueux de Bjarni et les muscles de son avant-bras qui disparaissaient sous le kimono. Je me suis demandé si ça faisait mal d'être décapitée et j'ai revu les images de la tête de Gary qui basculait sur le carrelage pendant que le sang giclait de son cou. C'était une mort cruelle qu'on ne méritait pas et j'ai ressenti de la rage devant cette injustice. Au même moment, je me suis rendu compte que j'avais levé la tête vers Bjarni parce que j'ai vu ses yeux, plongés dans les miens, qui perdaient leur éclat de mort. Son bras est retombé contre son corps et la lame du sabre a disparu derrière sa jambe. Il a regardé Neema. Ensuite Bima, qui semblait souffrir autant de ses blessures que de son incapacité à lutter, et il est revenu dans mes yeux. Alors il a dit que nous pouvions considérer cette maison comme la nôtre, mais que nous devions respecter l'Esprit du Samouraï sinon il nous tuerait. C'était bizarre comme formulation. On ne savait pas si c'était lui qui nous tuerait ou l'Esprit du Samouraï et je me suis dit qu'il était complètement cinglé, en fait. J'ai senti qu'il exigeait un assentiment alors j'ai hoché la tête, mais pas dans un mouvement totalement spontané et ça m'a fait flipper parce que j'ai vraiment eu l'impression que quelqu'un m'avait appuyé sur l'arrière du crâne. Après avoir attendu que je revienne dans ses yeux, il a regardé Bima qui a incliné la tête lui aussi, mais sans pouvoir la relever tellement il était épuisé. Il a ensuite fixé Neema, qui a eu la même réaction que moi, et il est sorti du vestibule en lui demandant de le suivre. Quand j'ai franchi le seuil à mon tour, je me serais crue au Japon. Tout le bas de la maison n'était qu'une immense pièce épurée découpée en différentes salles par des shoji dont les panneaux de bois coulissant, tapissés de papier laiteux, diffusaient la lumière du jour. Au sol, des tatamis en jonc tressé créaient de longues bandes végétales serties de bords noirs.

Bjarni a disparu derrière un shoji et Neema l'a suivi, le dos tordu par le poids de Bima qu'elle soutenait avec une force qui m'a étonnée sur le moment. Mais ça m'est aussitôt sorti de la tête. Cette maison excitante happait toute mon attention et j'ai voulu voir ce qu'il y avait à l'étage. Dès que je suis arrivée en haut de l'escalier, la densité du clair-obscur, distillé par les shoji plus sombres qu'en bas, m'a impressionnée et j'ai repensé à cette sensation flippante d'une main qui m'avait forcée à m'incliner. En même temps, la surface du tatami, sous mes pieds, laissait naître un sentiment agréable et doux qui me rassurait. Tout était nu et vide en dehors de quelques commodes disposées dans les chambres où les seuls lits étaient des futons. Aucune décoration ne venait agrémenter l'assemblage de bois clairs et sombres des cloisons. Il y avait trois salles de bain minimalistes et une quatrième, équipée d'une immense baignoire, au milieu d'un jardin d'intérieur surmonté d'un puits de lumière. En écoutant le silence, j'ai imaginé que cette histoire d'Esprit devait juste être une ambiance particulière à laquelle on devait se soumettre. En fait, il fallait marcher doucement, parler calmement, ne rien faire de brusque et ne rien abîmer. Je n'ai pas douté une seconde que Bjarni puisse nous trancher la tête si on profanait le silence de sa maison et je me suis encore dit que c'était un malade mental. D'un autre côté, j'avais confiance en lui parce que je nous imaginais liés par cette essence maudite que nos regards avaient en commun. Au moment où je comprenais que je n'avais pas peur de lui, comme j'aurais eu peur d'un chien taré et paranoïaque qui mord sans raison, je suis entrée dans une grande pièce et je suis restée bouche bée, soulevée par l'émerveillement. J'ai mis du temps à m'approcher des murs couverts par une immense bibliothèque où seul le shoji créait un passage. Partout, des milliers de mangas rangés série par série, histoire par histoire. Au centre de la pièce, sur un petit autel en bois au ras du sol, j'ai découvert un exemplaire exposé là comme une relique. En m'approchant, j'ai remarqué que la couverture était striée par les plis de l'usure et je me suis assise en tailleur, sur le tatami, parce que j'avais envie de le feuilleter. J'ai posé mon manga à côté de moi et je l'ai pris. Après l'avoir ouvert, quand j'ai vu qu'il était tout écorné, j'ai aussitôt compris pourquoi celui-là était au centre et pourquoi Bjarni avait pensé à me rapporter le mien. J'ai commencé à le lire et je ne l'ai reposé qu'après l'avoir achevé. Quand je suis redescendue, j'ai franchi le shoji derrière lequel Bjarni était passé en demandant à Neema de le suivre. Je suis arrivée dans une vaste cuisine avec de grandes ouvertures sur l'extérieur. L'un des murs était presque entièrement vitré, à l'exception d'une porte en métal gris surmontée de briques rouges. C'était un aquarium géant avec des lumières bleues et jaunes, très douces, qui éclairaient tout l'espace aquatique en créant des ombres où se perdaient les pompes électriques, les filtres, les lampes UV. Le sol reconstituait les fonds marins avec des enrochements et des algues dont beaucoup étaient rouges. Les poissons ressemblaient tous à une théière. Ils avaient une bouche au bout d'un bec, un gros ventre tout rond et blanc et le dos écaillé d'ardoises brillantes prolongé d'une nageoire très courte. J'ai ouvert la porte par curiosité et je suis tombée sur un escalier droit, très imposant, qui montait le long du bassin. J'ai senti une odeur iodée et entendu le grésillement électrique des pompes à oxygène. Je l'ai gravi et je suis arrivée sur une plateforme spacieuse, très haute de plafond, dont les bords ressemblaient à ceux d'une piscine. J'ai aperçu des sceaux métalliques et une grande épuisette près d'un établi où des moteurs électriques démontés, des pièces de rechange et des outils étaient soigneusement entreposés. Je n'y ai pas fait attention parce que j'avais envie de plonger dans l'aquarium pour aller nager avec ces poissons qui m'attiraient, mais je n'ai pas osé et je suis redescendue dans la cuisine en découvrant, seulement à ce moment-là, que le matériel électroménager se fondait dans le mobilier très épuré et qu'il fallait y prêter attention pour le remarquer. Sur le plan de travail, à côté d'une planche à découper en bois, un grand panier ovale, en bambou, trônait près d'une serviette blanche enroulée autour d'un couteau dont la lame semblait mince et tranchante. On aurait dit un truc sacré, comme un autel culinaire, mais je ne savais pas à quoi ça pouvait correspondre. Accroché au mur, un porte-couteau magnétique présentait une longue enfilade de lames en acier inoxydable, pointe vers le bas et manche en corne dans le sens de la poigne. J'ai trouvé Bjarni définitivement lugubre en comprenant que l'aquarium était un garde-manger et qu'il devait dévorer ces poissons, tellement jolis et paisibles, comme un ogre bouffe les otages qu'il nourrit.

De l'autre côté de la cuisine, à une dizaine de mètres pile en face du shoji, une imposante porte en bronze me faisait penser à l'entrée d'un temple. Juste avant d'y arriver, j'ai eu l'impression que quelqu'un me suivait et je me suis sentie mal, d'un seul coup. J'ai regardé derrière moi en m'attendant à voir un spectre, ou une saloperie cauchemardesque de ce genre-là, mais le pic de stress est retombé immédiatement et je suis restée vaseuse le temps de vérifier que je m'étais bien fait un film. Pendant que je serrais mon manga contre ma poitrine, je me suis rendu compte que rien ni personne ne pouvaient s'être planqués parce que l'espace était totalement vide dans la dizaine de mètres qui menait du shoji à cette porte. Alors pourquoi est-ce que je ressentais toujours ce truc qui flottait autour de moi comme un fluide magnétique ? Mon stress est remonté par palier et ça ne s'est pas arrangé quand j'ai visualisé des axes de ce genre partout à l'étage. La sensation poisseuse d'une présence, qui me traversait depuis que je m'avançais vers cette porte en bronze, m'a fait repenser à l'Esprit du Samouraï et j'ai commencé à avoir vraiment peur en découvrant, sculptées dans le cuivre et l'étain, des têtes affreuses de démons perdus au milieu de paysages médiévaux du Japon. En ouvrant la porte, je me suis dit que je ferais mieux de partir d'ici et de tenter ma chance toute seule parce que cette maison n'appartenait pas à n'importe quel mec un peu bizarre, mais à Bjarni, autrement dit à un Finlandais monstrueux de plus de deux mètres qui s'habillait en Kimono pour décapiter des gens avec un sabre de samouraï. Mais ça, c'était juste la partie immergée et complètement superficielle de ce que j'éprouvais. Au fond de moi, cet endroit m'attirait bien au-delà de l'inquiétude qu'il m'inspirait. J'ai emprunté l'escalier en pierre noire, qui menait au sous-sol, et je suis arrivée dans un vaste espace entièrement aveugle où un système de lampes invisibles diffusait une lumière indirecte et douce. Le sol était constitué de dalles grises qui semblaient avoir été taillées dans une montagne et les murs, en pierre de forteresse, s'aéraient par des shoji qui distribuaient trois pièces. La première, plutôt étroite, contenait des serveurs, des disques durs, des ordinateurs et six écrans posés sur un grand bureau noir qui courait le long des murs. Dans la deuxième, dont la superficie était très imposante, trois parties bien distinctes s'organisaient harmonieusement autour d'ombres contrastées. Sur la gauche, des kimonos de couleurs variées et différentes sortes de geta étaient entreposés dans un dressing cerné par des paravents traditionnels japonais. De l'autre côté, c'était un genre de temple avec des peintures et des sculptures shintoïstes qui entouraient une table basse en cèdre, sertie d'amulettes chamaniques qui avaient l'air d'être en or et en argent, où Bjarni avait posé son sabre. Tout le fond était réservé à un immense dojo bordé par une rangée de mannequins en bois, fixés sur des châssis à roulettes équipés d'un moteur électrique, qui ressemblaient à une armée de combattants au garde-à-vous. Après m'être approchée d'eux, j'ai passé le bout de mes doigts le long des entailles, creusées par les coups de sabre de Bjarni, et je suis sortie avec l'idée étrangement agréable de son invincibilité. Dans la troisième salle, j'ai retrouvé Neema occupée à recoudre les plaies de Bjarni. À l'autre extrémité de la pièce, près d'une immense étagère emplie de médicaments et de matériel hospitalier, Bima était allongé sur un deuxième futon, le torse bandé et le bras perfusé. J'ai croisé le regard de Bjarni pendant que Neema cousait sa peau sans qu'il paraisse se soucier de la douleur. J'y ai lu de la satisfaction et j'ai hoché la tête en restant un moment dans une position de salut, mais c'était encore un truc bizarre parce que cette manifestation de respect n'était pas uniquement passée par ma volonté. Je l'ai regardé furtivement en relevant les yeux et j'ai presque cru déceler un sourire derrière ses lèvres pourtant figées. Neema était tellement concentrée sur ses soins qu'elle n'a pas perçu ma présence, alors je suis partie.

Je suis remontée et j'ai retraversé la cuisine en regardant les poissons dans le mur aquarium. Je me souvenais d'une porte, dans l'entrée de la maison, peut-être blindée parce qu'elle semblait métallique, et je voulais savoir ce qu'il y avait derrière. Dès que je suis arrivée dans le vestibule, j'ai remarqué qu'elle n'avait pas de serrure, exactement comme la porte d'entrée de la maison et celle du sous-sol. J'ai espéré qu'elle soit également concernée par le système de déverrouillage et j'ai abaissé la poignée en éprouvant une satisfaction immédiate, car elle s'est ouverte sans que j'aie à forcer malgré son épaisseur et son poids. En découvrant un immense espace avec du béton nu au sol et une charpente de grange, j'ai compris qu'il s'agissait du bâtiment annexe que j'avais remarqué en arrivant. Les murs étaient en pierre, sans enduit, et il n'y avait aucune ouverture à part les deux immenses portes en fer noir qui occupaient, à elles seules, presque toute la largeur et la hauteur du bâtiment. Dans la partie la plus proche du vestibule, j'ai entendu grésiller trois énormes congélateurs alignés contre le mur. Ensuite, c'était un atelier de mécanique avec toutes les installations qu'on trouve chez un garagiste, du pont élévateur aux centaines d'outils en passant par une machine pour fabriquer des plaques d'immatriculation. Il y avait deux Land Rover dont l'un était en réparation à cause d'un problème de carrosserie apparemment, car Bjarni était en train de le repeindre. Je me suis dit qu'il devait le transformer après l'avoir volé et j'en ai déduit qu'il allait probablement faire la même chose avec la Mercedes de Neema. Au fond du bâtiment, j'ai découvert du matériel de bricolage, des groupes électrogènes, une bétonneuse, des outils de menuiserie, un tracteur qui devait servir à entretenir la forêt et un grand hors-bord posé sur une remorque. Je n'y connaissais rien en bateau, mais d'après la taille du moteur et celle de l'hélice, le poste de pilotage à l'avant, les sièges et la couleur noire, ce n'était pas un truc pour aller pêcher.

    Je suis retournée dans la maison et j'ai retrouvé Neema, en pleurs, dans l'une des salles épurées du bas. Elle était assise en tailleur sur le tatami, dos à une grande ouverture vitrée qui donnait sur la forêt. Je me suis assise en face d'elle, mais suffisamment loin pour ne pas être dans un espace où je pourrais la toucher. Je n'avais pas envie de la prendre dans mes bras parce que je voulais rester étrangère à sa douleur, même si j'en étais responsable. J'ai pris conscience, en repensant à tout ce qui s'était passé, qu'elle avait laissé son portable et son sac à main dans la maison de son amie. Je me disais que ça devait s'ajouter à sa détresse d'avoir perdu toutes les photos de sa famille et de ses proches. Lorsqu'elle a levé les yeux vers moi, je n'ai pas compris pourquoi je lui ai dit qu'à partir du moment où elle ne parlait pas de cette maison, elle pouvait se rendre aux flics pour s'innocenter en racontant qu'elle avait été prise en otage. Ce n'était pas pour la soulager que je lui conseillais de récupérer sa vie parce que ça ne m'impressionnait pas qu'elle ait tout perdu. Quand elle m'a répondu qu'elle ne parvenait pas à faire un choix entre sa vie à elle et sa vie avec Bima, j'ai compris ce qui m'avait motivée et j'ai détesté prendre conscience qu'une part de moi était jalouse de cet amour que Bima ne m'adressait pas. Je me suis trouvée faible et complètement nulle d'avoir désiré le départ de Neema à cause de cette jalousie qui venait crever mon serment de ne plus jamais rien éprouver pour personne. Je devais pouvoir me regarder bien en face, dans un miroir, et me jurer que je m'en foutais de Bima, alors j'ai dit à Neema que sa vie sans lui serait de toute manière pourrie, quoi qu'elle fasse, et que la conséquence logique de cette fatalité, si elle ne voulait pas crever à petit feu, était de rester avec lui. Après m'avoir longuement regardée, elle s'est approchée de moi et elle m'a serrée dans ses bras en pleurant encore plus fort. Lorsqu'elle s'est calmée, elle m'a avoué avoir ressenti le besoin d'entendre quelqu'un lui dire ça parce qu'elle ne s'était pas autorisée à le penser. Elle m'a à nouveau serrée contre elle et je suis restée à regarder les arbres, par la grande baie vitrée dans son dos, le menton posé sur son épaule et les yeux froidement ouverts. Je sentais son cœur battre contre ma poitrine comme si c'était le mien, ses larmes couler sur mes joues comme si c'était moi qui pleurais. Je percevais tout son être qui m'enveloppait, alors je me barricadais au fond de moi parce que je refusais d'être bouleversée.

Neema a ensuite visité la maison et la forêt du parc. De mon côté, j'ai lu des mangas et on ne s'est retrouvées que le soir. Pendant qu'elle préparait des légumes et de la viande, qu'elle avait trouvés dans les congélateurs, je lui ai demandé si elle connaissait le nom des poissons qui nageaient dans l'aquarium. Elle m'a parlé de fugus très dangereux parce qu'ils se nourrissaient de jania. Je ne savais pas ce que c'était, des janias, alors elle m'a expliqué qu'il s'agissait des algues rouges qu'on voyait un peu partout. En les mangeant, les fugus produisaient de la tétrodotoxine qui se logeait dans leurs organes, leurs yeux et leurs viscères et ça empoisonnait leurs prédateurs, y compris les cuisiniers présomptueux parce que la moindre perforation d'un organe, pendant la découpe, déversait de la tétrodotoxine dans la chair. On ne pouvait pas s'en apercevoir, car la tétrodotoxine du fugu était un poison furtif, par ailleurs dépourvu d'antidote, alors on savourait les sashimis sans se douter de rien. Deux heures plus tard, on avait la nausée, mal au crâne et la paralysie commençait. D'abord faciale avec de la bave blanchâtre plein la bouche, ensuite le système neurologique était totalement détruit et c'était l'agonie. En revanche, il n'y avait aucune altération de la conscience. On se savait condamné du début à la fin et on mourait dans l'ultime souffrance d'une asphyxie. C'était la raison pour laquelle les sashimis de fugu étaient un mets très cher au Japon. Je lui ai demandé si c'était bon à ce point et elle m'a répondu que ce n'était pas pour le goût du fugu que les gens payaient une fortune, mais pour l'adrénaline que sa consommation procurait. Je me suis approchée de l'aquarium et j'ai regardé nager les fugus en les percevant différemment d'un seul coup. Ou plutôt, c'était Bjarni que je percevais différemment parce que je ne connaissais pas d'histoire avec un ogre qui prenait le risque de mourir empoisonné s'il cuisinait mal les enfants qu'il avait kidnappés. Je trouvais ça presque fair-play comme façon de faire. Et puis Neema, sans relever les yeux de ce qu'elle était en train de préparer, a affirmé que Bjarni avait un problème avec la mort. D'après ce qu'elle comprenait de lui, la mort devait le terrifier bien plus que n'importe qui, alors le fait de tuer des gens et de cuisiner des fugus était sûrement une manière d'exercer un contrôle sur elle. Je n'ai rien répondu parce que je n'avais pas d'avis là-dessus même si, au fond de moi, je savais que ce schéma basique ne résumait pas Bjarni.

Après avoir mangé, on a tout rangé pour laisser la cuisine exactement comme on l'avait trouvée. Il y avait vraiment un truc, dans l'air, qui nous impressionnait et nous soumettait à un ordre abstrait. On ressentait physiquement un caractère sacré, comme dans un temple, mais Neema était persuadée que c'était juste la personnalité terrifiante et mystérieuse de Bjarni qui nous faisait psychoter à cause de son délire avec l'Esprit du Samouraï. J'ai acquiescé d'un haussement d'épaules, mais je n'étais pas d'accord avec elle parce que cette énergie ne venait pas de nous. Je percevais le sens du courant comme une évidence palpable. Elle nous pénétrait et nous traverserait.

Ensuite, on a essayé de comprendre quelles chambres on pouvait utiliser et on s'est couchées. J'ai posé mon manga sur la commode basse, le long de la cloison, et je me suis allongé sur le futon. J'ai trouvé l'obscurité hyper dense, comme si elle révélait encore plus intensément mes émotions hors de contrôle et les visions de corps écrasants, de mains agressives, de bites tortionnaires, de bouches violentes, de regards prédateurs, qui me hantaient. Au bout de la nuit, les oiseaux se sont réveillés et j'ai vu l'aube qui commençait à adoucir l'obscurité. Je me suis endormie seulement à ce moment-là.

13

En début d'après-midi, Neema est allée demander un téléphone à Bjarni pour appeler le docteur Oswelt. Elle est revenue du sous-sol avec un combiné, l'air triste comme si elle avait perdu quelqu'un, et j'ai compris que les résultats n'étaient pas bons. J'ai observé son visage absent et ses yeux lointains en sentant que ça montait en moi, alors je lui ai crié dessus pour savoir combien de temps il me restait avant de crever. Elle a sursauté et elle s'est aussitôt levée pour me prendre dans ses bras, mais je l'en ai empêché et j'ai eu l'impression qu'elle ne savait plus où elle était. Au bout de deux ou trois secondes, pendant lesquelles j'ai cru qu'elle allait s'évanouir, elle s'est redressée d'un seul coup et elle m'a annoncé que j'avais contracté des saloperies comme la syphilis, la gonorrhée et la chlamydia. Ces noms lugubres ont explosé dans ma poitrine et j'ai entendu, partout en moi, le silence de la mort jusqu'à ce que Neema ajoute que des antibiotiques suffiraient à me soigner parce que je n'avais pas le sida ni d'hépatites. Je l'ai dévisagée sans comprendre avant que le contrecoup du soulagement me terrasse. Elle a voulu me prendre la main, mais je l'ai arrachée violemment en lui reprochant de m'avoir annoncé tout ça d'une manière aussi nulle. Elle s'est excusée en me disant qu'elle avait traversé un moment de vide et elle m'a emmenée au sous-sol, dans la pièce médicalisée où Bjarni et Bima étaient en train de somnoler. Pendant qu'elle cherchait des molécules précises, sur les notices de dizaines de boîtes qu'elle ouvrait les unes après les autres, j'ai réussi à me calmer et je lui ai demandé pourquoi elle avait eu l'air si triste après avoir parlé au docteur Oswelt. Elle s'est arrêtée un instant, comme si ma question l'avait plombée, avant de reprendre sa recherche en me disant qu'elle s'était juste laissée surprendre par un gros coup de fatigue, mais que c'était passé à présent et que je ne devais plus m'inquiéter. J'ai traduit *gros coup de fatigue* par *immense désespoir* et j'ai fini par comprendre qu'elle avait expérimenté concrètement, en parlant avec le docteur Oswelt, la perte de son existence. En choisissant de rester avec Bima, elle assumait d'être mêlée à plusieurs meurtres, ce qui la condamnait à fuir toute sa vie et à disparaître définitivement dans la nature. Elle ne reverrait plus jamais le docteur Oswelt, ni ses autres amis, ni sa famille, ni ses collègues. Elle ne reverrait plus jamais personne, exactement comme si elle mourait. Je n'ai pas éprouvé de tristesse pour elle ni de compassion, je n'ai rien ressenti de particulier, et j'ai été satisfaite de constater que toute mon activité émotionnelle était verrouillée par ma haine d'Owen Valancker, des frères Huskins et des hommes qui m'avaient contaminée. J'avais l'impression qu'être dure me rendait forte et ça me rassurait.

 Les jours suivants ont installé un genre de routine entre Neema et moi, où l'on se retrouvait principalement à l'occasion des repas. Je ne savais pas trop ce qu'elle fabriquait toute la journée, à part prodiguer des soins, rester au chevet de Bima et cuisiner. Tous les jours, je découvrais des plats subtils et complexes qu'elle préparait avec les ingrédients entreposés dans les congélateurs où il y avait de la nourriture pour plusieurs mois d'après ce qu'elle m'avait dit. Elle devait également se promener dans la forêt, méditer, réfléchir, ce genre de trucs qui suscitaient chez moi une sensation d'ennui profond. De toute manière, à part lire des mangas, tout me semblait chiant. J'avais investi la bibliothèque et j'y restais du matin au soir. Parfois, dans l'après-midi, je somnolais sur le tatami en laissant tournoyer dans ma tête les milliers de dessins qui s'y gravaient, page après page. Neema m'avait posé la question, un soir, pour tenter de comprendre cette fascination qui me portait. Je n'avais pas su comment l'exprimer et je lui avais juste dit que c'était un truc spécial qu'on ne pouvait percevoir qu'en devenant un lecteur de mangas. Elle avait essayé de m'interroger pour me forcer à analyser ce phénomène et j'ai compris qu'elle avait besoin de mettre ça dans une case, quitte à en construire une, mais je n'en avais pas envie, alors je l'ai envoyée chier et on n'en a plus jamais parlé. Au bout d'une semaine, Bima et Bjarni ont pu se lever et ils ont pris les repas avec nous. Le premier soir, quand ils m'ont posé des questions pour savoir exactement ce qui s'était passé dans la maison des Cotswolds, je leur ai expliqué en détail comment j'avais découvert l'existence d'Owen Valancker et comment j'avais pu lui parler. Ils sont restés un instant silencieux et Bjarni a annoncé qu'il fallait l'éliminer rapidement, mais Neema a protesté en disant qu'elle ne fonctionnait pas du tout comme ça. Après l'avoir observée, sans qu'aucune expression particulière trahisse sa pensée, il a jeté un regard à Bima et j'ai compris qu'il s'effaçait derrière leur relation. Ça m'a énervée qu'il ne se comporte pas comme un chef parce que je voulais la mort d'Owen Valancker. Mais il n'y avait pas que ça. J'étais aussi jalouse qu'il accorde une telle reconnaissance à cette passion qui m'excluait malgré tout. Pendant que je macérais mon dépit d'en être encore là, Bima s'est tourné vers Neema en affirmant qu'il ne fallait jamais avoir pitié d'un loup qui rôdait autour de sa maison, sinon on le payait un jour ou l'autre. Neema l'a fixé froidement en lui répondant qu'Owen Valancker était un être humain et qu'un être humain ne s'abattait pas comme une bête sauvage. Bima a soutenu son regard, le visage légèrement préoccupé, mais il a immédiatement chassé cette brève tension et il a demandé à Bjarni des précisions sur ce qu'il nous avait dit dans la voiture quand on avait fui la maison des Cotswolds, au sujet du moyen de savoir qui était Owen Valancker. Bjarni a parlé d'un flic de Londres qui lui donnait tous les renseignements dont il avait besoin, alors Bima a décrété qu'on prendrait une décision après avoir obtenu un rapport détaillé sur Owen Valancker. Neema a quitté la table dans un mouvement de colère et Bima l'a suivie des yeux jusqu'à ce qu'elle disparaisse derrière le shoji. Il est resté pensif quelques secondes avant de se tourner vers moi en m'assurant qu'Owen Valancker mourrait, mais qu'on devait d'abord accueillir le désarroi de Neema.

Les jours suivants, et jusqu'à la fin de leur convalescence qui a duré six semaines, toutes ces questions sont restées en stand-by et on n'en a plus parlé, en tout cas lorsqu'on était ensemble parce que Neema passait tout son temps avec Bima et je ne savais pas ce qu'ils se racontaient. Ils marchaient longuement dans la forêt ou se prélassaient l'un à côté de l'autre, dans la pièce du bas, affalés sur des coussins en parlant à mi-voix ou en étouffant des rires. Ça m'énervait à chaque fois que je les surprenais, mais c'était un truc qui glissait sur moi, en surface, sans que je me sente réellement affectée parce que, de mon côté, je passais tout mon temps avec Bjarni dans la bibliothèque à lire des mangas. On était l'un en face de l'autre, assis en tailleur sur le tatami, entouré d'une pile de livres, et même si on ne se disait pas un mot, sa présence à mes côtés me donnait l'impression d'un équilibre dans le groupe qu'on formait tous les quatre. Les jours et les nuits se sont écoulés de cette manière en m'anesthésiant dans une torpeur d'où je ne surgissais jamais. Je ne me sentais ni bien ni mal, à la fois vaguement déprimée et indifférente, comme si ma haine s'était avachie au fond de moi dans l'attente que Bima et Bjarni guérissent de leurs blessures et prennent les choses en main.

Un soir, j'ai trouvé Bjarni dans la cuisine en train de faire à manger. Il avait un kimono noir et il préparait une sauce avec du Soja, de la ciboulette, des poivrons rouges, du chou, du céleri, des navets blancs et des carottes. J'étais fascinée par les percussions en rafale de la lame, sur la planche à découper, qui filaient dans le silence. Je suis restée debout parce qu'il n'y avait aucun siège et je l'ai observé, sans qu'il se préoccupe de moi, jusqu'à ce qu'il essuie et range soigneusement tout ce qu'il avait utilisé. Quand la cuisine est redevenue un temple culinaire, il m'a regardée un bref instant. Je n'ai lu aucune désapprobation dans ses yeux, alors je suis restée pendant qu'il montait vers la plateforme au-dessus de l'aquarium. J'ai entendu des bruits très sourds et j'ai vu un filet d'épuisette apparaître dans le bassin. Après s'être suspendu à la surface, comme s'il faisait un choix, il s'est lentement fondu parmi les fugus et il s'est mis à suivre la nage paisible de celui qui mourrait. J'avais presque l'impression qu'il dansait un ballet avec lui et je n'arrivais pas trop à savoir à quoi jouait Bjarni. Au bout d'un moment, il a dû en avoir marre parce qu'il l'a capturé d'un coup sec et j'ai vu le filet d'épuisette remonter à toute vitesse le long de la paroi en verre. Quelques instants plus tard, j'ai entendu le poisson se tordre de rage en percutant une surface métallique et, tout de suite après, les pas de Bjarni ont résonné dans l'escalier. Le temps de refermer la porte, il a posé un seau en fer sur le sol et il a plongé les mains à l'intérieur avant de se redresser en approchant le fugu tout près de son visage. Je me suis demandé s'il était en train de communiquer avec lui, mais je ne voyais pas trop ce qu'on pouvait échanger comme émotion avec un poisson, alors j'ai trouvé ça débile. Après ce long tête-à-tête, qui a fini par devenir presque angoissant, Bjarni a mis le fugu sur la planche en bois et il a déplié la serviette qui enveloppait un couteau avec une lame très pointue et très fine. Le fugu était toujours vivant et il ouvrait la bouche faiblement, dans un réflexe inutile. Bjarni l'a tourné sur le flanc et il a tranché la base de son bec d'un coup sec avant de le poser sur le dos et de commencer à le découper avec des gestes hyper rapides. J'ai repensé à ce que Neema m'avait dit, au sujet du poison mortel qui pouvait contaminer les chairs à la moindre erreur, et j'ai eu le vertige en voyant la vitesse à laquelle il le découpait pour le transformer en sashimis. Après avoir transvasé les tranches dans un plat, il s'est arrêté et il m'a fixée. Il avait quelque chose de bizarre dans les yeux, à la fois cet éclat de mort qui me glaçait le sang et une mélancolie très lointaine, comme un écho de lui-même ou la lumière d'une étoile disparue. Il m'a ordonné de réunir tout le monde à la table du repas et je suis partie pendant qu'il commençait à nettoyer. J'ai trouvé Neema et Bima en train de discuter dehors à voix basse en se serrant l'un contre l'autre. Ça m'a énervée, l'espace d'un jet acide qui m'a griffé la poitrine, mais ce réflexe pourri était tellement furtif que je n'y ai pas vraiment prêté attention. Je leur ai dit que Bjarni voulait qu'on s'installe à la table du repas et je les ai laissés. Après m'être assise à la place qui était devenue la mienne, j'ai commencé à me sentir seule dans cette salle où il n'y avait que la table entourée de coussins au ras du tatami. Neema et Bima ont fini par arriver et ils se sont installés, à leur tour, là où ils en avaient l'habitude. Neema à côté de moi et Bima en face d'elle.

Bjarni est apparu quelques instants plus tard. Il a posé le plat et la sauce au milieu de la table et il s'est agenouillé pour s'asseoir sur ses talons. Ensuite, il nous a tous regardés en annonçant que c'était des sashimis de fugu, qu'il avait préparés pour nous, et il a légèrement écarté les bras en ouvrant la paume de ses mains. Lorsqu'il les a laissées retomber à plat sur ses cuisses, on est restés un long moment silencieux, face aux filets translucides parce qu'on avait tous compris qu'il ne s'agissait pas d'un repas, mais d'une cérémonie sacrée. Bjarni nous demandait de manger les sashimis sans qu'on l'ait d'abord vu y goûter. Soit il voulait nous tuer, soit il voulait savoir si on croyait en lui. Je me suis emparée de mes baguettes, j'ai pioché une tranche de fugu dans le plat et je l'ai immergée de sauce avant de la porter à mes lèvres, mais Bima s'est penché par-dessus la table pour m'attraper le poignet. J'ai voulu avancer le buste pour jeter ma bouche sur le bout des baguettes, mais il m'en a empêché en me bloquant l'épaule avec son autre bras. Il avait enrobé sa force de velours pour ne pas me faire mal, mais sa poigne n'en était pas moins un étau en acier. On est restés à se regarder en silence jusqu'à ce que je plie ma main dans un angle que sa méconnaissance de ma souplesse ne lui avait pas permis d'anticiper. Je l'ai vu tressaillir quand j'ai déposé le sashimi dans ma bouche. Pendant que je mâchais la chair potentiellement mortelle sans le quitter des yeux, ses doigts ont glissé le long de mon poignet, sa main a lâché mon épaule, et son buste s'est remis droit de l'autre côté de la table. J'étais satisfaite de lui renvoyer dans les dents ce sentiment d'exclusion qu'il me faisait subir avec Neema, alors je l'ai ignoré, en m'étonnant secrètement du goût fade et piquant du fugu, et je me suis tournée vers Bjarni qui m'observait. Je sentais le regard de Bima peser sur moi et j'adorais recevoir toute son attention. Je jubilais de l'avoir bouleversé, en me jouant de sa force et de sa puissance, pour affirmer ma foi en Bjarni et je savourais l'idée de l'avoir plongé en plein doute, de l'imaginer complètement déstabilisé. Croire qu'il puisse ressentir de la jalousie me comblait d'aise, alors je me suis laissée porter par ce fantasme délicieux. À côté de moi, Neema a fini par faire un mouvement pour prendre ses baguettes et Bjarni l'a regardée avaler une tranche de fugu sans que Bima fasse un geste pour l'en dissuader. Il avait dû admettre que Bjarni nous proposait son amitié, mais il est quand même resté de longues secondes planté dans le bleu limpide de ses yeux lorsqu'il s'est tourné vers lui pour lui imposer de faire un choix. J'ignore quelle a été la nature de leur communication pendant ces instants puissants où ils se sont défiés en silence. Je sais juste qu'ils ressemblaient à deux fauves et que Bima, en se résignant à manger sa part de fugu, avait l'air agacé. J'en étais très heureuse parce que je pouvais me dire, au-delà de tout ce qui était susceptible de l'avoir énervé, qu'il était jaloux. Lorsqu'il a reposé ses baguettes, d'un geste sec, on a tous regardé Bjarni manger une tranche de fugu, la tête droite et les yeux fermés. Au terme d'un long recueillement, il nous a expliqué avoir été élevé à Helsinki par une mère indifférente et qu'à douze ans, il mesurait déjà un mètre quatre-vingt-huit et pesait cent kilos. Et comme cette disproportion avec son âge existait depuis toujours, il avait toujours eu le sentiment d'être un animal de foire. Pour finir, il s'est renfermé sur lui-même, dans un profond mal-être, et il s'est mis à détester son corps parce qu'il le dépossédait de lui-même. Les profs de sport voyaient en lui un potentiel athlétique phénoménal et ils ont cherché à le diriger vers des disciplines de force, mais il savait qu'on ne le considérerait jamais autrement qu'à travers son corps, s'il en faisait un instrument, alors il s'est détourné de tout ce qui aurait pu glorifier sa puissance physique. Cette idée le hantait parce qu'il avait, à l'intérieur de lui, une énergie émotionnelle intense et il ressentait le besoin vital d'être reconnu à travers elle. Il était un esprit. Il a toujours été un esprit et il voulait qu'on le perçoive ainsi. Quand il a quitté l'école, à quinze ans, il mesurait deux mètres et pesait cent trente kilos. Sa musculature se développait naturellement à cause de son poids et il était déjà plus fort et plus puissant que la majorité des êtres humains adultes. Il s'est demandé quand son corps allait s'arrêter de prendre de la masse et il a pensé au suicide parce qu'il ne se voyait pas vivre emprisonné dans cette imposture. Un matin, sa mère est arrivée encore ivre, à moitié déshabillée et elle lui a balancé un livre à la tête en lui disant qu'elle en avait marre de le voir à chaque fois qu'elle rentrait de soirée. Elle est allée vomir et elle s'est couchée. Il n'a jamais su d'où sortait ce livre, où elle l'avait trouvé, pourquoi elle le lui avait jeté au visage alors que, jusqu'à ce matin-là, elle l'avait toujours ignoré en rentrant de ses nuits de beuverie. Si sa vie comportait un mystère, c'était bien celui-là, car le livre que sa mère lui avait jeté au visage, c'était un manga. Son premier manga. Quatre ans plus tard, en se rendant à une petite exposition sur les samouraïs organisée à Helsinki par un vieux collectionneur japonais, il a volé un sabre qui datait de 1657. Ça a été une pulsion. Il n'était pas allé dans cette salle de quartier avec l'intention de dérober quoi que ce soit. Mais ce sabre l'a attiré comme s'il l'appelait, alors il l'a pris et il est parti. Il n'y avait pas de système de sécurité ni de caméras de surveillance ni de vigiles. Il y avait juste le vieux collectionneur, des gens âgés, des familles et personne n'a osé lui barrer la route parce qu'il avait vingt ans, mesurait deux mètres dix et pesait cent quatre-vingt-dix kilos. Mais lorsqu'il a croisé le regard du vieux japonais, en sortant avec le sabre, il a perçu chez lui un très léger signe de tête, comme un assentiment et une marque de respect. Parfois, il se disait qu'il avait inventé ce signe et qu'en fait ce vieux type était juste sidéré et terrifié. Mais le plus souvent, il continuait de croire qu'il l'avait reconnu parce qu'il faisait partie de la lignée des guerriers à qui ce sabre devait appartenir. À partir de là, il s'est créé un personnage de samouraï. Il s'est laissé pousser les cheveux et il a volé de l'argent à sa mère pour s'acheter un kimono et des geta. Ensuite, il est allé sur le Darknet en se connectant à l'aide d'un logiciel militaire qu'il avait téléchargé sur un forum de geeks. C'était le tout début du Darknet et les flics ne s'en préoccupaient pas encore. Il a trouvé un supermarché des enfers qui vendait de la drogue, des faux papiers, des organes, des nouveau-nés et des services de tueur. C'est dans cette rubrique qu'il s'est inscrit, en se dissimulant derrière un avatar de sabre japonais, juste pour le fantasme de se présenter comme l'esprit d'un samouraï en quête d'un seigneur. Ce n'était qu'une mise en scène pour lui, un genre de jeu de rôle que le Darknet rendait vraiment excitant parce qu'il y avait une connexion avec la réalité. Le problème, c'est que quelqu'un l'a contacté. C'était glacial, distant et très précis. Il n'y avait pas encore de cryptomonnaies, alors il fallait trouver une adresse pour recevoir l'argent et il s'est pris au jeu. Son premier contrat a été un homme d'une soixantaine d'années qu'il a décapité, à Londres, lorsqu'il est sorti de sa voiture pour rentrer chez lui. Très peu de temps après, la même personne l'a recontacté pour un deuxième meurtre, toujours à Londres. Et ça s'est enchaîné de plus en plus rapidement. Pendant les six mois qui ont suivi, il a décapité trois autres hommes et deux femmes, à chaque fois sans aucun témoin. Le jeu a cessé d'être un jeu et il est vraiment devenu l'Esprit du Samouraï qui tuait en tranchant des têtes sans laisser aucune trace, comme un fantôme. C'était complètement flippant et la pègre londonienne a adoré le concept. Une autre personne l'a contacté. Et encore une autre. Les contrats se sont enchaînés jusqu'à ce qu'il élimine un couple dans un grand appartement où il y avait trois gros sacs remplis de dollars alignés sur le canapé du salon. Comme rien n'était mentionné à ce sujet dans l'ordre qu'on lui avait transmis, il en a conclu que ses commanditaires n'étaient pas au courant. Il les a pris et c'est avec ce fric qu'il a pu s'acheter cette propriété et en faire son refuge. Très rapidement, la technologie informatique a évolué de manière exponentielle et une simple adresse dans le Darknet n'était plus suffisante pour rester dans l'ombre. Alors il a appris la programmation et il s'est mis à penser comme un hacker pour construire une forteresse numérique autour de l'Esprit du Samouraï. Il a créé des intermédiaires virtuels sur des serveurs dont les adresses se délocalisaient toutes les dix secondes avec, en bout de chaîne, l'un d'entre eux qui se connectait par pulsation à ses ordinateurs en reformulant, à chaque fois, tous les paramètres d'identification. Et par-dessus tout ça, il a greffé des systèmes d'alertes pyramidales qu'il considérait comme inviolables. Au bout de quelques années, un chef mafieux irlandais s'est porté garant d'un flic de la brigade criminelle qui l'a approché, via sa messagerie codée, pour lui proposer d'être une taupe dans les enquêtes sur les meurtres qu'il commettait. Grâce à ce flic, qu'il payait en bitcoins, Bjarni gardait un contrôle total sur son univers et il aurait dû vieillir sans que personne de vivant ne sache jamais à quoi ressemblait l'Esprit du Samouraï. Il s'est arrêté de parler et il m'a fixée. Je me suis dit qu'il allait avouer des trucs plus intimes, à présent, pour expliquer comment il avait pu tuer tous ces gens et accepter le contrat des frères Huskins, mais il ne s'est justifié de rien. Pendant que je soutenais son regard, je percevais la malédiction d'une horde de cadavres sans tête qui flottaient dans son aura, partout autour de lui, sous la forme d'ombres lugubres et j'ai eu l'impression qu'on comprenait tous les deux que j'aurais dû y être. Soudain, j'ai vu quelque chose de chancelant au fond de ses yeux, comme s'il basculait dans le vide et, d'un seul coup, il a cillé. Une seule fois, mais lorsque ses paupières ont chaviré, j'ai eu l'impression d'assister à l'éboulement d'une montagne. Son regard a instantanément repris sa fixité de fauve et j'y ai vu plein de trucs, mais je n'ai pas su si c'était vraiment moi qui les générais ou si c'était lui qui me les communiquait. Je percevais, à travers ce mouvement de paupières, une page qui devait se tourner, un aveu de faiblesse, le serment de me protéger, un mea culpa, quelque chose de l'ordre d'un renouveau. Alors il nous a servi du saké et il a levé son verre sans un mot. Nous avons tous trinqué en silence et on a fini le plat de fugu en respectant cette atmosphère de recueillement. Bjarni l'a rompue, à la fin du repas, en nous informant qu'il ramènerait peut-être une femme, le lendemain, si jamais la vérité ne la détournait pas de lui. On a tous accueilli la nouvelle sans poser aucune question et il est parti.

14

Le lendemain, je me suis réveillée tard et j'ai fait comme d'habitude, j'ai lu des mangas pendant des heures. Le soir, Bjarni est rentré avec une femme très jeune, elle avait à peine plus de vingt ans, qu'il nous a présentée en la nommant Loumaï. Longue et fine, avec de grands cheveux noirs ondulés qui lui descendaient jusqu'à la taille. Le teint mat, les yeux verts et un visage qui aurait pu être farouche si elle n'avait pas eu ce sourire irradiant qui illuminait ses traits fins. Ça m'a tout de suite déplu qu'elle soit si belle et si proche de mon âge. À côté de Bjarni, colossal dans son kimono de cérémonie étincelant de couleurs chaudes et de graphismes guerriers, elle avait l'air d'une ombre lunaire, souple et fragile, pleine de fraîcheur et de sensibilité. Ça m'a angoissée de voir qu'ils formaient le couple mythique de la philosophie shintoïste. Ça crevait les yeux qu'elle était autant le *In* que Bjarni était le *Yô*. Avec sa voix sexy et son accent espagnol, elle prenait tout l'espace, à côté de lui, comme si on l'avait créée pour qu'elle en soit le complément parfait. Ça a été ma première impression. La deuxième en a été la conclusion logique : sa présence m'excluait. D'où la troisième, presque immédiate parce que tout ça s'est produit en rafale : je l'ai détestée. Je n'ai pas osé le lui faire remarquer à cause de cette histoire d'Esprit du Samouraï. J'avais beau être inculte en rituel japonais, je connaissais suffisamment Bjarni pour savoir que snober cette fille pendant les présentations officielles serait une insulte à tout son univers de cinglé. Alors je suis allée l'embrasser comme l'avaient fait Neema et Bima, la chaleur en moins. Mais quand j'ai parcouru les cinq ou six mètres qui nous séparaient, j'ai vu qu'il se passait quelque chose en elle pendant qu'elle me regardait. Elle avait pris une décharge. Je l'ai remarquée à ses yeux qui se sont légèrement agrandis et à ses lèvres entrouvertes. Elle m'a vraiment dévisagée d'un air stupéfait et je me suis demandé quel était son problème avec moi pendant qu'on s'embrassait comme deux sœurs, sous son impulsion à elle parce que moi j'étais en mode bout des lèvres et regard fuyant.

Bjarni nous a alors fait comprendre que la cérémonie était finie et il a laissé les valises en plan pour emmener Loumaï au sous-sol. J'ai attendu que Neema et Bima s'isolent, vers le fond de la pièce, et je les ai suivis dans l'escalier sans trop savoir pourquoi je ressentais cette tension. En bas, c'était le dojo d'entraînement, le système informatique et la salle médicalisée. C'était Bjarni le tueur et j'estimais, sans en avoir vraiment conscience, que cette fonction de lui était à moi. Je me suis arrêtée au milieu de l'escalier et j'ai vu Bjarni faire coulisser le shoji de la salle où il y avait son sabre. Il s'est effacé pour laisser entrer Loumaï, il a baissé la tête et il a attendu. Deux ou trois minutes plus tard, elle est ressortie, le visage abasourdi, et Bjarni s'est immédiatement remis d'aplomb. Quand elle lui a demandé comment il réagirait si elle décidait de partir, il lui a répondu qu'il la ramènerait chez elle et qu'il préférait se tuer plutôt que de lui faire du mal. Elle a soutenu son regard et elle a tourné la tête vers la pièce qui contenait le système informatique. Bjarni lui a assuré que tout ça était fini, mais qu'il ignorait s'il était capable de vivre autrement parce qu'il avait peur de devenir fou. Elle l'a longuement observé et il lui a dit qu'il essaierait de toutes ses forces, mais qu'il ne pouvait pas lui promettre de survivre. Ensuite, il a ajouté qu'il avait fait le serment de me protéger et qu'il allait devoir participer au meurtre de plusieurs personnes pour le respecter. Il a précisé qu'un serment était indéfectible, alors elle devait l'accepter ou le quitter. J'étais bouleversée qu'il me privilégie à cette femme qui avait l'air si précieuse pour lui. Mais ça n'apaisait qu'une partie de moi et j'ai continué de détester Loumaï quand elle s'est serrée contre Bjarni pour qu'il la soulève de terre et l'embrasse. J'ai compris qu'ils allaient se mettre à baiser, alors je suis remontée dans la grande pièce de vie où je suis tombée sur Neema et Bima collés l'un à l'autre comme deux amoureux débiles. Je suis partie m'isoler à l'étage et j'ai lu des mangas en macérant l'idée que ce chiffre impair m'excluait. Quatrième impression, suite logique des trois premières : je voulais que Loumaï dégage.

Pendant les jours qui ont suivi, ce sentiment s'est ancré en moi, mais au lieu de me nourrir il m'a perturbée parce que même si je me contentais d'ignorer Loumaï, je n'en demeurais pas moins détestable, et comme personne ne me faisait la moindre réflexion, je ne savais pas si je devais me réjouir de ma liberté ou me morfondre de l'indifférence que je suscitais. J'aurais aimé que Bima exerce une autorité sur moi, mais je crois aussi que j'aurais pensé le contraire si jamais il avait voulu me forcer à être quelqu'un d'autre. Au final, j'ignorais qui j'étais pour lui et j'en arrivais à me dire qu'il ne savait pas lui-même. Peut-être avait-il décidé de me sauver uniquement parce que c'était un homme de guerre, avec un sens de l'honneur rigide, et qu'un type comme ça est dressé à agir selon ses codes moraux. Peut-être ou sans doute, je n'en savais rien. J'en arrivais même à me demander s'il éprouvait des sentiments pour moi ou si j'étais juste un écueil que son conditionnement mental contraignait à gérer. Ça me torturait, alors j'allais marcher dans la forêt autour de la maison, les bras serrés contre mon ventre, parfois sans même penser à prendre un manteau. J'arrivais au mur d'enceinte et je le longeais comme un animal de cirque longe les barreaux de sa cage, l'esprit tronçonné par la peur, le désespoir et la haine jusqu'à ce que je me persuade du contraire en me disant que Bima avait l'air fou, à Dubaï. Je m'accrochais à ce quart de seconde où nos regards s'étaient croisés juste avant que je me baisse derrière la roue du camion. J'en décortiquais les lueurs et j'y distinguais une pulsation de vie, comme s'il avait eu une révélation. Je me disais que j'étais ça, pour lui, un symbole sacré, ce genre de truc. J'ignorais ce qu'il avait vu en moi qui avait pu le remettre d'aplomb aussi instantanément, mais il avait perçu quelque chose. Et j'étais ce quelque chose. Alors je rentrais à la maison et je restais des heures dans un bain brûlant.

    Trois jours après l'arrivée de Loumaï, Bjarni est venu nous voir les uns après les autres pour nous dire qu'il avait préparé le thé. Il était en tenue de cérémonie et portait son sabre de samouraï à la ceinture. Aucun d'entre nous n'a eu l'idée de considérer cette invitation comme la courtoisie oisive d'un type qui s'ennuie ou un simple rituel de finlandais japonisé. D'ailleurs, on n'a même pas imaginé que ça puisse être une invitation, au sens de proposition potentiellement déclinable, alors on a tous immédiatement interrompu ce qu'on était en train de faire et on s'est réunis dans la grande pièce autour de la table à manger. Lorsqu'on a tous été assis, Bjarni a servi le thé au milieu du silence où seuls les bruits subtils du rituel avaient le droit d'errer. Après avoir reposé la théière, il m'a fixée et la froideur lugubre de ses yeux bleus m'a tétanisée. J'ai compris qu'il allait exiger que je me soumette à la présence de Loumaï en me comportant avec respect et je me suis mise à pleurer parce que tout ça était trop puissant pour moi. Neema m'a prise dans ses bras et j'ai enfoui mon visage dans son cou. Lorsque je me suis apaisée, elle m'a doucement relevé la tête et elle a plongé ses beaux yeux dans les miens. Le sentiment de dévastation était passé, alors je me suis rassise sur mes talons, les mains sur les cuisses et le visage incliné face à Bjarni qui s'était contenté de patienter en silence le temps que je me calme. J'attendais qu'il formule ses reproches pour m'excuser auprès de Loumaï et je ne voyais pas plus loin que ça. Je suis restée un moment dans cet état d'esprit, même quand il a annoncé qu'Owen Valancker était l'homme qui avait violé ma mère parce que cette information a fait plusieurs fois le tour de mon cerveau sans rien percuter. La première chose dont j'ai eu conscience, c'était que Bjarni n'avait pas du tout l'intention de me reprocher quoi que ce soit. Alors j'ai relevé la tête vers lui et ça s'est imprimé.

Owen Valancker était mon père.

Bjarni a ensuite expliqué que la plainte de ma mère avait été enterrée par le flic qui avait reçu sa déposition, le soir du viol. Ce type s'appelait Rhys Dawood et trempait avec Owen Valancker dans des trafics minables à Middlesbrough. Il a ajouté que beaucoup de gens, notamment dans le pub où il avait rencontré ma mère, savaient ce qu'Owen Valancker avait fait, mais que personne ne l'avait dénoncé parce qu'il était violent et protégé par un flic. Bjarni a continué en précisant que les frères Huskins m'avaient cherchée à Middlesbrough, en faisant courir le bruit d'une prime de dix mille livres, et que les deux types de la fourgonnette étaient connus des flics pour du trafic de drogue, des vols et des violences. D'après lui, il n'y avait aucun doute sur le fait qu'Owen Valancker comptait me vendre aux frères Huskins. Alors il a annoncé qu'il fallait les tuer tous les trois et il a fixé Neema. J'ai senti qu'elle me regardait, mais je l'ai ignorée parce que je voulais lui faire comprendre que j'étais inaccessible. Quand j'ai vu Bjarni hocher la tête, après quelques secondes de silence, j'en ai déduit qu'elle s'était sentie dépassée. Elle avait dû faire un signe pour botter en touche, ce qui revenait à ne pas s'opposer à ce qu'on le bute et c'était tout ce qui m'importait. Ensuite Bima a confirmé qu'il partageait cet avis et il s'est tourné vers Loumaï d'un air interrogateur. Elle a aussitôt annoncé qu'elle n'était pas du tout légitime pour participer à ce choix, mais il lui a répondu qu'elle avait tort parce qu'elle faisait partie de notre clan, à présent, et qu'elle devait se prononcer. Pendant qu'elle soutenait son regard, le mot *clan* a rayonné dans ma tête comme si Bima, en nous qualifiant de clan, avait mis des étais de lumière partout dans mon crâne. Au bout de quelques secondes, il a ajouté qu'on devait tous respecter la sensibilité de chacun, mais que chacun devait aussi respecter la sensibilité de tous. Loumaï s'est alors tournée vers Bjarni. Elle a ensuite observé Neema, qui était sûrement la plus proche d'elle en ce moment, et elle m'a fixée. Je ne sais pas si mon visage trahissait l'envie de meurtre qu'elle m'inspirait depuis que son silence prenait ma haine en otage. J'imagine que oui. En tout cas, elle m'a dit qu'elle se conformerait à ma décision sans y porter le moindre jugement. J'ai accueilli ça froidement, comme un truc normal, et j'ai regardé Bjarni en lui annonçant que je voulais les buter moi-même avant de me tourner vers Bima pour que ce soit bien clair avec lui aussi. J'ai attendu qu'il fasse un signe d'assentiment et j'ai à nouveau regardé Bjarni en disant que tuer les frères Huskins et Owen Valancker n'était pas suffisant. Je voulais qu'on aille exterminer le clan entier des frères Huskins en donnant l'assaut à leur hôtel particulier de merde à Saint John's Wood, et je voulais aussi tuer Rhys Dawood et faire exploser cette saloperie de pub dont le patron et les clients avaient fermé les yeux sur le viol de ma mère. Il a hoché la tête et je me suis tournée vers Neema qui me dévisageait avec désolation. J'ai appuyé mon regard avec toute la haine et la violence qui venaient de se libérer en moi et elle a lentement baissé les yeux. Alors j'ai fixé Bima, qui a acquiescé, et dans la foulée Loumaï qui m'a souri d'un air triste. Après avoir bu une gorgée de thé, Bjarni a posé sa tasse en disant que tout ça exigeait beaucoup de préparation, car il fallait agir en une seule nuit. Bima m'a dévisagée en réfléchissant avant de m'expliquer que je ne pourrais pas les accompagner dans cette opération parce que ce serait trop tendu, mais qu'ils ramèneraient ici les frères Huskins, Owen Valancker et Rhys Dawood pour que je les exécute. Pendant que je fixais

Bima, Bjarni a approuvé cette idée, alors je me suis tournée vers lui. D'un seul coup, en m'immergeant dans ses yeux où brûlait l'éclat de la mort, j'ai compris, ou plus exactement il m'a fait ressentir, que je tuerais ces hommes.

On a fini de boire le thé en silence. Bjarni s'est ensuite levé et il nous a salués avant d'emprunter l'escalier pour aller à l'étage. Bima a quitté la pièce juste après lui et Neema l'a rejoint dehors. Je suis restée seule avec Loumaï et sa présence m'a aussitôt dérangée. Comme j'estimais que c'était à elle de me laisser tranquille, je l'ai regardée à la manière d'un chef de clan qui ordonne à un sous-fifre de dégager, mais elle n'a pas bougé. À la place, elle a pris le temps d'absorber mon hostilité avec un sourire qui m'a accablée de sa pitié, en tout cas c'est comme ça que je l'ai perçu. J'avais l'impression qu'elle forait mon malheur pour jouir de sa bonté, exactement comme ma référente, au service social de Middlesbrough, et j'ai senti la foudre s'armer au fond de moi. Mais juste au moment où j'allais lui conseiller de bouffer son sourire de bonne sœur, elle m'a balancé un truc qui m'a désarçonnée. Elle m'a dit qu'elle pouvait m'apporter quelque chose, elle aussi, au même titre que Neema, Bjarni et Bima, et comme c'était l'unique possibilité pour que je la tolère, ça m'a brouillé l'esprit, alors elle en a profité pour me saouler avec sa vie de merde en m'expliquant qu'elle avait eu un très grand amour avant de croiser la route de Bjarni. Il s'appelait Nanosh et il était acrobate. Ils s'étaient rencontrés enfants et elle n'avait connu que lui avant Bjarni. Un soir, pendant une représentation, une chute de plusieurs mètres lui avait fracturé la colonne vertébrale et il ne pouvait plus bouger que les yeux. Lorsqu'ils ont réussi à trouver un code pour communiquer, la seule chose qu'il lui a dite et répétée, c'était deux mots : tue-moi. C'est ce qu'elle a fait. Ensuite, elle a découvert qu'elle était enceinte et elle a avorté parce qu'elle a eu peur de devenir folle. Elle a baissé un instant les yeux et j'ai vu qu'elle faisait un effort pour ne pas pleurer. Elle a aussitôt ajouté que Londres avait été la première idée qui lui était venue à l'esprit lorsqu'elle avait décidé de quitter l'Espagne. Comme elle avait depuis toujours pratiqué la réflexologie et les massages, un salon japonais de sokushindo l'a embauchée et elle est devenue masseuse de pied. C'est là qu'elle a rencontré Bjarni. Dès qu'elle l'a vu arriver un jour, dans son kimono de Sumo, chaussé de geta, elle a tout de suite perçu une énergie mentale qui se dégageait de sa puissance destructrice et ça l'a incroyablement attirée. Aucun sourire, le regard froid, le visage sans expression. Zéro séduction, zéro intimidation, mais un brasier fascinant et terriblement inquiétant sous la glace qui couvrait son corps de titan. Elle n'a pas pensé une seule seconde à Nanosh, comme à chaque fois qu'un homme lui plaisait instinctivement, parce que Bjarni n'appartenait à aucune autre galaxie que la sienne. Alors elle n'a pas vu en lui l'ersatz fade et malsain de son amour perdu et elle s'est laissée happer. Au début, il venait une fois par semaine, puis deux. Très rapidement, ça a été tous les jours. Il ne disait rien, ne manifestait aucune émotion et se contentait de l'observer dans un silence méditatif. Son regard bleu, fixement posé sur elle, lui faisait un effet sexuel. Ses pieds gigantesques, d'une beauté picturale proche de la perfection, ses chevilles surpuissantes qui présageaient des mollets d'acier au galbe faramineux l'excitaient au point qu'elle en ressente des effets physiques. Il venait tous les jours en l'exigeant et si elle n'était pas là, ou prise par des rendez-vous, il repartait sans se faire masser. C'était l'unique témoignage qu'elle recevait de lui, alors elle savait, par déduction, qu'il partageait quelque chose avec elle au niveau d'une sensation qu'ils auraient en commun, mais il ne lui faisait rien sentir. Il se comportait avec elle comme avec son patron ou n'importe qui du salon, que ce soit des employés ou des clients. Au bout de plusieurs semaines, elle s'est un peu libérée de cette emprise sexuelle qui la prenait en tenaille. Son désir s'est alors écoulé dans son corps avec plus de fluidité, sans être une entrave à sa pensée, et toutes ses tensions se sont relâchées. C'est à partir de ce moment-là qu'ils se sont connectés mentalement. Elle m'a prévenue que j'avais le droit de la prendre pour une folle, ou juste de ne pas la croire, et elle m'a révélé avoir entretenu avec Bjarni une relation purement télépathique pendant plus d'un an. Elle a eu l'air troublé que j'accueille cette confidence sans la trouvée ahurissante et je l'ai laissée dans son jus parce que j'ai eu la flemme de lui balancer qu'il avait aussi des histoires d'amour télépathiques avec des poissons, juste avant d'en faire des sashimis. En revanche, je lui ai demandé de me raconter un peu le détail de ce truc cosmique, à laquelle je croyais malgré moi parce que j'en avais ressenti les effets à plusieurs reprises, mais seulement en tant que réceptrice, alors ça m'intéressait de savoir comment ils avaient interagi. Elle m'a expliqué qu'il n'y avait pas eu de verbalisation entre eux, au sens où ils n'entendaient pas la voix de l'autre dans leur tête. C'était beaucoup plus subtil et puissant. Pour bien comprendre ce phénomène, il fallait admettre que les mots ne soient que des messagers entre les esprits. Il fallait se projeter dans l'idée qu'ils contenaient le message, mais qu'ils ne l'étaient pas. La télépathie, en tout cas la forme de télépathie qu'elle avait vécue avec Bjarni, était la transmission du message sans aucun messager. C'était du sens non verbal. De l'intelligence pure. Pendant plus d'un an, jusqu'à ce qu'il l'amène ici, ils se sont montré leur désir, ils ont fait l'amour, ils ont dévoilé leur peur, leur douleur sans jamais se parler ni se toucher en dehors des massages de pied qu'elle lui prodiguait. J'en ai eu marre, d'un seul coup, alors je l'ai interrompue en lui disant que je ne voyais pas du tout ce qu'elle pouvait m'apporter et j'ai voulu partir, mais elle m'en a empêché en m'attrapant le bras. J'ai aussitôt fixé sa main avant de lentement lever les yeux vers elle. Le temps de la regarder méchamment, je lui ai ordonné de me lâcher. Au bout de quelques secondes passées à la défier, j'ai compris qu'elle ne se soumettrait pas, alors la pression est très vite montée dans ma tête, mais juste au moment où j'allais me libérer d'un geste violent, et sûrement me laisser aller à la rage en projetant la table contre elle avant de m'enfuir dans la forêt, elle m'a dit que j'avais la danse dans le sang et que c'était exactement là où elle pouvait m'aider. Cette confidence m'a saisie, comme si elle prenait le relais de sa main qui glissait de mon bras, et j'ai été projetée dans mes cours de danse à Middlesbrough. Je me souvenais que j'adorais ça, même si mon indiscipline m'avait condamnée aux yeux de ceux qui avaient tenté de me l'enseigner. Loumaï m'a expliqué avoir reconnu la danse en me voyant bouger quand je suis venue la saluer le soir de son arrivée. Elle m'a ensuite confié que dans la compagnie de théâtre et de cirque, où elle vivait avec Nanosh, elle était danseuse. Elle s'est penchée vers moi en me regardant avec fierté, d'un air presque menaçant, comme si elle tenait à poser une limite à mon manque de respect, et elle a précisé qu'elle avait atteint le cercle sacré des grandes danseuses. En se redressant, elle a dû deviner ma question parce qu'elle y a répondu, avant que je la pose, en m'avouant que ça lui avait coupé les ailes d'avoir euthanasié Nanosh et de s'être fait avorter. Elle a encore eu l'air de lutter pour ne pas pleurer et elle m'a dit qu'elle avait enterré cette partie d'elle-même comme des déchets d'une toxicité extrême. Danser, pour elle, c'était vivre, être heureuse, jouir. Elle aurait eu l'impression de cracher sur la mémoire de Nanosh à chaque pas. Alors elle s'était détournée de la danse sinon elle serait devenue folle et elle aurait fini par se suicider. Après s'être arrêtée un instant de parler pour respirer paisiblement, le temps que son menton cesse de trembler, elle m'a avoué avoir compris quelque chose de l'ordre d'une vérité universelle en me voyant bouger pour venir la saluer. Le malheur n'est pas plus éternel que le bonheur. Si elle ne s'est pas enfuie, quand Bjarni lui a révélé être un tueur en lui montrant cette pièce où l'énergie de la mort résonnait partout, c'était parce qu'elle avait vu la danse en moi et qu'elle s'en était instinctivement réjouie au lieu de se sentir dévastée. Elle avait compris, seulement à ce moment-là, que sa relation avec Bjarni avait commencé à la ressouder et elle s'était mise à espérer plus fort que tout, plus fort que la peur, plus fort que la souffrance, plus fort même que la folie d'aimer un tueur. Elle m'a alors confié qu'elle voulait partager cet espoir avec moi en me transmettant son art pour qu'il me sauve. D'après elle, si je me concentrais sur l'accomplissement de ce que j'étais et non sur la destruction de ceux qui m'avaient fait du mal, j'avais une chance de renaître. Danser me sauverait de la haine, m'a-t-elle assuré avec de l'amour dans les yeux et je l'ai encore plus détestée. Alors je lui ai répondu qu'elle pouvait toujours aller se faire foutre avec sa danse de merde parce qu'à travers moi, c'était seulement l'enfant mort de Nanosh qu'elle voulait ressusciter. Et comme elle n'a pas eu l'air de se sentir agressée et que j'avais vraiment envie de lui faire du mal, je lui ai dit que, dans mon cas, être sauvée de la haine passerait d'abord par le meurtre de ceux qui étaient responsables de ma souffrance. Et ensuite quand Bjarni la découperait en morceaux pour nous la faire bouffer un soir de fête. Je l'ai regardée en la maudissant et je suis partie.

Je suis montée comme une furie pour aller m'abriter dans la bibliothèque et lire des mangas, mais quand j'ai vu Bjarni devant le shoji, j'ai aussitôt ralenti parce qu'il était clairement en train de m'attendre. J'ai encore eu peur qu'il me reproche mon attitude et j'ai éprouvé une très forte appréhension. Mais plus je m'approchais, plus je ressentais de la bienveillance, alors j'ai eu le courage de relever la tête en m'arrêtant devant lui. Quand il m'a demandé si je voulais avoir une photo de ma mère, mon cerveau s'est d'abord mis sur pause avant de s'emballer. J'ai eu l'impression de faire un voyage dans le temps, à Sheffield, le jour où j'avais cherché l'amour de ma mère sur une photo que j'espérais voir chez ses parents. J'avais enterré cette idée sans m'en rendre compte, en rentrant le soir à Middlesbrough, tellement elle m'avait fait du mal. Et là, en y réfléchissant brutalement, je pouvais presque me dire qu'avoir voulu chercher l'amour de ma mère m'avait projetée en enfer parce que la seule conséquence de cette quête avait été de me jeter dans les filets de Gary. Je ne savais pas où se situait la mauvaise foi. Prétendre qu'il s'agissait d'une coïncidence ou affirmer que c'était lié ? J'ai relevé les yeux vers Bjarni qui attendait ma réponse, impassible devant moi. Je crois qu'il aurait pu patienter jusqu'au soir et même toute la nuit sans bouger. Ou plutôt j'en étais sûre. Je comprenais, à sa manière d'être, que ma relation avec ma mère était sacrée pour lui parce que phénoménalement essentielle dans ma vie. Il était vraiment une énigme. D'un côté, il avait le don de ressentir beaucoup d'amour. De l'autre, il tuait pour la mafia. Quand je lui ai fait un signe de tête, il a sorti une photo de son kimono et il me l'a tendue en s'inclinant, fidèle à son délire de Finlandais samouraï. Je l'ai prise et il est parti dans la bibliothèque. Je ne sais pas combien de temps je suis restée dans la même position à observer chaque millimètre du visage de ma mère. Ses yeux, ses lèvres, ses yeux, son nez, ses cheveux, son menton, sa bouche, son nez, ses yeux, j'éprouvais un soulagement infini en découvrant notre ressemblance. J'étais elle, uniquement elle, comme si la Nature avait rejeté Owen Valancker en dehors de moi. J'ai compris pourquoi ses parents avaient été à ce point choqués de me voir, mais je n'ai pas eu le temps de les haïr davantage parce que j'ai été happée par un intense moment de détresse. Je nous imaginais, ma mère et moi, tellement proches, tellement heureuses l'une avec l'autre. D'un seul coup, j'ai eu envie de sentir sa main dans la mienne, son visage contre le mien, son odeur, la caresse de ses cheveux, son cœur battre, la douceur de sa peau, alors je me suis lentement assise par terre parce que mes jambes ne me soutenaient plus. J'ai pleuré en silence et chaque larme est devenue une aile de feu qui portait ma haine, pour Owen Valancker, dans l'œil d'une confusion brutale où l'amour, les regrets, la souffrance se traversaient sans que je contrôle quoi que ce soit. Quand j'ai senti du calme en moi, je me suis relevée et je suis allée dans ma chambre. J'ai pris mon manga, que j'avais rangé sur une commode, j'ai embrassé longuement ma mère, derrière l'écran glacé du papier, et j'ai glissé la photo à l'intérieur en lui promettant que j'allais nous venger. Après l'avoir remis à sa place, j'ai rejoint la bibliothèque. J'ai pris plusieurs mangas à la suite dans les rayonnages et je me suis posée en face de Bjarni, assis en tailleur à côté d'une pile de livres. La nuit était en train de tomber. On a échangé un bref regard et on s'est oubliés.

15

Le lendemain matin, Bjarni et Bima sont partis ensemble dans l'un des Land Rover et ils sont revenus le soir, juste après la tombée de la nuit. Je suis sortie de la maison en entendant des moteurs. Bjarni était au volant d'un Van, qu'il avait dû piquer quelque part dans Londres, et Bima le suivait en conduisant le Land Rover. J'ai regardé les portes métalliques de la grange se refermer derrière eux avec un sentiment de jubilation morbide et je suis allée les rejoindre en passant par le vestibule. Bima s'éloignait du Land Rover, avec deux grands sacs en toile militaire, quand je lui ai demandé si c'était des armes. Il s'est arrêté à ma hauteur en acquiesçant d'un signe de tête et il m'a annoncé qu'ils allaient agir dans la semaine. J'avais envie de tout connaître de cette opération, alors j'ai voulu savoir où il les avait trouvées. Il m'a répondu qu'un de ses contacts, en Allemagne, l'avait mis en relation avec un trafiquant d'armes, sur Londres, qui leur avait fourni tout ce dont ils avaient besoin, même le Van, et je lui ai demandé si c'était Ingrid, son contact en Allemagne. Ses yeux se sont obscurcis, mais il s'est détendu presque aussitôt et il m'a confirmé d'un hochement de tête sans me poser de question. Il avait dû comprendre que le seul moment où je pouvais avoir entendu ce nom, c'était à Dubaï lorsqu'il s'était garé pour appeler Ingrid et faire son transfert d'argent. Juste à ce moment-là, Bjarni est passé à côté de nous pour rentrer vers la maison et Bima a voulu le suivre, mais j'ai insisté pour savoir qui était Ingrid en m'inquiétant presque que ce soit une personne importante dans sa vie. Il m'a répondu que je n'avais pas à me soucier de ça et il a de nouveau cherché à partir, mais je me suis mise devant lui en m'énervant parce que j'en avais marre de cette fin de non-recevoir pourrie qu'il me balançait, comme un joker, chaque fois que je lui posais une question sur son passé. Il m'a dévisagée d'un air dérouté et il a fini par me demander si je connaissais la différence entre pirate et corsaire. J'ai compris qu'il allait m'embrouiller, alors j'ai rétorqué que je n'en avais jamais rien eu à foutre de tous ces mecs bourrés qui s'étripaient pour une montre en or. J'étais sûre qu'il avait été fan de pirates quand il était enfant, et peut-être même encore maintenant, mais il n'a pas relevé et il m'a expliqué que les corsaires étaient des pirates qui travaillaient pour les gouvernements et que Ingrid était un corsaire. Je lui ai demandé qui elle était pour lui et il m'a aussitôt reproché ma question d'un regard agacé, alors je lui ai décoché un coup de menton autoritaire, ce qui a achevé de le contrarier. Pendant les quelques secondes où on s'est défiés, il m'a clairement fait comprendre de laisser tomber, mais je voulais vraiment savoir qui était Ingrid pour lui, alors j'ai boosté mon regard avec toute l'insolence et l'agressivité que j'avais en moi. Il a dû admettre que j'allais le faire chier jusqu'à ce qu'il me le dise parce qu'il a fini par me révéler qu'elle était son amie la plus fiable après avoir été l'un de ses grands amours. J'ai voulu savoir s'il avait vécu, avec elle, la même chose qu'avec Neema et il m'a avoué que rien n'avait jamais été comme avec Neema, et que rien ne serait jamais comme avec Neema. Ça m'a rassurée et en même temps énervée, alors j'ai baissé les yeux parce que je ne voulais pas qu'il découvre tout ça au fond de moi. Il m'a demandé d'oublier le nom d'Ingrid et il est parti.

Dans la semaine qui a suivi, Bjarni s'est occupé de repeindre le Van pendant que Bima et Neema passaient tout leur temps collés l'un à l'autre. Alors j'allais m'isoler dans la bibliothèque parce que ça me permettait de ne pas être avec Loumaï qui allait et venait entre le garage, la maison et la forêt avec une tête d'amoureuse qui m'ulcérait. Mais je ne lisais pas beaucoup. Je passais des heures allongée sur le tatami, les bras en croix, et je laissais mon regard errer sur les murs couverts de mangas. Je ressentais le besoin de réfléchir à la manière dont j'allais tuer les frères Huskins, Owen Valancker et Rhys Dawood. Je ne voulais pas que Bima me donne un pistolet, que je leur fasse exploser la tête et qu'on n'en parle plus. J'avais envie que ça dure. Au début, j'ai imaginé toutes sortes de sévices. Les mutiler pour leur faire entrer certaines parties d'eux-mêmes par l'anus et les forcer à manger les autres, mais rien que d'y penser, ça m'avait répugnée et j'ai compris que ce serait une contrainte de les torturer ou même juste d'assister à ce genre de mise à mort. Découper de la chair, broyer des os, émasculer, énucléer, s'adonner au sacrilège des symboles sexuels, tout ça me révulsait. Cela dit, je trouvais absolument nécessaire que ces hommes souffrent avant de mourir et que cette souffrance dure suffisamment longtemps pour qu'elle efface de leur conscience jusqu'à l'idée même du plaisir. En fait, j'avais besoin de les sacrifier comme dans les civilisations chamaniques où on conjurait par le meurtre ce qui était mauvais pour soi ou pour la communauté. C'était exactement ça. La mort des frères Huskins, d'Owen Valancker et de Rhys Dawood devait m'apporter une purification, alors j'ai commencé à imaginer que j'étais une prêtresse animiste et j'ai choisi de les sacrifier à l'aube parce que c'est à l'aube que la justice solde ses comptes.

Le soir, pendant le repas, j'ai expliqué comment je voulais les tuer et j'ai ajouté que je devrais porter des vêtements et un maquillage spécifiques. Personne n'a fait de commentaire même si j'ai bien senti que le silence était chargé, mais je m'en foutais. J'étais satisfaite de mon autorité sur ce sujet parce que je n'attendais pas autre chose de leur part. J'aurais pu réagir très violemment si l'un d'entre eux, et je pensais principalement à Neema, s'était opposé à cette manière de les buter. Elle s'est abstenue de me regarder et c'était le maximum d'hostilité que je pouvais tolérer. Loumaï a fini par briser le silence en disant qu'elle était la seule à pouvoir sortir sans prendre aucun risque, alors elle m'a proposé d'aller m'acheter ce dont j'avais besoin dès le lendemain. C'était l'option la plus simple, mais je l'avais éliminée en prévoyant de me faire livrer, via le réseau sécurisé de Bjarni, parce que je n'avais pas envie de la mêler à quelque chose d'aussi important pour moi. Je l'ai regardée avec l'intention de lui dire que je ne voulais pas de son aide, mais j'ai ressenti un truc bizarre qui m'a poussée à tourner la tête vers Bjarni et j'ai été tétanisée en découvrant son air mécontent et sévère. Je n'avais encore jamais vu cette nuance dans ses yeux et je me suis sentie transpercée par son ordre de ne pas faire perdre la face à Loumaï devant tout le monde. Le temps de me prendre l'onde de choc en pleine tête, j'ai détourné le regard et j'ai remercié Loumaï en lui témoignant hypocritement ma reconnaissance. Le lendemain matin, je lui ai remis une liste détaillée de ce dont j'avais besoin avec l'adresse des magasins à Londres. J'avais fait des recherches une grande partie de la nuit sur l'une des tablettes de Bjarni. Loumaï m'a dit qu'elle appellerait si jamais elle avait un doute, ou si quelque chose manquait, et elle est partie au volant d'un Land Rover. J'avais été très froide et distante et elle avait réagi avec cette espèce de gentillesse qui me donnait encore plus envie de la maltraiter. J'ai passé la journée à lire des mangas, assise sur le tatami en face de Bjarni qui en lisait lui aussi. Ça arrivait très souvent qu'on se retrouve tous les deux dans la bibliothèque, alors je n'ai pas interprété sa présence, mais je ressentais une tension. Je ne savais pas si elle était réelle ou si c'était juste ma culpabilité qui tordait quelque chose à l'intérieur de moi. À force de m'inquiéter qu'il puisse attendre des excuses, j'ai failli balancer tout un laïus contrit, un peu comme on vomit pour se soulager du poids de la nausée, mais j'ai renoncé après l'avoir observé en douce. Assis en tailleur, le dos courbé et le visage fasciné comme si tout son être était aspiré par le manga qu'il lisait, il avait l'air d'un ado dans un corps de géant. J'ai compris un truc, juste à ce moment-là, ou peut-être qu'il me l'a enseigné parce que mes intuitions sur lui n'étaient sans doute que la trace de ses pas dans mon esprit. Bjarni était un monstre d'authenticité, une bête de guerre du vrai. Avec lui, il fallait être sincère ou se taire. Et comme je n'avais aucun regret vis-à-vis de Loumaï et que je la détestais toujours autant, je ne me suis pas excusée. Je ne savais pas si Bjarni comprenait ma jalousie ou s'il s'en foutait que je ressente de la colère envers Loumaï, mais il ne m'en voulait pas et il s'en mêlait encore moins. Il exigeait juste que je ne l'humilie pas devant les autres et surtout pas devant lui. Je me suis sentie mieux après avoir compris ça et j'ai pu lire l'esprit libre. Loumaï est rentrée de Londres, en fin d'après-midi, et elle m'a confirmé qu'elle m'avait acheté tout ce qu'il y avait dans la liste. Je l'ai remerciée du bout des lèvres en fixant un point sur son front, parce que je refusais de lui faire l'honneur de la regarder dans les yeux, et je suis montée dans ma chambre pour vérifier qu'elle n'avait pas commis d'erreur. Je suis restée longtemps, debout au pied du futon, à contempler la robe cape, les bottines en cuir épais, le maquillage et les peintures corporelles que j'avais posés en travers des draps. Il y avait beaucoup de vent en moi à ce moment-là. Une grande tempête dont l'énergie cyclonique se déployait partout dans mon corps. Je n'allais pas me déguiser en prêtresse animiste pour me donner de la consistance. J'en serais une. Sans pitié, infernale et pleine de la jouissance lugubre du meurtre.

Quelques jours plus tard, Bima est venu me voir pour me prévenir qu'ils allaient agir dans la nuit et il est parti rejoindre Bjarni au sous-sol. Je suis restée seule, dans ma chambre, en savourant l'idée que j'allais exécuter, dès le lendemain à l'aube, les frères Huskins, Owen Valancker et Rhys Dawood. Je pensais à tout ça après le départ de Bima et je ressentais une intense satisfaction, mais j'en voulais plus, alors je suis allée les voir. En descendant l'escalier du sous-sol, j'ai entendu le sabre de Bjarni s'abattre contre les mannequins dont les moteurs électriques grésillaient. Je suis restée sur le seuil de la salle du dojo et je l'ai vu frapper et frapper encore, avec une rapidité et une précision hypnotiques, ses adversaires en bois qui tournoyaient autour de lui. Au bord du dojo, Bima était assis à une table et il s'occupait de ses armes. En m'intéressant à ce qu'il faisait, j'ai vu qu'il les avait démontées pour les nettoyer et les graisser. Il y avait des pistolets, des fusils d'assaut, des chargeurs, des explosifs, des détonateurs, des grenades, deux gilets pare-balles, une combinaison de combat, un sac à dos et deux cagoules. Ils allaient attaquer les frères Huskins directement dans leur hôtel particulier de Saint John's Wood, en début de soirée, là où il y aurait le plus de monde autour d'eux. Je voulais qu'ils éliminent les petites frappes et les anciens militaires qui montaient la garde, qu'ils capturent les frères Huskins, les obligent à se déshabiller et fassent sauter leur hôtel particulier devant eux avant de les entraver, nus et les yeux bandés, dans le coffre du Van. Ensuite, ils rouleraient jusqu'à Middlesbrough et ils commenceraient par kidnapper Owen Valancker qui vivait seul dans un appartement du centre-ville. Une fois qu'ils l'auraient attaché à côté des frères Huskins, nu et les yeux bandés lui aussi, ils iraient chez Rhys Dawood qui habitait avec sa femme et ses enfants dans une maison au cœur des beaux quartiers de Middlesbrough. Le traumatisme que leur irruption allait engendrer ne m'indifférait pas, au contraire. J'étais heureuse d'imaginer qu'une part de ses enfants serait anéantie en voyant leur père se faire enlever à poil par deux hommes aussi terrifiants que pouvaient l'être Bima et Bjarni, le visage cagoulé, l'un en tenue de combat avec des flingues à la main et l'autre en kimono, armé d'un sabre de samouraï. Je savourais le plaisir d'imaginer sa femme horrifiée par cette vision de son mari réduit à un chien qu'on embarque à la fourrière. Ça me donnait envie de rire que ce soit la dernière image qu'ils gardent tous de lui. Une fois qu'il l'aurait enfermé à côté des autres, Bjarni et Bima feraient irruption dans le Pub où tout le monde avait fermé les yeux sur le viol de ma mère. Après avoir menacé les gens pour les faire dégager, ils le détruiraient en lançant plusieurs grenades à l'intérieur et ils rentreraient.

Il y avait six heures de route que les frères Huskins, Owen Valancker et Rhys Dawood passeraient dans le froid, nus contre la tôle, sans pouvoir se parler ni se voir. Ils arriveraient un peu avant l'aube et ils seraient attachés par une corde les uns aux autres, les yeux toujours bandés et la bouche bâillonnée, pour être conduits comme des esclaves jusqu'à la fosse que Bjarni et Bima avaient creusée au fond de la forêt primaire qui entourait la maison. Ils seraient contraints de s'agenouiller les uns à côté des autres au bord du trou avec les pieds dans le vide. Ils m'attendraient pendant une heure en souffrant du froid, des contractures musculaires et de la peur. Quand Bjarni et Bima ôteraient le bandeau opaque serré sur leurs yeux, je leur apparaîtrais dans la brume. Je porterais la robe cape en laine noire, dont la capuche recouvrirait mes cheveux, et je serais chaussée des bottines vikings à lacets et à franges. J'aurais le visage peint en blanc, les paupières et les lèvres violettes, des cercles de charbon autour des yeux et, descendant de mon front, une épaisse trace de doigt rouge sang longerait l'arête de mon nez, traverserait ma bouche et couperait mon menton. Je les regarderais en silence, l'un après l'autre, en jouissant de leur terreur et de leur incompréhension, avant d'énumérer pour chacun d'eux les crimes commis à mon encontre. Alors je leur annoncerais que je les condamnais à mourir par le feu et Bima, à côté de moi, allumerait une torche. Je me délecterais de leurs supplications, qui exploseraient dans leurs yeux révulsés, pendant qu'ils reconnaîtraient l'odeur du liquide épais et visqueux que Bjarni verserait en quantité sur leur tête. Bima me remettrait la torche et je m'approcherais d'abord d'Owen Valancker. Je poserais le bout enflammé sur son torse et je verrais courir le feu sur sa peau en m'enivrant de ses hurlements pitoyables que son bâillon étoufferait. Ensuite, je pousserais sur la torche pour le faire tomber dans la fosse avant qu'il ne bascule sur le ventre et ce serait au tour de Rhys Dawood à qui je réserverais exactement le même sort. Alors je m'approcherais des frères Huskins et je les laisserais mariner dans le jus de l'horreur en avançant la torche vers eux avec une lenteur démoniaque. Juste avant que les vapeurs d'essence ne les embrasent, je jouerais à *am stram gram* pour savoir lequel des deux cramerait en premier. Pour finir, je ferais le contraire et j'expliquerais au dernier des Huskins qu'il avait gagné l'honneur d'achever le rituel. Bjarni ferait passer sa tête dans une planche qu'il maintiendrait avec Bima, chacun à une extrémité, et je poserais la torche sur son crâne pour qu'il prenne feu. J'observerais ses yeux, derrière le rideau des flammes, qui commenceraient à gonfler sous la chaleur pendant qu'il gesticulerait en hurlant inutilement dans sa cangue. Je verrais sa peau fondre en lambeaux sanglants, ses globes oculaires devenir des bulbes et exploser dans une gerbe visqueuse, alors j'enflammerais le reste de son corps et je ferais un signe, à Bjarni et à Bima, pour qu'ils l'envoient agoniser dans la fosse. Je rendrais ensuite la torche à Bima et je les contemplerais tous brûler jusqu'à ce que le feu s'éteigne, faute de combustible.

Je me délectais de ma cruauté d'autant plus que ma sensation de toute-puissance n'avait rien à voir avec un délire psychotique de camé. Il me suffisait de regarder Bjarni et Bima pour savoir que les frères Huskins, Owen Valancker et Rhys Dawood étaient déjà morts.

16

Je n'aurais jamais cru que les frères Huskins, Owen Valancker et Rhys Dawood aient pu avoir un quelconque rapport avec des agneaux. C'est pourtant l'odeur qui s'est dégagée de la fosse pendant qu'ils brûlaient. Un autre élément, auquel je n'avais pas réfléchi, c'était l'absence de synchronisation entre leur mort et la combustion de leur bâillon et de leurs liens. Leurs hurlements ont dû porter très loin jusqu'à ce qu'ils cessent de gesticuler. Parfois j'ai presque eu l'impression qu'ils se congratulaient. Dès que les flammes se sont éteintes, dans le silence de la forêt revenu depuis déjà un bon moment, j'ai échangé un regard avec Bjarni qui a aussitôt allumé le groupe électrogène et mis en route la bétonneuse. Après avoir observé le ciment ensevelir les corps calcinés, qui gisaient dans des postures grotesques, je les ai laissés recouvrir la dalle d'un mètre de terre végétale et d'humus. De retour dans ma chambre, j'ai ouvert la fenêtre et j'ai entendu le tracteur, au loin, qui remettait en place le tronc de l'arbre qu'une tempête avait arraché quelques années auparavant. Personne ne retrouverait jamais leur corps. Ensuite, je me suis fait couler un bain. Après être entrée dans l'eau chaude, je me suis cambrée tout doucement en sentant le bien-être arquer mon dos et tendre mes seins vers le plafond. Quand j'ai eu la tête presque à l'envers, immergée jusqu'à la base de mon nez, des frissons m'ont arraché un gémissement de plaisir et j'ai laissé mon corps se détendre de tout son long. Un peu plus tard dans la journée, j'ai croisé Neema. Elle a essayé d'ignorer ce qui s'était passé en se comportant comme d'habitude, mais ça se voyait qu'elle ne se sentait pas bien. Sans doute avait-elle entendu les hurlements, à moins que ce soit juste l'idée de s'être rendue complice de quatre meurtres qui lui était insupportable. Je n'ai pas osé aller la provoquer en soupirant d'aise et en me pavanant autour d'elle avec la légèreté d'une ado de seize ans comblée par le meurtre de quatre hommes, qu'elle vient de faire cramer vivants, parce que j'ai eu peur de susciter l'indignation et la colère de Bima qui était aux petits soins avec elle. Sinon je l'aurais fait, juste pour le plaisir de revendiquer ma jouissance. J'avais goûté à la cruauté et je m'étais délectée de ses saveurs puissantes, terriblement plus relevées que n'importe quelle drogue. J'avais adoré transférer ma souffrance dans le corps et dans l'esprit de ceux qui m'avaient fait souffrir. J'avais tellement pris mon pied, en contemplant ma malédiction se projeter sur mes bourreaux, que je me sentais frustrée de ne pas pouvoir l'étaler à travers l'éloge de ce que j'imaginais être mon bonheur retrouvé. J'en voulais à Neema, et plus encore à Loumaï, d'irradier la maison avec cette bienveillance contaminée où suintait leur sentiment d'horreur. Ça plombait l'ambiance et ça magnétisait l'attention de Bima et de Bjarni qui les entouraient, chacun à leur manière, de leur protection. J'avais l'impression qu'elles étaient devenues des sapins de Noël en train de clignoter avec les *everything's gonna be alright* que Bima et Bjarni balançaient sur elles comme des guirlandes. Au bout de deux ou trois jours, en comprenant qu'elles avaient réussi à décréter un tabou autour de ces meurtres, je me suis sentie dépouillée d'une part de moi-même, mais je n'ai pas eu le courage d'affronter Bima et Bjarni. J'ai respecté cet ordre tacite du clan, en macérant ma frustration, et je les ai maudites jusqu'à ce que Bjarni, un soir pendant le repas, à peine une semaine après les meurtres, nous apprenne qu'on était déjà traqués par un flic, un type qui s'appelait Miller Altmann. Lorsqu'il a annoncé qu'on devait le considérer comme un ennemi, c'est-à-dire le buter en langage de Bjarni, Loumaï a immédiatement rétorqué qu'elle n'était pas d'accord parce qu'on allait disparaître d'ici quelques mois. Bjarni a précisé que son contact lui avait décrit Miller Altmann comme un flic psychorigide, frustré, méthodique et sans scrupules qui fonctionnait à la manière d'un prédateur. Après les attaques de Middlesbrough, dont il avait compris le mobile en déterrant le viol de ma mère, il avait fait un lien avec l'enlèvement sanglant des frères Huskins grâce aux deux tueurs, fichés en tant que membres actifs de leur clan, morts dans le crash contre le Land Rover que des témoins avaient lié à la Mercedes de Neema. La présence de Gary et d'Andro, affiliés au clan Huskins, dans le congélateur de la maison des Costwolds lui avait permis, en faisant une descente dans le squat de Hackney, de comprendre que tous ces meurtres étaient le fruit de ma vengeance. Mais ce n'était pas tout. Il était sur le point, en fouillant dans la vie de Neema, de découvrir la véritable identité de Bima et il avait acquis la certitude, à cause des têtes tranchées de Gary, des deux types de la fourgonnette et des cadavres retrouvés dans les décombres de l'hôtel particulier des frères

Huskins, que le tueur colossal en Kimono armé d'un sabre, décrit par la famille de Rhys Dawood et des clients du pub de Middlesbrough, était l'Esprit du Samouraï. D'après ce que son contact lui avait expliqué, Miller Altmann avait réussi à obtenir des moyens financiers considérables pour nous retrouver, ce qui était une très mauvaise nouvelle parce que ça voulait dire qu'on l'excitait. Bjarni partait du principe que c'était Miller Altmann ou nous. Pour sa part, il pensait nécessaire de le tuer dès la nuit prochaine. On est restés silencieux et j'ai remarqué que Bima était très préoccupé. Quand Loumaï a répété que ça n'avait pas d'importance, puisqu'on allait disparaître et que la manière dont on le ferait nous débarrasserait de Miller Altmann, il lui a répondu que c'était malgré tout très problématique et il a regardé Neema d'un air désolé en glissant sa main sur la sienne. Je me suis demandé ce qu'il pouvait y avoir de problématique parce que, au-delà du fait que je détestais encore plus Loumaï depuis qu'elle avait soulevé cet argument en faveur d'un type qui considérait ma vengeance comme un crime, j'étais bien obligée de reconnaître qu'elle avait raison. Au moment où je me posais cette question, Neema a retiré sa main d'un geste brutal en disant à Bima qu'on ne pouvait pas se mettre à tuer tous ceux qui nous gênaient, ce à quoi Bima a rétorqué, d'un air agacé, que ce n'était pas Miller Altmann qui le gênait, mais ce qu'il allait déclencher en exhumant son nom. Je lui ai demandé ce qu'il voulait dire et il m'a répondu, en coup de vent, que je n'avais pas à me soucier de ça avant de se tourner aussitôt vers Neema qui devenait folle. Je n'aurais jamais cru qu'elle puisse se mettre dans un tel état. Elle martelait, comme si elle était en transe sur une chaire d'homélie, que tuer un homme à la place d'assumer ses choix, c'était exactement le schéma de pensée des frères Huskins. Je me suis énervée après Bima en lui balançant que j'en avais marre de ses secrets à la con et, dans la foulée, j'ai conseillé à Neema d'aller prêcher sa morale dans un épisode des Télétubbies. Elle a aussitôt braqué son index vers moi en me disant d'une voix agressive qu'elle s'abstenait de me juger alors elle exigeait, et elle a bien martelé ce mot *exiger*, que je fasse de même avec elle. Sa violence, dirigée contre moi, m'a tellement décontenancée que je suis restée bouche bée. Elle m'a fusillée d'un dernier regard et elle s'est tournée vers Bima en le prévenant que s'il tuait Miller Altmann, elle ne lui pardonnerait jamais parce qu'elle n'était pas tombée amoureuse d'un homme qui pensait comme Staline. Bima lui a demandé ce que Staline venait faire là-dedans et elle lui a rappelé que Staline avait pour adage *un homme mort, un problème en moins*. Il lui a répondu qu'il n'avait rien à voir avec Staline et il a exigé qu'elle se confronte réellement aux enjeux en faisant l'effort de comprendre que les flics, dans le genre de Miller Altmann, étaient avant tout des chasseurs, mais elle lui a coupé la parole en rétorquant qu'il n'en savait rien. J'étais scotchée sur elle depuis le moment où elle m'avait crié dessus, tellement sa colère m'avait sidérée, et j'ai vu, à son visage fermé, à ses yeux fixes et brûlants, qu'elle était à deux doigts d'envoyer chier Bima quand il lui a demandé sèchement de ne pas l'interrompre. Elle a fait un geste plein de colère rentrée, pour lui signifier qu'elle acceptait de l'écouter, et il a poursuivi en affirmant que Miller Altmann fonctionnait comme un tueur, que nous étions le contrat qu'il s'était auto-confié et que son salaire s'apparentait à la jouissance tordue du chasseur qui bute du gibier juste pour le plaisir de buter du gibier. Quand il s'est tu après avoir dit qu'un type comme ça ne pouvait pas être réellement considéré comme un flic, parce que c'était avant tout un joueur, Neema lui a répondu que Miller Altmann pouvait tout aussi bien être un fonctionnaire de police qui faisait son travail avec conviction, un homme plein d'humanité qui avait une famille, des amis et que chacun d'entre nous aurait aimé si on l'avait croisé dans la vie. Et elle a ajouté que, de toute manière, même si Miller Altmann était un mec tordu et pervers, ça ne changerait rien au fait qu'on devait assumer les conséquences de nos actes parce que si un flic était derrière nous, c'était uniquement à cause de nos choix. Après avoir pris le temps de fixer tout le monde, droit dans les yeux, en affirmant qu'on devait en assumer les conséquences collectivement et individuellement, elle a regardé Bima en lui disant qu'elle accepterait d'être traquée par les services secrets indonésiens, si c'était le prix à payer, mais qu'elle refuserait de vivre paisiblement avec le meurtre de Miller Altmann sur la conscience. J'ai profité du silence pour demander à Bima des explications sur cette histoire de services secrets et il m'a regardée d'un air abattu. C'était la première fois que je sentais en lui de la faiblesse et je lui en ai voulu à mort parce que j'ai compris qu'il venait de rompre avec sa logique de guerrier. Il m'a répondu que si Miller Altmann exhumait sa véritable identité, les services secrets indonésiens le traqueraient pour le tuer. Je lui ai demandé pourquoi les services secrets indonésiens lui en voulaient et il m'a fait comprendre, d'un regard silencieux, qu'il ne me répondrait pas. Il s'est ensuite tourné vers Neema et elle a fini par lui prendre la main en fermant les yeux. Je l'ai détestée en voyant des larmes couler sur ses joues parce que j'ai cru, au début, que c'était des larmes de soulagement. Mais quand Bima m'a regardée pour me dire que je devais décider du sort de Miller Altmann, j'ai compris qu'elle avait anticipé ce choix et qu'il s'agissait de détresse. Je me suis sentie puissamment vivante, d'un seul coup, en découvrant que Bima acceptait de renoncer à Neema pour m'épargner l'horreur de vieillir en prison. J'ai repensé à cette question sans réponse, que je m'étais juré de ne plus jamais lui poser quand il m'avait envoyé chier à l'hôtel de Londres, juste après notre retour de Dubaï. Pourquoi faisait-il tout ça pour moi ? Qu'est-ce qui le poussait à considérer ma vie plus importante que la sienne ? Je n'ai pas percuté, sur le moment, quand j'ai regardé Neema d'un air victorieux. Pourtant, elle n'aurait jamais pu deviner le choix de Bima si elle n'avait pas été convaincue que sa volonté de me protéger était supérieure à tout, y compris à leur amour. Elle était forcément au courant de ce qu'il y avait derrière tout ça, mais je n'y ai pas fait attention. J'étais heureuse d'être le point culminant dans l'esprit de Bima. Je retrouvais, sans rien contrôler de ces émotions brutales et archaïques, la jouissance vénéneuse d'être celle dont la domination sur toutes les autres se nourrit de la préférence du maître. J'ai voulu entériner mon pouvoir en prononçant la condamnation à mort de Miller Altmann, mais Neema m'en a empêché en me disant que je n'avais pas le droit de nous détruire. Au même moment, Bjarni a eu un mouvement de tête et il a regardé sa main que Loumaï venait de prendre. J'ai senti la pression monter d'un coup en la voyant se mettre entre Bjarni et moi, et j'ai explosé. Mais elle m'a aussitôt coupé la parole en braquant son index vers mon visage, exactement comme Neema l'avait fait, et elle m'a crié dessus en me balançant un truc qui m'a terrassée. J'ai regardé Bjarni pour qu'il me défende parce que Loumaï m'avait fait perdre la face, mais il n'est pas intervenu. Alors je me suis tournée vers Bima, qui n'a rien dit non plus, et j'ai compris, à leur silence, qu'ils avaient décidé de laisser Loumaï et Neema se dresser contre moi pour m'empêcher de leur faire commettre un meurtre qu'elles ne leur pardonneraient pas. Eux, les grands guerriers, les esprits forts, les fauves impitoyables capables d'affronter n'importe qui et n'importe quoi se faisaient tout petits derrière leur femme en priant pour qu'elles parviennent à me convaincre de ne pas les obliger à faire un choix. Ils avaient beau incarner la puissance masculine et l'aura protecteur des dieux, ils n'étaient rien d'autre que des hommes parmi les plus communs, rien d'autre que des pleutres terrifiés à l'idée de se corrompre en assumant eux-mêmes leurs contradictions. Je me suis levée en leur criant d'aller tous se faire foutre et je suis sortie. J'avais besoin que mon corps soit en mouvement tellement c'était la tempête à l'intérieur de moi. Il fallait que je dérive physiquement, alors je me suis éloignée de la maison. J'avais envie des arbres. J'avais envie qu'on m'enveloppe. Il faisait froid et humide, mais mon cerveau a géré ça en coupant les sondes de température dans mon corps. Les arbres me contenaient et c'était pour le moment l'urgence. Au fond de moi, je haïssais Miller Altmann parce qu'il cherchait à me punir d'avoir exécuté mes bourreaux, alors j'avais l'impression qu'il était de leur côté. Je voulais qu'il meure, pas forcément de la même manière que les frères Huskins, Owen Valancker et Rhys Dawood, mais pour les mêmes raisons. Je voulais que Bima et Bjarni aillent tuer quiconque profanerait ma souffrance en me traitant de criminelle. Et si ça avait été possible, j'aurais voulu qu'ils butent, un par un, tous ceux qui étaient venus me violer en payant à la demi-heure. Tous ceux qui avaient contribué à me jeter dans un système de consommation industrielle dont la logique transformait des êtres vivants en produit. Tous ceux qui m'avaient calculée comme si j'étais une langoustine qu'on décortique en postillonnant de la mayonnaise. Je voulais que Bima et Bjarni aillent tuer tous ceux qui avaient fait de moi un animal d'élevage. Je me suis rendu compte, en reconnaissant l'énorme souche qu'ils avaient remise en place après avoir rebouché la fosse, que j'avais de la haine pour dix mille ans encore. Je me suis accroupie à quelques mètres du tronc avec l'envie de pleurer, mais aucune larme n'est venue apaiser mes yeux secs et cassants. Rien n'avait changé, en fait, depuis leur exécution. Je ne me sentais pas moins angoissée, ma rancœur était toujours aussi vive et l'insouciance, le plaisir de vivre m'étaient étrangers. C'était comme si ma souffrance avait besoin de haine pour étancher sa soif et que la vengeance n'était qu'un simple flash dans la nuit qui redevenait plus noire après l'éblouissement.

Quand je suis rentrée, ils étaient encore tous assis autour de la table. Je suis passée devant eux sans un mot ni un regard et je suis montée me coucher. Je me sentais presque aussi mal que pendant mon sevrage d'héroïne, sauf que là j'avais Bima et Bjarni à disposition comme un shoot de vengeance planté sous mon nez. En fait, c'était pire qu'un *cold turkey* parce que je n'étais pas obligée de supporter le mal-être physique ni le sentiment de vide atroce qui me rongeait. Je n'étais pas infantilisée, enfermée et réduite à simplement subir les déferlantes. Tout dépendait de ma volonté et les mots de Loumaï, qui n'en finissaient pas de résonner dans ma tête, me torturaient.

Dès le lendemain, j'ai compris que je n'allais pas y arriver tellement la haine faisait tourner Miller Altmann en boucle dans mes pensées. Vieillir en prison à cause de lui était devenu une obsession incontrôlable et la rage me hantait plus encore que la peur. C'était comme si les frères Huskins, Owen Valancker et Rhys Dawood avaient ressuscité en lui. Le soir, je me suis isolée dans une salle de bain, à l'étage, et je me suis laissée tomber sur le sol, dans l'angle du mur. Tout était froid, sombre et le silence ajoutait une austérité terrifiante. J'étais dans l'œil du réel, engluée au creux de ses fibres visqueuses, bousculée par ses palpitations qui me donnaient envie de vomir mon ventre tout entier. Mon cerveau était en train de faire des connexions à partir de ce que j'avais compris et il me projetait mécaniquement dans la réalité que je me construisais. Je m'étais vengée en immolant les frères Huskins, Owen Valancker et Rhys Dawood. Mais ils avaient pris possession de Miller Altmann. Et lorsque Miller Altmann serait mort, ils posséderaient une autre figure, et une autre figure encore, et ainsi de suite. C'était ma haine qui les faisait renaître et ils nous détruiraient tous, à travers moi, parce que je les laissais vivre à ma place. Je ne pouvais plus fuir cette prophétie que Loumaï m'avait jetée en plein visage, la veille, alors je suis tombée sur le flanc, les jambes repliées, les bras serrant mon ventre et j'ai ouvert la bouche ou plutôt la gueule parce que ma souffrance n'était plus humaine. Des râles silencieux de bête en train de crever ont arraché des plaques de malheur collées partout dans mon corps. Les larmes et la morve ont évacué toute cette merde hors de moi jusqu'à ce que je me sente délestée et je suis restée groggy ensuite, sans bouger. Au bout d'un moment, j'ai eu envie de me lever, je me suis lavé le visage, maquillée un peu pour que personne ne puisse se douter de ma détresse, et je suis descendue. Neema et Bima étaient dans un coin en train de discuter. Je suis allée dans la cuisine où j'ai trouvé Bjarni qui préparait des sushis avec Loumaï. J'ai fait comme s'il n'était pas là et j'ai demandé à Loumaï si sa proposition de m'apprendre la danse tenait toujours. Elle s'est immédiatement tournée vers moi en arrêtant ce qu'elle était en train de faire, elle s'est essuyé les mains à un torchon, dont elle s'est débarrassée aussitôt, et elle a doucement passé son bras sous le mien en me disant qu'on allait commencer tout de suite. En sortant de la cuisine, j'ai jeté un regard à Bjarni. Je pensais qu'il n'aurait pas bougé un cil et serait imperturbablement enfermé dans ses gestes rituels, mais il m'observait. C'est la première fois que j'ai vu une vraie esquisse de sourire apparaître sur son visage.

17

Pendant les six mois qui ont suivi, jusqu'à ce qu'on organise notre disparition, Loumaï a passé toutes ses journées avec moi pour m'apprendre à exprimer mes sentiments par le mouvement. Elle savait que me faire rabâcher des pas et des gestes répertoriés ne me conviendrait pas, alors elle a concentré son enseignement sur l'art d'improviser des chorégraphies. Elle m'a montré comment occuper l'espace, ce qu'était le rythme, mais aussi comment maîtriser l'énergie et l'équilibre pour donner la forme que je voulais à mon corps tout en sculptant des masques avec les traits de mon visage. Elle m'a parlé de la philosophie de la danse, de son histoire, de ses liens avec le sacré, le désir et la fête. Pour finir, j'ai compris que danser ne voulait pas seulement dire bouger avec grâce, car bouger avec monstruosité faisait également partie de la danse. Elle m'a expliqué que la danse était semblable à la musique, à savoir le contraire d'un langage. Il n'y avait pas d'interface linguistique entre la danse et l'émotion. Tout le côté intellectuel, hyper structuré de la langue était zappé. La danse, comme la musique, entrait sans frapper dans le cerveau. C'était du pur chamboulement sensitif. C'était animal. Elle m'a dit que comprendre ça ferait de moi la moitié d'une danseuse. L'autre moitié, c'était de la gym. De la technique absolue. Et pour ça, il fallait posséder trois qualités incontournables. La détermination, la discipline et l'humilité. Si avoir la danse en soi était un don, m'a-t-elle expliqué, le talent s'obtenait par la volonté. Les grandes danseuses avaient ces deux curseurs poussés à fond.

Je n'ai jamais su si Loumaï m'avait fait entrer cette idée dans la tête pour me donner un but, quitte à ce que je ne l'atteigne jamais, ou si elle le pensait vraiment. En tout cas, j'y ai cru et j'ai accepté de me soumettre à son savoir. Au début, quand elle devait faire des mouvements pour me montrer comment articuler mon corps de manière à ce que j'apprenne en l'imitant, elle avait le visage marqué par la peur et elle ne faisait qu'esquisser des pas avant de s'interrompre immédiatement. Au bout d'un moment, elle s'est habituée à ce vertige et elle a pu faire des enchaînements, mais elle ne dansait pas, car son esprit restait froid et inerte. Elle faisait juste des mouvements de danse en laissant son corps fonctionner à la manière d'une danseuse mécanique ou d'un jouet sans âme. Elle me disait qu'elle était perdue pour la danse, mais que la danse n'était pas perdue pour elle et elle ajoutait que c'était grâce à moi en me confiant plein de trucs intimes, alors je la repoussais brutalement. Je pouvais accepter la sensation bizarre qui me traversait, quand elle me touchait pour mettre mon corps dans la bonne posture, parce que c'était une onde éphémère qui ne restait pas en moi. Mais lorsqu'elle approchait son visage du mien pour me faire comprendre que j'étais importante pour elle, ce n'était pas l'envie de l'embrasser qui m'effrayait, c'était la perte de contrôle, dans mon cerveau, de ses yeux verts brûlants. Bjarni n'avait rien à voir avec cette peur parce que je m'en foutais qu'il puisse souffrir d'une relation entre Loumaï et moi. Je la repoussais uniquement à cause de mon serment de ne plus jamais tomber amoureuse. Je n'ai jamais su s'il y avait quelque chose de l'ordre du désir, chez elle, ou si c'était seulement moi qui en éprouvais. Je sais juste qu'elle n'a jamais eu l'air de se sentir agressée, ni même frustrée ou déçue, lorsque je lui disais de se taire et que je partais. Quoi qu'il en soit, au bout de six mois, j'avais suffisamment de technique à mettre au service de mes émotions pour danser et j'avais le sentiment de me purifier. La première fois où je me suis vraiment laissée aller à raconter une longue histoire en chevauchant ce qui me traversait, je me suis sentie dévastée immédiatement après m'être arrêtée. Ma vie m'est revenue en pleine tête, comme un boomerang chargé de haine, et ça m'a mise dans un état où j'avais envie de mourir. Loumaï m'a aidée à gérer cette descente en m'initiant à la méditation. Je devais reprendre mon souffle en me concentrant sur lui, sur son passage dans mon corps, sur les battements de mon cœur et sur ce qui se produisait dans mon ventre. Elle m'a dit qu'isoler mon corps, dans le temps présent, serait le meilleur abri contre les dévastations du passé et l'infamie du futur qui venaient me torturer lorsque je revenais à moi. Le passé s'effaçait, l'avenir n'existait pas. Il ne restait plus que l'instant vierge chargé de vie organique. J'ai tout de suite adhéré à cette manière de remonter doucement à la surface, même si j'ai très vite compris que j'allais souffrir encore longtemps de ma dépression fulgurante et cruelle, en retour d'une transe, parce que ma pensée était aussi peu docile qu'un cheval sauvage. Elle s'échappait sans cesse vers des idées qui me brutalisaient, à croire que je faisais exprès de me punir en m'y cognant.

Pendant que Loumaï s'occupait de moi, Bjarni avait mis en vente sa propriété parce que le moment de notre disparition approchait. Un jour, des Japonais sont arrivés dans un convoi de trois berlines noires qui entouraient une Bentley Mulsanne rose. Comme notre présence devait rester secrète, Bjarni nous avait envoyés passer la journée dans la forêt. Avant de s'éloigner, on l'a vu accueillir, dans son kimono d'apparat, une vieille femme vêtue d'un costume d'homme. Ou alors c'était un vieil homme qui avait l'air d'une femme. D'autres Japonais ou Japonaises, tous androgynes et très jeunes ceux-là, avec des shorts cloutés, des débardeurs résilles, chaussés de rangers et tatoués jusqu'au cou, parfois sur le visage, sont sortis des trois berlines pour se déployer autour de la maison sans faire mystère de leurs armes de guerre. On avait sûrement tous le même air effaré quand on s'est regardés en s'enfonçant rapidement dans la forêt pour ne pas se faire repérer. Il faisait beau et on avait emmené de quoi pique-niquer, comme si c'était la sortie banale d'un dimanche en famille. Mais on était tous mal à l'aise parce que l'acheteur, qui devait se prendre pour un démiurge avec tous ces sbires mi-hommes mi-femmes, ne pouvait être qu'un chef de gang yakuza. Drogue, fric, immobilier et prostitution étaient évidemment son fonds de commerce. Ça me rendait folle que Bjarni soit en train de faire un deal avec le clone hermaphrodite des frères Huskins sans qu'il en éprouve la moindre gêne. Plus cette idée macérait en moi, plus je me sentais trahie et plus je le détestais. Au bout d'un moment, on a été obligés de changer de coin parce que le traceur GPS de Bjarni a sonné. Bima a déduit, de sa trajectoire, qu'il emmenait l'acheteur vers le mur d'enceinte derrière lequel on pouvait voir les falaises de craie blanche, alors on est très rapidement partis à l'opposé en se méfiant des possibles éclaireurs qui sécurisaient probablement le périmètre autour de leur chef. Quand on s'est installés à un endroit que Bima a jugé sûr, Loumaï a brisé le silence en nous assurant que Bjarni n'aurait jamais traité avec la mafia. Bima et Neema l'ont regardée avec le même air dépité, mais sans rien dire. Moi, je l'ai fixée avec de la haine en lui demandant de nous expliquer qui c'était alors ce vieux pédé milliardaire entouré de travelos tatoués qui se trimballaient avec des armes de guerre. Je me suis levée et j'ai hurlé en vomissant sur le monde entier. Ensuite, j'ai vu les feuillages des arbres tourner de plus en plus vite et j'ai atterri dans les bras de Bima qui s'était projeté vers moi pour retenir ma chute. J'ai mis du temps à récupérer de mon malaise et on n'a plus dit un mot jusqu'à ce que Bjarni appelle pour nous informer que la transaction était finie. Le soir tombait quand on est entrés dans la maison. On s'est retrouvés dans la grande pièce du bas, face à lui, et Loumaï lui a aussitôt demandé de nous dire qui était l'acheteur. Après m'avoir regardée, Bjarni a marché en silence vers une console où une tablette était posée. Le temps de chercher quelque chose dessus, il est revenu vers moi et il m'a tendu l'écran en expliquant que c'était Naoki Abe, un DJ star complètement déjanté qui se promenait en permanence avec des danseurs armés de pistolets mitrailleurs factices. J'ai aussitôt reconnu l'acheteur sur la page de Google que Bjarni avait affichée. Je suis allée dans l'onglet *images* et j'ai découvert plein de photos où une escouade de types androgynes tatoués et armés l'entourait en permanence. On était tous gênés, sauf Loumaï qui regardait Bjarni avec des yeux de biche. Ça m'a ulcérée de la voir baigner dans cette espèce de plénitude amoureuse qui me donnait autant la nausée qu'une overdose de guimauve bourrée de sucre bas de gamme et de colorants cancérigènes. Alors j'ai rendu la tablette à Bjarni et je suis partie sans un mot prendre un bain. J'avais envie d'infuser pendant des heures parce que j'étais complètement déprimée par l'idée que la danse n'ait été qu'un couvercle sur un volcan. Il avait suffi que la terre tremble un peu et je m'étais à nouveau mise à cracher de la lave. J'en avais marre de vivre comme ça, et même marre de vivre tout court.

Dès le lendemain, Neema et moi, on a dû apprendre à sauter en parachute, mais juste en théorie, au sol, parce qu'on ne pouvait pas prendre le risque de se faire repérer en s'initiant autrement. Bima nous disait qu'on aurait à affronter le pire premier saut possible. On ne verrait pas la mer arriver à cause de la nuit, alors on allait probablement être assommées pendant quelques secondes et on se retrouverait sous le parachute, gorgé de vagues, qui nous empêcherait de remonter directement à la surface. On subirait un état de stress majeur, qui projetterait notre cerveau en mode reptilien, d'où l'absolue nécessité d'être capables d'ôter notre harnais dans un réflexe instinctif de survie. Pour parvenir à ce stade au plus vite, on s'est entraînées avec un sac plastique sur la tête, les yeux bandés, et on se retrouvait souvent à deux doigts de perdre connaissance parce que Bima nous empêchait de l'enlever quand on paniquait. Je lui en voulais de nous imposer cet entraînement débile, mais il restait de marbre en me faisant comprendre que mes longues tirades ulcérées contre le conditionnement mental n'avaient aucun intérêt, alors je me taisais et je m'imaginais lui sauter au visage toutes griffes dehors. Je ne sais pas comment j'aurais réagi si j'avais eu l'intuition que ce n'était rien à côté de ce qu'il allait nous faire subir lorsqu'il nous jugerait prêtes à affronter les conditions réelles. En attendant, chaque nuit, Bjarni emmenait Loumaï naviguer avec son hors-bord de combat pour lui apprendre à suivre un traceur GPS sur une carte marine numérisée. Le jour J, elle aurait rendez-vous en France, près de Saint-Malo, avec un mec qui lui livrerait, par la mer, le même modèle de bateau équipé d'un traceur GPS identique. Le type s'évanouirait dans la nature et elle n'aurait plus qu'à venir nous chercher au large de l'Angleterre. Je me disais que c'était encore Ingrid qui avait dû fournir tout ça.

Vers deux heures du matin, trois jours après avoir commencé à s'entraîner, on est tous montés dans le Land Rover de Bjarni qui remorquait son bateau de combat. On a rejoint une plage échancrée, au pied des falaises de craie blanche, et on est partis à fond vers le large. Bjarni avait laissé Loumaï toute seule à la barre et je m'accrochais à mon siège en regardant sa mince silhouette qui se dessinait dans la nuit, à l'avant du hors-bord. Les rugissements du moteur, le vent et les chocs violents contre la houle m'ont très vite donné envie de vomir. Quand on s'est arrêtés, au bout de vingt minutes, je détestais la mer, les bateaux, et tout ce qui s'y rapportait. Bima s'est jeté à l'eau avec une bouteille de plongée et il m'a ordonné de le rejoindre, alors j'ai sauté dans les vagues, le buste serré par mon harnais de parachute. Dès que je me suis approchée de lui, il m'a entraînée sous l'eau sans me prévenir en me tirant par mon harnais et je n'ai même pas eu le temps de prendre ma respiration. J'ai complètement paniqué et je me suis attaquée à lui. Il ne m'a remontée à la surface qu'au moment où j'allais m'évanouir, mais il m'a aussitôt replongée sous l'eau. J'ai bu la tasse et je me suis mise à tousser, les poumons en feu, en essayant de lui arracher son masque. Il ne m'a encore remontée qu'au dernier moment pour me couler immédiatement. C'est à ce moment-là que j'ai percuté avec le harnais. J'ai laissé mon cerveau répéter bêtement ce qu'il avait imprimé et j'ai presque réussi à m'en libérer. Mais je n'avais pas assez d'air pour aller au bout, alors Bima m'a ramenée à la surface une demi-seconde avant de m'entraîner une nouvelle fois sous l'eau. Quand j'ai pu remonter toute seule, j'ai repris mon souffle, les bras en croix dans la houle, et j'ai fixé le ciel noir en sentant les bienfaits de l'air qui emplissait de nouveau mes poumons, mais le répit n'a duré que quelques secondes parce que Bima a aussitôt surgi des profondeurs sans fond où j'aurais bien aimé qu'il disparaisse. Il m'a rendu mon harnais en m'ordonnant d'aller le remettre dans le bateau et il a appelé Neema qui a immédiatement plongé pour le rejoindre. Je l'ai croisée, en nageant vers le hors-bord, et j'ai reconnu, dans son regard, toute l'appréhension que cet entraînement cruel faisait naître en nous. Quand Bjarni m'a aidée à remonter, j'ai eu l'impression de m'envoler comme si j'étais une plume et il m'a reposée sur un siège en se désintéressant complètement de moi pour aller rejoindre Loumaï au niveau du poste de pilotage. Pendant que je remettais mon harnais, en ressentant de la colère contre tout le monde, je me suis demandé s'il savait sauter en parachute et s'il maîtrisait tous ces gestes. Il ne nous avait pas parlé d'armée, le soir où il nous avait raconté son histoire, alors ça me paraissait bizarre. Je me disais qu'il s'exerçait peut-être seul parce qu'il refusait d'être un disciple de Bima, mais j'ignorais si c'était un truc impossible, pour lui, de se soumettre au savoir d'un autre. En le regardant attendre que les choses se passent, j'ai décidé de croire qu'il n'avait pas besoin de s'entraîner parce que si je l'imaginais se planquer par orgueil, je le trouvais aussi ridicule qu'un chat angora trempé et je voulais que Bjarni reste Bjarni, même si là, en cet instant précis, je le détestais presque autant que ma vie.

Quand Bima nous a jugées aptes à survivre, au bout d'une vingtaine de répétitions, on a dû apprendre à gérer un gilet de sauvetage autogonflant et à se servir d'un propulseur sous-marin. Il était cinq heures du matin. J'étais épuisée et furieuse parce que cette méthode de malade mental jouait avec la sensation physique de crever. Je pensais en avoir fait le tour avec le sac plastique sur la tête, mais ce n'était pas grand-chose à côté de l'obscurité de la mer, de la pression de l'eau qui ralentissait les gestes, de la sensation de vide autour de soi et de la flotte qui entrait dans les poumons. Quand je me suis calmée, le lendemain, et que j'ai pu avoir un peu de recul avec tout ça, j'ai compris par où Bima avait dû passer pour devenir un soldat d'élite. Je me suis dit qu'il était probablement conditionné à ne jamais plier ou rompre. Il résistait, détruisait ou mourait. Je ne savais pas trop quoi en penser parce que ça m'inspirait à la fois de la fascination et de la tristesse.

En fin de matinée, Loumaï est partie avec un Land Rover de Bjarni qu'elle devait abandonner près d'une gare, dans une rue sans caméras de surveillance parce qu'on se méfiait de Miller Altmann au point de lui accorder un pouvoir de divination. Elle monterait ensuite dans un train qui la conduirait directement à l'aéroport de Londres où elle prendrait l'avion à destination de la France. Elle atterrirait à Rennes, en Bretagne, et elle préparerait notre débarquement et notre séjour. J'avais pris soin de lui confier la photo de ma mère et le manga auquel je tenais comme à une relique. Je pensais que Bjarni aurait eu le même réflexe, mais après son départ, lorsque je suis allée dans la bibliothèque pour lire, j'ai vu qu'il était toujours à sa place et j'ai compris qu'il allait le quitter.

Deux jours plus tard, lorsque Loumaï a appelé pour confirmer qu'elle avait tout réglé, Bima nous a annoncé qu'on disparaîtrait la nuit suivante parce que la météo rendrait l'opération trop compliquée si on ratait cette fenêtre. Il nous a prévenus que la mer serait agitée et qu'on devait se préparer mentalement à se retrouver au milieu de vagues hostiles. Ensuite, il s'est occupé des ultimes détails et on a tous passé notre dernière nuit ici.

Le lendemain matin, à l'aube, un bruit d'incendie m'a réveillée en sursaut et je me suis précipitée à la fenêtre pour voir d'où ça venait. C'était Bjarni qui avait fait un bûcher sur lequel il était en train de brûler tous ses kimonos et ses geta. Il était simplement vêtu d'une grande chemise de nuit blanche qui lui descendait jusqu'aux genoux. En découvrant son air fantomatique, je me suis souvenue de ce qu'il avait dit à Loumaï au sujet de sa crainte de devenir fou lorsqu'il abandonnerait sa vie. Il a ramassé les cendres et il est allé les disperser dans la forêt. Je ne sais pas ce qu'il avait fait de son sabre parce qu'il ne l'avait pas, à ce moment-là, et lorsque je suis descendue au sous-sol, j'ai découvert qu'il n'était plus à sa place. Je n'ai pas osé lui poser la question tellement il dégageait une énergie flippante dont les flux violents arrachaient et rejetaient tout ce qui pouvait venir vers lui, alors je me suis contentée d'imaginer qu'il l'avait rendu au vieux collectionneur d'Helsinki ou à l'un de ses héritiers. En tous cas, il s'en était dessaisi.

On est restés silencieux toute la journée et personne ne lui a demandé ce qu'il ressentait en abandonnant cette maison. Il était vêtu de son dernier kimono, chaussé de sa dernière paire de geta, et on percevait chez lui une terreur brutale, très animale, qui montait de manière vertigineuse. Quand je pensais au moment où il se déshabillerait, dans l'avion, pour revêtir sa combinaison de parachute, je me disais que la seule personne à laquelle il pourrait se raccrocher était de l'autre côté de la Manche et j'étais terrifiée à l'idée qu'il devienne fou. Je me suis collée à Neema et je ne l'ai plus quittée. J'avais besoin du contact de sa peau et de m'envelopper de son odeur, alors je lui prenais la main et je mettais ma tête contre son épaule. Elle accueillait ma détresse avec beaucoup de douceur et je me sentais apaisée par ses doigts, dans mes cheveux, qui glissaient le long de ma nuque. À vingt-deux heures, on est tous montés dans le dernier Land Rover et on est partis. Bjarni avait laissé son manga au milieu de la bibliothèque. Je pouvais ressentir physiquement le remue-ménage infernal que cette décision engendrait partout en lui. Mais il n'a pas eu un regard ni une seule hésitation quand il a franchi le portail. Il a accéléré calmement sur la petite route, sans rien laisser paraître. Du moins en surface parce qu'un truc tellement intense émanait de lui que son cerveau était à ciel ouvert. Sous son chignon de Samouraï, son crâne était devenu le théâtre d'un genre de supernova mental en train de se faire engloutir par un trou noir. J'étais assise à l'arrière, côté droit, alors je pouvais voir Bima, sur le siège passager, qui lui jetait des regards à la manière d'un métronome. Ce n'était pas des regards inquiets ou interrogatifs. C'était des regards stratégiques de combattant. J'ai serré la main de Neema très fort quand je me suis rendu compte qu'il considérait à nouveau Bjarni comme un ennemi.

Après une heure et demie de route, on a passé tous les contrôles VIP de l'aéroport de Londres et Bjarni a garé le Land Rover au pied d'un jet privé. Un homme et une femme nous ont accueillis sous l'œil des caméras de surveillance, ce qui faisait partie de notre plan. Vêtus d'un uniforme très chic, au nom d'une société américaine spécialisée dans la location de jet privé, ils nous ont balancé du sourire plastifié et de la courbette à deux balles comme si on était des membres éminents de la famille royale. Bjarni leur a filé les clefs du Land Rover, pour qu'ils aillent le mettre dans un parking privé jusqu'à notre retour qui n'aurait jamais lieu, et on est entrés dans l'avion. L'homme s'est occupé de nos bagages et la femme nous a fait visiter l'intérieur du Gulfstream que Bima avait loué en utilisant une fausse licence de vol pour ne pas se voir imposer un équipage. Ils sont sortis dès que les valises ont été rangées à l'abri des compartiments moulés dans la carlingue, juste derrière le cockpit, et Bima a aussitôt fermé la porte avant de s'installer aux commandes pour entamer la procédure d'allumage des réacteurs.

La première chose qu'on a faite, Neema et moi, a été de baisser tous les rideaux des hublots comme c'était prévu. Ensuite, on s'est assises dans le salon beige et blanc, qui sentait le parfum de synthèse, et on a attendu que Bjarni nous donne le feu vert pour nous préparer. On n'a pas échangé un mot ni un regard, collées l'une à l'autre, et on a observé Bjarni qui allait et venait dans l'avion avec un détecteur de caméra et de micro. Lorsque je le voyais passer, le dos voûté et la tête baissée parce que l'intérieur du jet était trop étroit pour lui, je sentais qu'une déflagration terrible se produisait toujours dans son crâne, mais je me rassurais en pensant que ça lui faisait du bien de suivre à la lettre un protocole hyper strict. J'imaginais que ça lui permettrait peut-être de se maintenir à flot. Au bout d'une demi-heure, il est passé en coup de vent avec la mallette métallique qui contenait la bombe et il nous a confirmé, sans nous adresser le moindre regard, qu'il n'y avait pas de problème. J'ai laissé Neema partir vers notre valise, rangée à l'avant de l'avion, et je me suis retournée pour l'observer. Il était en train d'ouvrir la mallette, qu'il avait posée sur un fauteuil près de la queue du Gulftream, le visage totalement impassible, comme d'ordinaire. D'un seul coup, je me suis focalisée sur son front, perlé de sueur, et une bouffée d'angoisse s'est incrustée en profondeur, partout dans mon corps, juste avant qu'il tourne la tête vers moi. Le bleu de ses yeux était en train d'exploser et j'ai compris que Bjarni n'était plus Bjarni. Je me suis détournée et j'ai couru rejoindre Neema, à l'autre bout de l'avion, pour m'abriter derrière sa présence. Je n'ai rien dit à Neema, mais je sentais qu'elle était dans le même état que moi. On s'est déshabillées en silence et on a enfilé une combinaison de plongée et une autre, par-dessus, spécialement conçue pour les vols en parachute. Quand on a vu Bjarni nous rejoindre, pour se changer à son tour, on a eu peur et on s'est réfugiées dans le cockpit qui se trouvait juste derrière. Bima était assis aux commandes, entouré d'écrans et de boutons lumineux, et il échangeait des informations techniques avec un type de la tour de contrôle dont la voix nasillarde, dans le haut-parleur, a fini par annoncer qu'il nous restait dix minutes avant notre fenêtre de décollage. À la fin de sa conversation, Bima s'est levé et on s'est regardés en silence avant qu'il ne baisse les yeux. Il nous a ensuite longuement prises toutes les deux dans ses bras et il nous a serrées contre lui. J'aurais voulu que ce moment ne s'arrête jamais tellement j'avais l'impression que rien ne pouvait m'arriver. Mon rythme cardiaque s'accordait aux battements lents et puissants de son cœur et je sentais que Neema, à côté de moi, s'harmonisait elle aussi. Mais il s'est redressé et son regard s'est obscurci pendant qu'il faisait craquer ses cervicales en assouplissant sa nuque avec des mouvements lugubres qui m'ont donné envie de pleurer. Après avoir remis sa tête droite, il nous a dit de le suivre et il a quitté le cockpit. Bjarni avait fini de s'habiller. Il était au milieu de l'avion en train de sortir les parachutes pour disposer les harnais sur une table. Dès que j'ai vu la combinaison noire qui fagotait son corps énorme, j'ai compris qu'il était en plein dans l'œil du réel, comme moi lorsque je m'étais écroulée au fond de la salle de bain après avoir perdu la foi en mon armure de haine. Il s'était dévêtu de son dernier kimono. Il s'était déchaussé de ses dernières geta. Et quand l'avion exploserait, ce ne serait pas juste un kimono et des geta qui partiraient en fumée, ce serait l'Esprit du Samouraï. Neema et moi, on est restées derrière Bima, qui a commencé à se changer sans le quitter une seule fois des yeux. Au bout d'une minute à peine, la tension qui s'accumulait entre eux m'a tellement oppressée que j'ai pris la main de Neema et j'ai senti ses doigts se refermer sur les miens. Au même moment, Bjarni s'est brusquement tourné vers Bima qui a aussitôt adopté une position de combat. Bjarni m'a alors dévisagée, comme s'il cherchait à savoir qui j'étais, et je me suis mise à pleurer parce qu'il avait le regard d'un fou. L'instant d'après, il a marché vers nous au pas de charge. Neema a crié son prénom en le suppliant d'arrêter, mais ça l'a encore plus énervé et j'ai vu le corps de Bima se tendre. Un téléphone a sonné juste à ce moment-là et le temps s'est suspendu. Bjarni s'est figé à deux mètres de Bima, qui avait bloqué son élan et se maintenait en position d'attaque, les jambes fléchies comme des ressorts prêts à le propulser. Ils sont restés immobiles jusqu'à ce que l'appel bascule sur la messagerie, alors Bjarni a esquissé un mouvement et Bima a fait un geste pour bondir, mais le téléphone s'est remis à sonner et ils se sont figés de nouveau. Je leur ai tourné le dos en me blottissant dans les bras de Neema pour me concentrer sur les battements de nos cœurs qui s'emmêlaient. Je refusais que tout ça existe. Je voulais ne rien voir, ne rien entendre. Je voulais mourir sous les coups de Bjarni comme on s'endort, sans le savoir, alors j'ai imaginé qu'on galopait sur une plage qui n'avait pas de fin, dans un soir d'été, sans se poser de questions parce qu'il n'y avait plus que l'instant de perceptible. Je voyais, devant nous, le disque rouge d'un soleil grimé de flammes safranes et je me concentrais sur sa chaleur. Le mouvement de bascule me berçait et je sentais, dans mes mains, la crinière du cheval dont l'encolure montait et descendait sans aucun heurt, avec ses oreilles pointées vers le crépuscule dont le chant m'appelait, doux et lugubre, comme les fils électriques dans le dortoir, à Dubaï, lorsque je contemplais le visage de cette fille que la mort avait rendue si sereine. J'avais envie que le cheval m'emmène dans la mort, de son galop paisible et souple, qu'il s'envole et se dissolve avec moi pour que je ne sois pas seule au cœur du néant. J'ai eu l'impression de me réveiller quand j'ai entendu Neema me dire, dans le creux de l'oreille, que tout allait bien et qu'on pouvait se préparer. Elle s'est doucement détachée de moi en me souriant avec un regard rassurant, alors j'ai eu le courage de me retourner. Bima était toujours devant nous, comme un dernier rempart, en train d'observer Bjarni qui s'était recroquevillé sur un siège, tout au fond de l'avion, avec son téléphone collé à l'oreille. Quelques instants plus tard, après avoir fini de se changer, Bima nous a dit de l'accompagner dans le cockpit. Neema m'a proposé de m'asseoir sur le siège du copilote et elle s'est installée derrière nous, sur un strapontin. Pendant que l'avion rejoignait la piste, d'où l'on devait décoller, j'ai refusé de penser à ce qui venait de se passer parce que ça dépassait ce que mon cerveau était capable d'admettre. Je regardais les lumières qui délimitaient les voies de circulation, l'asphalte qui apparaissait sous les phares du jet. C'était la première fois que je vivais ça, alors c'était assez simple de ne plus penser à Loumaï.

18

Trente minutes après le décollage, on est sortis du cockpit, avec Bima, pour aller mettre nos parachutes. Bjarni semblait avoir retrouvé de quoi se contenir, mais il paraissait tellement fragile qu'il me terrifiait toujours autant. Pendant que Bima le surveillait, tout en vérifiant que notre harnais, le gilet de sauvetage autogonflant, notre montre GPS et notre casque étaient opérationnels, il mettait son parachute avec des gestes mécaniques et saccadés en fuyant nos regards avec toujours cette sueur qui huilait son front. Quand on a tous été prêts à sauter, Bima est allé manipuler le système d'urgence pour ouvrir la porte de l'avion et là, d'un seul coup, en entendant ce bruit terrible avec l'appel d'air qui m'a empoigné le corps, j'ai pris conscience du vide. Tout était planifié, alors on n'a pas eu à tergiverser et on s'est approchés dans l'ordre. Moi la première, ensuite Neema, puis Bjarni. Bima sauterait juste après en enclenchant le compte à rebours de la bombe avec le téléphone portable qu'il avait à la main. Je n'ai pas trop réfléchi sur le moment, mais je crois que ça m'a fait du bien de me balancer dans le vide. En fait, ce n'était pas la peur de mourir qui m'avait angoissée, c'était seulement l'idée que Bjarni puisse me faire du mal. Je m'en suis rendu compte en n'éprouvant aucune crainte face à ces sensations de chute extrême qui glissaient sur moi sans m'atteindre. J'en avais tellement rien à foutre de vivre que mourir me faisait le même effet. Mon parachute s'est ouvert dans un grand claquement d'ailes et je me suis laissée porter en oubliant la nuit profonde, la solitude et la mer sombre soulevée par la houle qui allait m'engloutir. Un fracas énorme a retenti dans le ciel et j'ai aperçu une boule de feu tournoyer sur elle-même jusqu'à ce que les ténèbres m'enveloppent à nouveau. Je n'ai pas vu arriver l'eau et le choc m'a à moitié assommée, mais mon cerveau a pris le relais. Il a répété à la lettre ce que l'entraînement débile l'avait conditionné à faire et je me suis retrouvée dans le pli des vagues, mon gilet de sauvetage gonflé et le harnais à la main pour ne pas que le parachute dérive. Je n'avais plus qu'à attendre Loumaï qui nous récupèrerait les uns après les autres, mais sans qu'on sache dans quel ordre à cause du vent et des courants. Au bout de quelques minutes, un phare puissant a percé l'obscurité et j'ai identifié le bruit lointain d'un moteur de bateau. Le halo s'est précisé, jusqu'à ce que j'entende le rugissement du hors-bord militaire qui bondissait dans la houle. D'un seul coup, j'ai été aveuglée par une lumière puissante et Loumaï a coupé les gaz en détournant le phare, alors j'ai nagé jusqu'à elle sans lâcher le harnais. Quand je suis arrivée au niveau de la coque, Bima m'a empoignée par mon gilet de sauvetage, pour me faire basculer à l'intérieur du hors-bord, et Neema m'a aussitôt aidée à m'asseoir sur l'un des sièges en s'inquiétant de savoir comment j'allais. Je lui ai dit que ça avait été cool, juste ça, cool, et j'ai regardé Bima hisser la toile du parachute dans le bateau. Dès qu'il s'est relevé, Loumaï a remis les gaz pour rejoindre Bjarni que le traceur GPS localisait à un peu moins d'un mille nautique. Quand elle les a coupés, en arrivant sur le point de jonction, Bima a balayé la surface de la mer avec le phare et on a vu le parachute qui flottait. On était à quelques mètres, mais rien ne bougeait au creux des vagues puissantes qui venaient nous soulever et nous redescendre dans un mouvement perpétuel. Au bout d'un moment, Loumaï s'est projetée à l'avant du bateau pour crier le nom de Bjarni et plus le temps passait, plus l'inquiétude déchirait sa voix. Je me suis levée, à mon tour, pour crier son nom, et j'ai entendu un corps plonger juste avant de voir Loumaï surgir dans les vagues en nageant de toutes ses forces vers le parachute. J'ai croisé le regard de Bima et j'ai été frappée par son éclat satisfait. D'un seul coup, j'ai compris que si Bjarni s'était noyé, ça rendrait encore plus crédible notre fuite parce que son corps serait sûrement retrouvé pendant les recherches menées après le crash. Je lui en ai voulu à mort d'avoir des pensées aussi médiocres, mais il a absorbé mon dégoût sans sourciller et il a détourné la tête. Au même moment, Loumaï a rejoint le parachute qui dérivait à quelques mètres de nous. La houle et le vent étaient de plus en plus hostiles et son corps, emporté par le courant, montait et descendait, soulevé par le tumulte de la mer que la nuit, dont la noirceur nous encerclait, rendait encore plus effrayant. En essayant de se maintenir à flot comme elle pouvait, elle poussait la toile avec des gestes désordonnés pour trouver le harnais. Lorsqu'elle est tombée dessus, après avoir suivi le cordage, elle a commencé à paniquer en le tournant dans tous les sens. D'un seul coup, elle s'est mise à hurler et sa voix a déchiré le bruit ténébreux du vent et des vagues. Son hurlement n'en finissait pas. Une plainte atroce, plus violente et lugubre que celle d'une bête en train de crever. J'ai crié pour savoir ce qui se passait, mais elle a disparu sous l'eau comme si elle s'était laissée engloutir par la mer. Neema a aussitôt sauté du bateau et je l'ai vue nager à fond dans la houle jusqu'à ce qu'elle plonge sous le parachute. Les secondes se sont écoulées et j'ai regardé Bima qui était sur le point de sauter à son tour. Il a pris ses appuis pour s'élancer, mais Neema est remontée à la surface en tenant Loumaï par les aisselles et elle a nagé vers le hors-bord en lui maintenant la tête hors de l'eau. J'ai hurlé pour savoir ce qui était arrivé à Bjarni et Loumaï, en larmes, étouffée par sa détresse, a crié qu'il avait accroché sa montre au harnais. Après deux ou trois secondes où j'ai refusé de comprendre, je me suis retrouvée face à Bima dont la satisfaction froide m'a tellement blessée que je me suis ruée sur lui pour le frapper, mais j'étais à peine un chaton qui se jette sur un tigre. Il m'a attrapé les poignets en me balayant les jambes avec sa cheville et je me suis retrouvée immobilisée sur le dos, prise dans les tenailles d'acier de ses mains, son visage féroce au-dessus du mien. Il m'a dit que Bjarni avait perdu l'esprit et qu'il n'y avait sûrement personne, dans le monde, pour qui ces mots, *perdre l'esprit*, étaient à ce point insupportables. Alors il avait décidé de mourir et il fallait respecter son choix. Je me suis débattue en hurlant qu'il n'avait pas le droit de se réjouir de sa mort. Après m'avoir remise debout d'un coup sec, il m'a maintenue immobile contre lui en m'avouant que la disparition de Bjarni le soulageait parce qu'il était devenu dangereux pour moi. J'ai hurlé que c'était faux et j'ai essayé de me détacher de lui, mais sa force m'emprisonnait, alors je lui ai donné des coups de genoux qu'il a parés avec sa cuisse sans me quitter des yeux. Ça m'a rendue complètement folle et j'ai voulu le mordre au visage, mais il m'a bloqué la tête en faisant peser son front contre le mien et là, au milieu du fracas des vagues et du vent, il m'a crié qu'il aimait Bjarni, que sa disparition le touchait et qu'il honorerait sa mémoire le temps venu, mais qu'il devait mettre ça de côté tant que je ne serais pas sauvée parce qu'il était un soldat et qu'un soldat devait oublier ses émotions pour ne pas risquer de compromettre sa mission. Je lui ai demandé de quelle mission il parlait et il s'est figé, l'espace d'un instant, avant de baisser les yeux et de me lâcher. Au même moment, Neema est arrivée avec Loumaï contre le bateau. Il a esquissé un mouvement pour aller les récupérer, mais je lui ai attrapé le bras et je lui ai demandé à nouveau de quelle mission il parlait. J'ai tout de suite compris qu'il n'était pas disposé à répondre, alors je lui ai crié dessus avec des larmes de rage à cause de Bjarni, de lui, de toute cette merde qui n'en finissait pas de m'engloutir. Il m'a juré qu'il me raconterait tout quand on naviguerait vers la côte et il s'est détourné de moi pour aider Loumaï et Neema à remonter. Je l'ai maudit en le voyant plonger, dès qu'elles ont été à bord, parce que j'avais l'impression qu'il fuyait mes questions même si je savais qu'on ne pouvait pas s'approcher trop près du parachute à cause de la toile qui aurait pu s'enrouler dans l'hélice du moteur. J'ai regardé Loumaï qui s'était laissée tomber sur un siège, le visage vide. Je suis restée étrangère à sa douleur et j'ai observé Bima qui venait d'arriver à la hauteur du parachute. Personne ne pouvait lui avoir ordonné de me protéger et ça m'obsédait au point de me torturer. Un mouvement brutal du hors-bord a coupé net toutes mes interrogations, en me faisant basculer contre le boudin de la coque, et j'ai vu Neema arracher Loumaï du poste de pilotage en lui ordonnant de se calmer. Mais Loumaï était déchainée. Elle l'a empoignée par le col de sa combinaison et elle l'a fait tourner autour d'elle pour la balancer par-dessus bord avant de se jeter sur la manette des gaz. Pendant que je m'accrochais comme je pouvais pour ne pas être éjectée du bateau, j'ai vu Bima et Neema disparaître avec le parachute de Bjarni. Je ne comprenais rien à ce qui se passait. Devant moi, la fine silhouette de Loumaï se dressait face au large, arc-boutée à la barre dans les rugissements du hors-bord qui tapait violemment contre la houle, rebondissait et menaçait de se planter dans les creux. Je fermais les yeux en hurlant après Loumaï à chaque fois que je voyais se dresser une vague qui m'apparaissait infranchissable, mais on passait toujours. Je n'arrivais pas à comprendre comment tout ça était possible parce qu'elle ne naviguait pas. Elle allait à fond, tout droit, en se foutant complètement de la mécanique de la mer. Après trois ou quatre vagues, contre lesquelles on aurait dû s'exploser, j'ai fini par découvrir ce qui la guidait et je me suis persuadée que Loumaï était protégée par l'énergie que sa détermination générait. Avec ce qui s'était passé, dans l'avion, j'étais prête à tout croire, alors plus aucune vague ne m'a impressionnée et j'ai attendu qu'elle s'arrête. Quand elle a coupé les gaz et que le bateau a dérivé en montant et descendant dans la houle épaisse qui torturait la mer, elle a crié le nom de Bjarni en l'implorant d'avoir confiance en leur amour. Elle a tourné sur elle-même, en écoutant le chant sinistre du large, et elle a hurlé qu'elle sentait sa présence. Quelques secondes plus tard, elle a craqué et elle est tombée contre le boudin du hors-bord en criant entre ses larmes de ne pas la laisser seule. Plus rien ensuite que le bruit de la houle contre la coque et celui du vent autour de nous. C'était lugubre comme un verdict de mort et Loumaï s'est écroulée au fond du bateau. J'ai attendu une ou deux minutes, mais elle ne réagissait pas, alors je suis allée la voir parce que j'étais incapable de piloter un hors-bord et encore moins de lire le traceur GPS. Quand j'ai voulu la relever, en lui disant qu'on devait aller chercher Bima et Neema, elle m'a regardée d'un air atrocement vide et j'ai senti que son corps était sans force. J'ai essayé de lui parler calmement, mais son état de loque m'a brusquement angoissée parce que des flics allaient patrouiller dans la zone, dès le lever du jour, pour retrouver les débris de l'avion. Alors je l'ai secouée en lui criant dessus pour qu'elle arrête de me faire chier. Au même moment, le côté droit du hors-bord s'est soulevé presque à la verticale et j'ai roulé avec Loumaï contre le boudin opposé. En comprenant qu'on était en train de chavirer, j'ai eu le temps de me dire que Loumaï avait perdu espoir et que plus rien ne nous protégeait. J'ai ressenti de la haine pour elle, je l'ai maudite et mon dernier désir a été qu'elle crève avant moi. Mais au lieu de se retourner, le bateau est retombé à plat et j'ai vu une énorme silhouette dégoulinante d'eau se découper dans la nuit. Quand Bjarni a serré Loumaï contre lui, tout en poussant à fond la manette des gaz pour naviguer d'une main à travers les vagues, je me suis calée sur un siège et j'ai fermé les yeux. J'en avais définitivement marre d'être moi. Je ne sais pas pourquoi j'ai ressenti ça juste là, mais c'était une évidence. J'en avais marre de vivre. Je crois que si Bima ne m'avait pas parlé de cette mission qu'on lui avait donnée pour me protéger, j'aurais ôté ma montre GPS, mon gilet de sauvetage, je me serais foutue à l'eau et je me serais laissée couler. Mais quelqu'un m'aimait. Quelqu'un m'aimait vraiment et je ne voulais pas mourir avant de découvrir qui.

Grâce au traceur GPS, Bjarni a retrouvé rapidement Bima et Neema, qui dérivaient avec le parachute. Pour ne pas déséquilibrer le bateau, il est resté au niveau du poste de pilotage pendant que Loumaï aidait Neema à se hisser à bord. Elle s'est aussitôt confondue en excuses, mais Neema l'a prise dans ses bras en lui disant de ne pas s'en faire parce qu'elle aurait sûrement agi de la même manière à sa place. Elles m'ont très vite énervée, à se serrer dans les bras l'une de l'autre, et j'ai regardé Bima monter dans le hors-bord avec le harnais du parachute. En se relevant, il s'est retrouvé face à Bjarni qui avait braqué toute sa masse vers lui. Ils se sont jaugés pendant quelques secondes et Bima lui a souri avant de détacher la montre du harnais. Pendant que Bjarni la remettait à son poignet, Bima s'est agenouillé contre le boudin du hors-bord pour remonter la toile du parachute. C'était la première fois qu'il lui tournait le dos, depuis qu'on était partis de la maison, et ce n'était pas anodin parce qu'il n'aurait jamais agi de cette manière s'il n'avait pas été certain que Bjarni avait refait surface. Je l'ai regardé caler la toile du parachute au milieu des autres et j'ai compris, en voyant son sourire qui restait accroché à ses lèvres, qu'il ne m'avait pas menti. Il était vraiment heureux que Bjarni ait réussi à passer le cap. Ça me donnait le vertige de découvrir que son devoir de me protéger l'ait réellement conduit à se satisfaire de sa mort. À qui était-il à ce point fidèle? Un homme, une femme? D'un seul coup, j'ai repensé au mec chauve de l'ascenseur, dans l'hôtel de la City, qui avait voulu me protéger de Gary et du vieillard immonde qui avait payé pour me violer. Je me souvenais que son regard très clair, posé sur moi, m'avait mise mal à l'aise parce qu'il avait l'air de me connaître mieux que je ne me connaissais moi-même. C'était qui, ce mec ? Est-ce qu'il m'avait cherchée et finalement retrouvée ? Mais pourquoi Bima avait surgi de cette rue comme un mendiant taré si c'était un soldat en mission ? Je ne comprenais rien et je n'en pouvais plus d'attendre, alors quand je l'ai vu s'asseoir à côté de Neema, juste devant moi, j'ai avancé la tête entre eux et je me suis énervée après lui en l'accusant de laisser pourrir sa promesse de tout me raconter. Au même moment, Bjarni a poussé les gaz à fond et l'accélération soudaine m'a balancée contre le dossier de mon siège, alors Bima s'est retourné vers moi en me criant, à cause du moteur, du vent et des vagues, qu'il m'en parlerait quand on serait au calme dans la voiture. Il ne m'a pas laissé le temps de le maudire et il s'est calé dans son siège pendant que Neema se collait à lui. À l'avant du bateau, Loumaï était accrochée à Bjarni dont l'énorme silhouette se dressait dans la nuit en absorbant les mouvements furieux du hors-bord. On fonçait dans la houle, droit vers la France, mais je m'en foutais de cette nouvelle vie à laquelle je ne croyais pas. Je voulais juste savoir qui c'était, ce mec chauve, parce que plus j'y réfléchissais, plus je comprenais que c'était forcément à lui que Bima obéissait. Je revoyais son regard clair posé sur moi, dans l'ascenseur. Il me connaissait. À présent, j'en étais sûre. Il me connaissait. Je l'avais lu dans ses yeux.

Dès qu'on est arrivés à cinq milles nautiques de Saint-Malo, Bjarni a coupé le moteur et Bima a ouvert un coffre d'où il a sorti des propulseurs sous-marins. Je me suis jetée à l'eau en même temps que Loumaï et Neema, comme c'était prévu dans le plan, et ils les ont mis en route avant de nous les donner. Bjarni a posé les deux derniers sur le rebord du boudin gonflable et il a sauté dans les vagues au moment où Bima ouvrait un deuxième coffre. Pendant qu'il se relevait en composant un numéro sur le portable qu'il y avait trouvé, Bjarni a fait basculer les deux propulseurs dans la mer en les disposant l'un à côté de l'autre. Bima a aussitôt reposé le combiné dans le coffre et il a plongé à son tour. L'instant d'après, on s'éloignait tous du zodiac. Quarante secondes plus tard, une explosion a couvert le bruit des hélices et on s'est arrêtés pour regarder le hors-bord en feu disparaître dans les fonds marins.

Au bout de dix minutes tractés dans les vagues, on est sortis de la mer et on a remonté une petite plage. On a déposé les propulseurs dans le coffre du Van, que Loumaï avait garé sous des pins, et Bima s'est installé au volant en me faisant signe de venir à côté de lui. De toute manière, il n'avait pas le choix parce que j'aurais refusé d'aller ailleurs. Neema s'est assise derrière moi, Loumaï et Bjarni se sont collés l'un à l'autre à l'arrière du Van, et on a roulé quelques minutes sur une petite route départementale. Ensuite, on a rejoint une quatre voies et c'est là que Bima a commencé à me parler, mais il ne m'a rien raconté au sujet de sa rencontre avec Neema ni sur son passé dans l'armée indonésienne. J'en ai déduit qu'il savait exactement ce que Neema m'avait révélé et ça m'a énervée, et attristée aussi, parce que j'ai eu l'impression d'être gérée. Mais je n'ai rien dit et je l'ai laissé m'expliquer qu'il avait reçu l'ordre, quand il était dans l'archipel de Seribu avec Neema, de rentrer en urgence à Jakarta pour participer à une riposte militaire contre la Chine qui avait envoyé d'énormes bateaux de pêche dans les eaux territoriales indonésiennes. Il a décollé le jour même, en fin d'après-midi, avec trois autres avions de chasse, et ils sont allés droit sur les navires chinois qui naviguaient au large d'une petite île volcanique, totalement déserte, où il n'y avait que de vieux bâtiments désaffectés. L'Indonésie avait décidé de menacer la Chine en faisant passer des missiles au ras des bateaux chinois tout en prétextant une manœuvre militaire, parce que l'état-major voulait rester dans un langage diplomatique, alors la cible des missiles était officiellement les vieux bâtiments, sur l'île inoccupée. La responsabilité des tirs avait été confiée à Bima pendant que les trois autres pilotes se contentaient de l'escorter. Ils ont fait plusieurs passages dans la zone jusqu'à ce que Bima envoie quatre missiles, coup sur coup, qui ont frôlé un énorme chalutier usine avant de pulvériser les bâtiments et une grande partie de l'île. Ensuite, des navires militaires ont ordonné aux bateaux chinois de sortir des eaux territoriales indonésiennes et Bima, escorté par les trois F-16, est rentré dans la nuit à Jakarta où il a reçu les félicitations de l'état-major. Tout s'était parfaitement déroulé et il avait décidé de retrouver Neema dès le lendemain, en fin de journée. C'est son père qui l'a réveillé, en début de matinée, par un coup de fil très bref lui ordonnant de venir le voir en urgence. Bima est aussitôt parti au Ministère des armées où son père l'attendait avec deux généraux de l'état-major, les ambassadeurs américains et chinois ainsi que les trois autres pilotes. Son père lui a tout de suite appris qu'il y avait eu un incident majeur et que cette opération était à présent classée secret défense. Bima n'a posé aucune question parce qu'il savait que son père devait garder ses distances en public, alors il s'est laissé congédier avec les autres pilotes et il est allé directement à Menteng, là où se situait la grande maison familiale des Sukarnobam. Il a essayé d'être agréable avec sa mère et ses sœurs, mais l'inquiétude le minait parce que la présence de l'ambassadeur américain lui faisait redouter le pire. En fin de journée, quand son père l'a retrouvé dans l'un des salons pour lui raconter qu'un haut fonctionnaire avait autorisé une ONG américaine à installer, pendant trois semaines, un orphelinat itinérant sur l'île visée pendant l'opération, il a immédiatement compris que c'était pire que le pire. Le haut fonctionnaire avait oublié de transmettre sa décision à ses supérieurs et l'information était restée bloquée dans son service. Six adultes américains et cinquante-deux enfants indonésiens, entre quatre et dix-sept ans, avaient péri. Une bavure épouvantable qui avait contraint l'Indonésie à négocier avec la Chine et les États-Unis pour éviter de perdre la face sur la scène internationale. La destruction du bâtiment, qui abritait l'orphelinat itinérant, avait été officiellement attribuée à une attaque terroriste visant les ressortissants américains. En échange de quoi, l'Indonésie avait dû favoriser le déploiement de la CIA dans la région tout en s'affaiblissant devant les incursions de la Chine dans ses eaux territoriales. C'était un véritable fiasco qui désespérait profondément l'état-major et Bima avait essayé de faire bonne figure en ne considérant, lui aussi, que l'angle géopolitique. Mais il se sentait tellement mal, lorsque son père est reparti, qu'il avait décidé de ne pas rentrer tout de suite sur l'archipel de Seribu. Même appeler Neema, pour la prévenir de son retard, lui semblait impossible. Il a été arrêté le lendemain à l'aube, en pleine rue, complètement nu, en train de hurler qu'il avait tué cinquante-deux enfants. Il a été interné, placé sous calmants et il a répété en boucle qu'il avait tué cinquante-deux enfants à chaque fois que des psychiatres militaires venaient l'expertiser. Il ne savait pas trop combien de temps cette période avait duré, un mois ou deux, peut-être un peu plus. Ensuite, les visites des psychiatres ont cessé et il est resté seul, complètement défoncé par les antipsychotiques. Un soir, trois hommes en tenue de combat ont fait irruption dans sa cellule pour l'exfiltrer de l'hôpital militaire où il était interné. Il y avait des corps qui gisaient aux différents points de contrôle et il a été conduit à l'arrière d'un 4X4 où son père l'attendait. Ils ont roulé sans un mot, pendant une heure environ, avant de monter dans un hélicoptère qui les a déposés sur une île, dans le détroit de Malacca. Un bateau de commando était déjà sur place et ils ont embarqué en direction de la Malaisie. Lorsqu'ils ont accosté, à l'aube, dans une zone portuaire désaffectée, son père lui a révélé que l'état-major avait pris la décision de l'éliminer et qu'il ne devait plus jamais remettre les pieds en Indonésie, ni laisser aucune trace de son existence nulle part, car il allait s'arranger pour que les services secrets le croient mort. Après lui avoir ordonné de s'enfuir le plus loin possible, il l'a longuement embrassé et Bima a débarqué. Il n'a pas su comment son père s'en était tiré, avec l'état-major, ni ce qu'il avait raconté pour les embrouiller, mais il avait découvert, en faisant des recherches sur Internet juste après notre retour de Dubaï, qu'il était toujours en poste. Il n'en avait jamais eu le moindre doute, en fait. Son père n'était pas du genre à se sacrifier, surtout pour sauver ce qu'il devait considérer intimement comme le plus grave de ses échecs. À partir de là, Bima est parti à pied vers l'Ouest. Il a remonté la Malaisie, la Thaïlande, la Birmanie, il est arrivé au Bangladesh et il est entré en Inde. Il était devenu complètement fou et il passait ses journées et ses nuits à marcher au milieu d'hallucinations mystiques, de voix cauchemardesques et d'un florilège lugubre de visions hantées par des visages et des corps d'enfants déchiquetés. Il a survécu en chapardant ce dont il avait besoin pour se nourrir et il a traversé l'Inde de part en part jusqu'au Pakistan. Ensuite, il est entré en Iran et là, sans savoir pourquoi, il a dévié de sa trajectoire qui le conduisait à l'autre bout de l'Eurasie, vers le détroit de Gibraltar qu'il comptait emprunter pour rejoindre l'Afrique. Une nuit, il est monté clandestinement sur une embarcation d'ouvriers, qui partaient travailler en Arabie saoudite, et il a traversé le Golfe d'Oman pour se retrouver à Dubaï. Il s'est arrêté un instant de parler et il m'a dit que c'était la nuit suivante qu'il m'avait vue courir pour me cacher à l'abri du camion. Au début, il a cru que j'étais le spectre d'un enfant mort, mais quand il a croisé mon regard, avant que je me baisse derrière la roue, je lui ai semblé tellement réelle par rapport à ses hallucinations habituelles qu'il s'est senti aimanté. Juste à ce moment-là, les trois hommes ont surgi de la voiture en lui demandant s'il avait vu une fille traîner dans le coin et il a ressenti, à leur contact, la sensation fulgurante d'être projeté au milieu de lui-même après avoir traversé l'Univers en une demi-seconde. L'évidence l'a aussitôt illuminé. Dieu avait arraché son âme à l'Enfer pour le renvoyer dans son corps, comme on envoie un soldat en mission. Je m'étais adossée à la vitre depuis un moment pour le regarder et j'ai été submergée par plein de trucs contradictoires en comprenant que c'était un délire avec Dieu, son histoire de mission. J'éprouvais de la rage, du désespoir, de l'anéantissement, de la lassitude et l'envie de vomir. En fait, j'en avais marre d'être confrontée au vide. Bima a continué de parler en utilisant plein d'expressions bibliques dont les pires, celles que j'aurais voulu lui faire bouffer, étaient *ange déchu* et *soldat de Dieu*. Pendant qu'il m'expliquait que Dieu m'avait déposée sur sa route à lui, mais également sur celle de Neema, de Bjarni et de Loumaï pour leur permettre à tous de sauver leur âme de la malédiction, j'ai éprouvé un tel sentiment de solitude que je me suis tournée vers Neema. Mais tout ce que j'ai obtenu d'elle a été un regard me suppliant de laisser Bima croire à son histoire et j'ai compris que c'était sûrement le seul moyen pour lui de se soutenir. Ou plus exactement le seul moyen pour elle d'être heureuse. Je n'ai plus ressenti qu'une désespérante sensation de vide, alors je me suis remise droite dans mon siège et j'ai posé mon front contre la vitre. Dans ma tête, c'était très clair. L'unique raison qui m'empêchait d'ouvrir la portière pour me balancer sur la route, c'était la crainte de n'être que blessée et d'avoir encore plus mal.

 Vingt minutes plus tard, on est arrivés à Rennes où Loumaï avait loué une grande maison de ville entièrement meublée. Le temps de se partager les salles de bain pour prendre une douche, on s'est couchés. Il était trois heures du matin.

19

On devait rester quelques semaines à Rennes, trois mois environ, le temps que les flics cessent de rechercher nos corps et oublient l'affaire. Alors on louerait un jet et on partirait en Afrique du Sud pour recommencer à zéro. C'était assez déstabilisant, au début, de voir Bjarni avec les cheveux courts et une barbe, habillé comme n'importe qui, dans un intérieur occidental, surtout qu'il s'était mis à ciller. Ce n'était pas non plus des battements d'ailes de papillon, mais ça lui arrivait et Loumaï, à chaque fois qu'elle en était témoin, le dévorait de son regard volcanique. Bima s'était rasé entièrement la tête et avait gardé une barbe très courte qui dessinait les traits puissants et fins de son visage. Il était totalement méconnaissable et ça m'a perturbée pendant plusieurs jours. De son côté, Neema avait coupé ses cheveux à ras et elle était peut-être encore plus belle ainsi. Pour ma part, j'avais opté pour une coupe à la garçonne et ça me changeait aussi beaucoup.

Ils passaient beaucoup de temps, tous les quatre, à organiser notre immersion en Afrique du Sud. Ils parlaient tous de nouveau départ, de nouvelle vie. Le mot *nouveau* était devenu un leitmotiv et il avait pris la forme d'un objet hors de prix qu'ils avaient mis dans un coffre inviolable pour que personne ne nous le vole.

Personne, en l'occurrence, c'était Miller Altmann et les services secrets indonésiens, mais ils n'étaient jamais mentionnés autrement que par *« les flics »*. C'était venu sous l'impulsion de Bima, cette manière de les nommer sans les nommer, comme si en faire une abstraction lui avait été nécessaire. À force de les observer, lorsqu'ils se réunissaient à la table, le soir, pour réfléchir ensemble aux moyens de déconnecter définitivement les flics de notre nouvelle vie, j'ai eu besoin de prendre l'air tellement j'étouffais à rester au milieu d'eux. Que l'amour puisse les rendre heureux m'était insupportable parce que ça m'obligeait à me poser des questions dont je ne voulais plus jamais entendre parler. Mais je ne m'avouais pas tout ça. Je me disais juste qu'ils me gonflaient et j'évitais le vrai problème en m'imaginant exclue parce que j'étais le chiffre impair. Très vite, après notre arrivée, Bima m'a confié un téléphone portable en me disant que son numéro, ainsi que ceux de Neema, de Bjarni et de Loumaï, étaient enregistrés. Ensuite, il m'a donné une montre apparemment basique, mais il m'a expliqué qu'il y avait un traceur GPS autonome à l'intérieur. Il a dû voir, à mon air fermé, que ça me contrariait parce qu'il a tout de suite précisé qu'ils n'utiliseraient ces informations que pour me retrouver en cas de disparition. Il m'a assuré qu'il n'y avait plus aucun risque et que tout ça n'était qu'une dernière précaution jusqu'à notre départ pour l'Afrique du Sud. Je lui ai répondu que je comprenais et j'ai attendu qu'il me donne une heure limite pour rentrer, ou au moins qu'il me demande de lui dire où j'allais, mais il s'est contenté de me sourire et il m'a laissée. Je l'ai regardé disparaître dans la cuisine, où Neema préparait un poulet aux épices, et je suis sortie. J'avais juste à traverser la rue et j'arrivais dans un grand parc qui s'appelait le Thabor. J'ai passé la journée à arpenter les allées botaniques, à m'allonger sur les pelouses et à regarder les oiseaux en cage. J'ai beaucoup pensé à Bima. Presque tout le temps en fait. J'étais bouleversée de m'être rendu compte que je m'étais retrouvée face à lui en espérant qu'il se comporte comme mon père et non comme un garde du corps illuminé. J'aurais trouvé insupportable qu'il m'impose une heure pour rentrer ou qu'il me demande de le prévenir, mais j'aurais aussi été terriblement rassurée qu'il le fasse. J'aurais aimé qu'il m'adopte, je crois, autant que j'aurais détesté cette idée et je me disais que tout commençait à être comme ça chez moi, à la fois noir et à la fois blanc. Je lui en voulais de ne pas s'être comporté comme mon père et en même temps je lui en étais reconnaissante. Quand je suis rentrée le soir, à peu près pour l'heure du repas, personne ne m'a posé de question et ça m'a énervée autant que ça m'a plu. En m'endormant, je me suis dit que je devais être folle de ressentir une chose et son contraire avec la même intensité sans pouvoir faire les comptes, comme si j'étais entièrement attirée par deux pôles en même temps. Je doutais vraiment de pouvoir être heureuse avec un fonctionnement aussi tordu. Je ne voyais pas trop comment ça pourrait m'arriver, alors j'en ai conclu que j'allais devoir me poser la question de savoir si vivre avait un quelconque intérêt.

Un mois après notre emménagement à Rennes, Bjarni a eu la confirmation, par son contact, que l'enquête avait été définitivement classée. Mais comme tout ça avait été fait contre l'avis de Miller Altmann, qui refusait de nous croire morts sans avoir vu nos corps, on était toujours dans son viseur même s'il n'avait plus les moyens financiers de nous traquer. Quand j'entendais Neema répéter que c'était le prix à payer pour notre dignité, je sortais me réfugier au Thabor parce que j'avais envie d'insulter sa logique, mais je redoutais qu'elle se mette en colère contre moi. C'était le début de l'été. Il y avait de très belles journées. Beaucoup de jeunes de mon âge venaient en groupe sur les pelouses. Parfois, des mecs tentaient de me draguer, mais ils n'insistaient pas et ça n'avait rien à voir avec le fait que je ne parle pas un mot de français. J'avais égorgé trois hommes, flingué un quatrième et fait cramer vivants quatre autres, on m'avait violée des centaines de fois, on m'avait traquée pour me tuer, j'étais une fugitive, alors quand je disais à un mec de me foutre la paix, j'imagine que ça devait lui faire bizarre. En tout cas, ils laissaient tomber aussitôt, même ceux qui ne comprenaient pas l'anglais ou qui se prenaient pour des durs. Souvent, il y avait de la musique, qui sortait d'enceintes Bluetooth, et j'étais obligée de m'en aller parce que je ne supportais pas cette guimauve de radio FM. Ou alors c'était des guitaristes, qui gratouillaient trois cordes sur leur folk en chantant des trucs dégoulinants avec des voix de naze, et je partais aussi. En fait, tout ce qui émanait des gens m'envahissait et m'ulcérait. La première fois où j'ai froidement envisagé ma mort, sans que ce soit juste une réaction impulsive qui s'éteignait d'elle-même, j'ai été étonnée de ne ressentir aucune peur. Au début, c'était juste pour voir ce que ça me ferait, mais comme je n'ai pas éprouvé plus d'appréhension que face à mon avenir, j'ai compris que mourir et vivre me semblaient être la même abstraction merdique. L'unique question, qui me rendait tout ça réel, c'était de m'interroger sur la manière de faire. En fait, la seule réponse que j'avais à trouver, c'était comment ne pas souffrir. J'étais sur la grande pelouse, assise au soleil, en train de penser à tout ça quand j'ai vu arriver un type de mon âge avec une guitare électrique et un ampli à piles. Je l'ai tout de suite maudit rien qu'à imaginer la pollution sonore, dont il était potentiellement capable, et je l'ai fixé en l'injuriant mentalement parce que j'allais devoir bouger à cause de lui. C'était un métis gringalet, ni grand ni petit, avec une coiffure afro-américaine et des fringues très colorées. Il était issu de plusieurs origines. L'Afrique et l'Europe, mais il y avait autre chose en lui, qui n'était pas asiatique j'en étais sûre, et ça m'énervait de ne pas réussir à identifier ce que c'était. Il a rejoint un groupe d'une dizaine de jeunes, d'à peu près mon âge, et il a enchaîné les checks et les bises avant de sortir une Fender Stratocaster noire et blanche de son étui. Jusqu'à ce qu'il la branche à son ampli, et s'amuse à générer du larsen, j'avais un peu oublié que je le détestais. Je m'étais plongée dans le mystère de son métissage parce que cette origine inconnue était à la fois excessivement discrète et complètement déterminante. Ça m'attirait indéniablement, mais sans qu'il y ait quoi que ce soit de sexuel. J'avais l'impression d'être anesthésiée à ce niveau-là ou peut-être carrément amputée. Quand il s'est mis debout, j'ai compris qu'il allait commencer à polluer l'atmosphère, alors je l'ai maudit et je suis partie en espérant trouver un endroit ensoleillé, dans le parc, où je ne l'entendrais pas. Mais je n'ai pas fait plus de dix mètres parce que son groove m'a enlacée au bout de trois notes. La bandoulière de mon sac a glissé le long de mon épaule et il est tombé dans l'herbe. J'ai fermé les yeux. Il jouait d'une manière hyper spéciale en faisant entendre les basses avec le pouce et les accords avec les autres doigts. Le son était saturé dans les contours, mais clair dans son cœur. C'était un genre d'Électro rock obsessionnel et tribal avec des harmonies sensuelles déchirées par des traits violents. Tout ça me pénétrait avec force et j'ai commencé à bouger sur place avant de m'ouvrir de plus en plus à l'espace autour de moi. Il était dans mon dos et je sentais le souffle de sa musique m'envelopper, sa puissance qui se déployait, son animalité qui prenait le contrôle. J'étais excitée et j'avais envie d'être prise, de ne plus penser, de ne plus être qu'un corps et que mon corps ne soit plus que le conducteur d'une vibration. Je ressentais tellement sa musique que je l'anticipais en devinant ses intentions et l'extase est arrivée. Je ne sais pas combien de temps ça a duré. Je sais juste qu'à un moment, ça s'est arrêté et qu'il y a eu un grand silence. J'ai rouvert les yeux, après m'être concentrée sur mon souffle pour sortir en douceur de la transe, et j'ai découvert qu'on se trouvait au centre d'un cercle formé par plusieurs dizaines de personnes. On s'est regardés sans trop comprendre ni réaliser ce qu'on venait de vivre. Quelqu'un a commencé à applaudir. D'autres ont suivi et il y a eu une vraie ovation. Quand les gens se sont un peu dispersés, il m'a souri et il m'a dit un truc que je n'ai pas compris. Je lui ai répondu, en anglais, que je ne parlais pas français, alors il m'a demandé en anglais comment je m'appelais tout en me disant que lui, c'était Allen. Dès que je lui ai donné mon prénom, j'ai vu apparaître, dans son regard, cette lueur brutale où rodait l'envie de me baiser. J'aurais pu lui crever les yeux, tellement ça m'a fait mal, et j'ai voulu partir, mais un type d'une soixantaine d'années est arrivé à notre hauteur pour nous poser des questions. Il a rapidement capté que j'étais anglaise et la conversation a aussitôt basculé en anglais. Quand Allen lui a expliqué qu'on ne se connaissait pas, le type nous a dit de créer un set de quarante-cinq minutes avant la fin de l'été. Il nous a tendu une carte en nous invitant à l'appeler, dès qu'on serait prêts, tout en nous précisant qu'il ne nous promettait rien en dehors de nous faire venir à l'Ubu pour nous auditionner. Pendant que je me demandais ce que c'était l'Ubu, Allen a récupéré la carte et le type nous a salués avant de s'éloigner. J'ai voulu partir moi aussi, mais Allen m'a retenue en m'attrapant par le bras. Je me suis libérée brutalement en lui ordonnant de ne pas me toucher et je l'ai fixé avec la haine qui brûlait partout en moi. Allen a été tellement heurté par ma réaction qu'il s'est totalement liquéfié, mais quand il a vu que je partais à nouveau, il m'a demandé si je savais qui était ce type. Je lui ai répondu que je m'en foutais et il m'a dit que j'avais tort parce que c'était le programmateur des Transmusicales. Je ne savais pas ce que c'était, les Transmusicales, alors il m'a expliqué qu'il s'agissait d'un festival où des tonnes de musiciens, dans plein de genres différents, s'étaient révélés à leur public et que ce type ressentait l'évidence avant tout le monde, un peu comme un chaman. Ça m'a fait tilt, d'un seul coup, quand il a parlé de chaman parce que j'ai soudainement découvert l'origine des traits mystérieux de son visage. En plus d'être Africain et Européen, Allen avait du sang amérindien. Il m'a proposé de venir répéter avec lui dans des studios, à Rennes, qui s'appelaient *le Jardin Moderne*. Il connaissait un type qui lançait des samples, un batteur et un bassiste, et il voulait les appeler pour qu'on forme un groupe. Il m'a juré que remplacer la voix par la danse était un truc auquel il n'aurait jamais pensé et qu'il voulait vraiment aller au bout de cette expérience avec moi. Alors il m'a regardé, d'un air désolé, en me promettant qu'il garderait ses distances et il m'a encore demandé de venir répéter avec lui le lendemain après-midi. Je lui ai répondu que je verrais et je suis partie.

J'en ai parlé le soir, au dîner, pour respecter la décision que j'avais prise après ce qui s'était passé dans les Cotswolds. Mais ne rien faire dans leur dos n'était qu'un prétexte. En fait, j'avais peur de céder à mes désirs. J'avais joui en dansant comme si Allen m'avait fait l'amour, avec sa musique, pendant que mon corps restait vierge de son corps à lui. J'avais ressenti le pur plaisir de vivre pour la première fois depuis la lune de miel avec Gary, quand j'étais défoncée H24, et toutes mes alarmes étaient rouge sang, pleines du hurlement strident qui annonce la mort. Et plus j'avais envie de goûter encore à ça, plus j'avais peur de rompre le serment que j'avais fait pour trancher net le désir amoureux que Neema m'avait inspiré. Je voulais qu'ils m'interdisent de revoir Allen parce qu'on allait bientôt partir pour l'Afrique du Sud. C'était la meilleure des très bonnes raisons et j'attendais qu'ils la formulent. Il y en avait d'autres également, comme la potentielle exposition médiatique qui pourrait remettre Miller Altmann en selle si jamais il me reconnaissait. Mais ils se sont montrés aussi curieux qu'enthousiastes. Ils m'ont dit que je n'étais pas obligée d'aller en Afrique du Sud en même temps qu'eux, ni d'y aller tout court. Et ils ont continué à me désespérer en m'annonçant qu'ils pouvaient m'acheter un appartement, à Rennes, et me laisser suffisamment d'argent pour que je n'aie pas à me soucier de ça jusqu'à la fin de mon existence. D'après eux, il suffisait que je ne m'expose pas ailleurs que sur scène et que je sois suffisamment maquillée pour que Miller Altmann soit comme un chien de chasse à courre à qui on aurait fait renifler du poivre. Ils se sont fendus de phrases pourries dans le genre *c'est le chant du destin* et ils m'ont anéantie avec leurs encouragements à vivre ma vie. J'ai renversé volontairement mon verre d'un geste brutal et j'ai quitté la table en balançant ma chaise sur le sol. Ensuite, je suis allée m'enfermer dans ma chambre où je me suis jetée sur le lit pour m'enfouir la tête sous l'oreiller, exactement comme le soir où j'avais entendu l'éducateur raconter à sa femme que ma mère m'avait jetée à la poubelle avant de se suicider. J'ai regardé la fenêtre. L'ouvrir, sauter la tête la première, en finir avec toute cette merde. J'envisageais ce protocole très froidement. Je me disais qu'on ne devait pas souffrir si on se jetait dans le vide la tête la première. On devait juste entendre son crâne et sa nuque craquer et puis on était tranquille. Ça m'a fait penser à ma mère et je me suis endormie en regardant la fenêtre. Dans la nuit, j'ai rêvé que mon serment de ne plus jamais tomber amoureuse était la porte massive d'une forteresse médiévale qui abritait mes organes. Je la voyais trembler sous les coups de boutoir d'un assaut sexuel qui me réduirait à l'esclavage. Lorsqu'elle a cédé, je ne me suis pas réveillée, comme dans mes cauchemars, en ressentant de l'angoisse. Allen me souriait sans entrer dans la forteresse. Il était sur le seuil et il se contentait de jouer de la guitare. J'ai ouvert les yeux en redescendant lentement de mon rêve et je suis restée dans les vapes. Au bout d'un moment, je me suis assise au bord du lit et j'ai regardé la fenêtre en pensant à ma mère, à sa souffrance, au fait que la mort ait été sa seule option pour l'éteindre. Je me suis rendu compte qu'elle me manquait terriblement, peut-être parce que je la comprenais au point de pouvoir ressentir le soulagement qui l'avait engloutie lorsqu'elle avait sauté du pont Transbordeur de Teeside. Ça la faisait vivre en moi et le manque de ses bras, de sa chaleur, l'absence du moindre souvenir de sa peau, rendaient cette émotion encore plus puissante. J'ai eu envie de la voir, alors j'ai marché vers l'étagère pour prendre le manga où j'avais glissé sa photo. Je me suis plongée dans ses yeux, dans son sourire, je l'ai sentie vibrer en moi. J'ai posé mes lèvres sur ses lèvres, mais quand le papier glacé et l'odeur chimique ont rompu la magie, j'ai éprouvé une telle douleur que j'aurais pu faire cramer Owen Valancker en boucle jusqu'à la fin de ma vie. J'ai refermé le manga sur sa photo et je suis restée longtemps immobile, sans penser à rien de précis, avant de le reposer tout doucement sur l'étagère. Ensuite, je suis allée ouvrir la fenêtre et j'ai regardé le trottoir, quatre ou cinq mètres en contrebas, en éprouvant soudainement une sensation qui m'était étrangère. C'était plein de nuances troubles, globalement très douces, et j'ai eu envie de croire que ma mère m'avait guidée à travers le dédale des énergies aveugles, qu'elle m'avait pris la main et m'avait montré par où passer pour me donner la force d'éprouver cette émotion étrange, faite de mélancolie, d'inquiétude et d'apaisement, qu'elle n'avait pas eu la chance de ressentir. J'ai traduit ça à ma façon. Je me suis dit que la seule manière d'échapper à Owen Valancker, à Rhys Dawood, aux frères Huskins et à tous ces hommes qui m'avaient violée, c'était de les oublier. Que la vraie manière de me venger, c'était de renaître. De me retrouver à nouveau nue, vierge de mon ancienne vie, et d'avancer en décidant d'être heureuse. Je savais que ça ne se ferait pas comme ça, d'un coup de baguette magique, mais que ce serait un genre de *cold turkey* qui durerait des années avant que je sois lavée de ma haine, si toutefois j'avais la force de tenir jusque-là. Après un long moment où j'ai laissé mes pensées goûter à cet élixir bizarre, qui avait la saveur d'une promesse, je suis descendue prendre mon petit-déjeuner.